著

深圳，

没有勇气再说爱 ②

如果爱，请深爱

南方出版传媒
花城出版社
中国·广州

图书在版编目（ＣＩＰ）数据

深圳，没有勇气再说爱. 2，如果爱，请深爱／老男
孩著. -- 广州：花城出版社，2016.3
ISBN 978-7-5360-7872-7

Ⅰ. ①深… Ⅱ. ①老… Ⅲ. ①长篇小说－中国－当代
Ⅳ. ①I247.5

中国版本图书馆CIP数据核字(2016)第039830号

出　版　人：詹秀敏
特约策划：天沐影视工作室
责任编辑：陈宾杰　杨淳子
特约编辑：刘　菲
技术编辑：薛伟民　陈诗泳
封面设计：荆棘设计

书　　名	深圳，没有勇气再说爱 . 2，如果爱，请深爱 SHENZHEN MEIYOU YONGQI ZAI SHUO AI. 2, RUGUO AI, QING SHENAI
出版发行	花城出版社 （广州市环市东路水荫路 11 号）
经　　销	全国新华书店
印　　刷	广东新华印刷有限公司 （广东省佛山市南海区盐步河东中心路 23 号）
开　　本	787 毫米×1092 毫米　16 开
印　　张	18.5　1 插页
字　　数	306,000 字
版　　次	2016 年 3 月第 1 版　2016 年 3 月第 1 次印刷
定　　价	35.00 元

如发现印装质量问题，请直接与印刷厂联系调换。
购书热线：020 – 37604658　37602954
花城出版社网站：http://www.fcph.com.cn

谨以此文献给那些为爱坚守，为爱痴狂的人们。

愿你们每个人都心有所向，不要浅爱辄止，如果爱，请深爱。

——题记

目录

Contents

深 圳 ， 没 有 勇 气 再 说 爱 ②

第一章
HY 出事了

长沙，雨花区。

柔和的灯光照着我的脸，让我一时有些恍惚。躺在床上，我紧张地看着她雪白的身影在眼前晃动，她俯下身子，专注地看着我，几乎是一瞬不瞬地，脸距离我那么近，我甚至都能看清她睫毛的颤动。

"第一次?"她问得云淡风轻。

"嗯，那个……会不会很疼?"

我轻轻呼出一口气，看了看额头已冒出汗珠的她。

"来，张开。"

我闭上眼睛，听凭她的摆布，只感觉她的双手慢慢探了上来，所及之处，有点麻，又有点涨的感觉。

"不痛吧?"她戳着问我。

我轻轻摇头。

随后便感觉到她一下子塞了什么东西进来，然后就开始夹紧了晃动着往外拉扯。我紧张得浑身僵硬，却不由自主地开始哼哼。片刻之后，听到她说："出来了。"

"啊?"我愣了一下。

"舌头拿开，不能舔。"她扔下手中的东西，眼疾手快地塞上来一团棉球，"咬紧。"

"两个小时之后才可以将棉球吐出来。"她继续说，"你是我见过的非常罕见的一个病人。"

"是不是特坚强?"

"打了麻药还叫得那么欢。"

我脸微微一红，只好含糊地说："第一次，没经验。"

"说得跟……"她噗地笑出声，却来了个急刹车，随后转了个弯，"好了，你可以起来了。"

"真的有点疼。"我摸摸麻木的半张脸，有些感叹地说，"你有没有觉得这个跟爱情是一回事？"

"嗯？怎么说？"她意外地看了我一眼。

"放手如同拔牙。拔掉的那一刻，你会觉得解脱。但是留下的那个空缺却还在，舌头总会不由自主往那个空的牙洞里舔，一天数次，根本忍不住。"

"也对，但是坏牙总是要拔掉的。"女医生点点头，若有所思地看着我的眼睛，"因为它得给补的新牙腾个位置。"

"嗯，有道理。"我本能地又去舔了舔被塞紧了的棉球，突然觉得今天预约的不光是一位牙医，更是一位哲人。

电话突然响起，在宁静的屋子里显得有些夸张，我侧了下身子，从口袋里掏出手机。是那部深圳的手机，我的心莫名地颤动了一下。

"在哪儿潇洒呢？"

电话刚一接通，里面的声音就迫不及待地传了出来。想都不用想，开口说这种话的，除了秦浩就不会有别人。

"潇你个头。"我捂着嘴巴，声音含糊不清。

这时听到女医生说："刚拔出来会有些疼，记得别用舌头去舔那里啊。"

"我靠，你们城里人真会玩！"秦浩的大嗓门顿时在耳边响起。

"别瞎扯，我看病呢。"我皱了皱眉头，秦浩最近很少来电话的。

"哟，这是看的什么病啊？又舔又咬的。"秦浩的声音阴阳怪气地响起，"我打的不是时候吧？"

"少废话，拔牙。"我有些不耐烦，"快说。"

"出大事了，HY 集团的董事长被抓了……"

没等秦浩说完，我猛然坐起身的同时手一抖，像抽筋似的，手机顺着我的手臂，先是砸在了我的腰上，随后毫无悬念地，"咚"的一声，掉到了地上。

这是什么情况？

女医生帮我捡起手机，我愣愣地接了过来，有些慌乱地出了门。

凉风扑面而来，空气中弥漫着一股臭豆腐的味道。我打了个激灵，停住脚步，迫不及待地掏出另一部手机打过去。

"靠，你挂我电话？"秦浩的嗓门提高了。

"怎么回事？"我没理会他，也懒得解释。

"我也是刚听到的消息，HY的大老板被抓了。"秦浩转得很快，声音中带点兴奋。

"什么原因？"我冷冷地问。

"我哪知道。"他的回答很干脆，"这可是行业里的大新闻啊。"他的声音里有掩不住的激动，不用想就知道他此刻那副八卦的嘴脸。

"那……你怎么看。"我顿了一下，想问的还是没问出口。

"靠，不用你担心了，关你鸟事。"

知我者莫过秦浩也。他知道我想问啥，到底是多年的好朋友了。

我挂了电话，茫然地看着车水马龙的街道。

入夜的长沙繁华、拥挤，可进入我眼中的，却是另一些景象。那个熟悉得有些心痛的城市，那个曾经让我无法面对而选择逃避的地方。

原来，再怎么救赎，都无法挽回那段刻骨铭心的记忆。

只是，我以为我忘了。

清凉的风顺着衣领灌入脖子，我感到了一阵潜入心底的凉意，仿佛那天的大雨再次袭来，将我浇透。

我想，我与惜悦是与大雨有缘的，我们的故事总是与雨有关。

我们相识在铺天盖地的雨中，那场雨，在我的生命中宛如久旱的甘霖，让我沉溺在沉重往事中而灰心失意的人生获得重生，令我死气沉沉的生活有了鲜艳的颜色，也润泽了我的生命和经年的回忆。我们是那么相爱，那么默契。我以为，我与惜悦会在这个美丽的城市，将我们的爱情灌溉得生机勃勃，让它叶茂根深地植入我们的生命，无以撼动。我们会这样一直走下去，共度一生。

殊不知，在那个浮躁的城市中，感情却是最经不起考验的奢侈品。

又一场大雨中，我们告别了彼此的生活。

曾经亲密无间的我们，站得不远不近，中间隔着滂沱的雨柱。她在伞下，我在雨中。大雨将我淋得像一只落魄的小公鸡，吞噬了我的声音，我张口结舌，却说不出一句话来。

我不知道如何开口。我曾经以为自己被背叛、被欺骗，那个被我鄙视和理直气壮去声讨的女人，竟然是无辜的，而我以为自己做任何事情都不为过，甚至可以和另一个女人一起在她面前炫耀……不承想，自己有一天会这样去伤害自己深爱的女人，也伤害了另一个单纯的女孩。

惜悦望着我的眼神凝重而哀伤。

我的眼光躲闪，充满悔恨、羞愧、自责。我不知道该如何开口，更不知道该如何求得她的原谅，也没有资格去跟她谈论未来。

我站在雨中，不知所措。

那一刻，除了雨声，什么声音都没有。我的世界仿佛就这样一点点被淹没了。

最终她也没有挽留我，只说了一句："多保重！"

说完，她默默转身，留给我一个背影，孤寂而伤痛，在雨幕中渐渐模糊。

那个画面，深深地刺痛了我。

我像一个懦弱的士兵，临阵脱逃，狼狈地逃离了那个城市，对我乱作一团的爱情，不敢面对。

回来后，我大病了一场，然后和同学合伙开了一家通信公司，业务虽算不上红火，但现在已走上正轨。我没有去想过将来是不是会在长沙，也没有想过有一天是不是还会回到深圳。

日子平淡如水，我仍然迷茫。

三十岁的我，已经没有勇气再去谈爱情。

我掏出另一个手机，一遍遍地输入那个烂熟于心的号码，又一遍遍地删去，始终没有拨出。我不知道该跟她说什么，她是不是也不希望有我的安慰？

或者，我可以悄悄去一趟深圳，远远地看看她。

可是，她想见到我吗？

一想到这个，顿时有些泄气。

网上查到的消息很模糊，没有具体的原因。但是蔡董不在的 HY，会是什么样子呢？更重要的是——

惜悦，你好吗？

我的生活，就因为一通电话而被打乱。

心里空荡荡的，想到她的时候，就有一阵阵隐痛划过。

我就这样拨弄着，一不小心，竟然真的拨了出去。

我突然惊慌起来，手忙脚乱地挂掉。想想又觉得这样很没风度，拿着手机不知如何是好，像一个初涉爱河的懵懂少年一般忐忑不安。

等我稍微稳定了情绪，预演了一下惜悦可能的反应，深呼吸几次，重新拨出。等待的那一瞬，心跳加速。

"对不起，您拨打的电话已关机。"

我一连拨了好几次，都是关机。

这是什么情况？

惜悦居然关机了？我分明记得她是从不关机的，开会和晚上睡觉时只是静音。难道是手机没电了？

不会是换电话号码了吧？

难道是要回避我吗……

我不愿多想，郁闷地把手机扔到一旁。

一晚上全是噩梦。

我梦见惜悦背对着我，朝着一片荒野走去，既没有行李，也没有同伴。那背影，孤单得令人心碎。我很想冲过去抱紧她，却根本迈不开步子。我拼命喊叫，想问问她要去哪里，却发不出声音。惊醒时，脑门上已渗出了汗水，心里发慌。凌晨五点，再打惜悦手机，依然是关机。

我忽然有一种不好的预感，在心底深处快速蹿起，像是一根常青藤，爬满了整个心脏，让我坐立不安。我决定回深圳去看看，就算是她换了电话号码不想再与我联系，也一定要亲眼看到她。

哪怕没有未来，哪怕没有靠近的理由，我也想看着她幸福。

惜悦，这个任何时候都会让我感受到内心疼痛的女人，我又怎能忘记？

第二天我早早赶到公司，刚把助理叫进来准备安排工作，就接到了陈姐的电话。

"高寒，王总被带走了。"陈姐的声音就像春天里的一道响雷，劈得我一下子晕头转向。

"什么？"我惊得坐直了身子。

"昨天晚上说是去协助调查，但现在还没有回来。我担心……"

"陈姐，你知道惜悦现在人在哪里？"

"不知道。"

"我马上回去。"

没有一刻的犹豫，我抓起电话和包就走，撇下愣在我面前的助手。

"我要出差，回头给你电话。"

走到门口时，我扔下一句话。

发动车之后我检查了下自己的银行卡，然后直奔高速，没忘记给家里打了个电话，说临时急事出差。又给助手交代了几项急办的事情。

秦浩打来电话时，我正在加油，直接按掉，完事后才给他打过去。

"靠，一大早泡妞呢，又挂老子电话。"秦浩一开口就抱怨。

"少废话。"我直接打断他，全然没心思跟他磨牙。

"哎，惜悦可能出事了。"秦浩的语气软下来，难得地严肃。

"嗯，我在去深圳的路上，今天晚上到。"我的语气十分冷静。

"你已经知道了？"他有些吃惊。

"嗯。"

"你怎么知道的？"秦浩还有点不死心，他知道我跟惜悦这半年并没有怎么联系过。

"嗯。"我不想说太多，"你那边还有什么消息？"

"就这些了。"秦浩的语气有些无奈，"昨天我想想还是得替你关心下，结果打惜悦电话打不通。今天一早打到公司找她，接电话的人吞吞吐吐，一会儿说没来，一会儿说出差了，我觉得不对劲。出差也不用一直关机呀。"

"嗯，我先过去再说。"

"喂，你路上小心，千万不能出事。"我正想挂电话，又听见秦浩说，"我叫梅子做饭，到时去高速出口接你。"

心里突然有了一股暖意。在远方的一个城市，在你一筹莫展、焦头烂额的时候，还有个好兄弟能来接应你。我是不是开始老了，怎么这么容易感动？

秦浩说得对，惜悦的情况不明，我不能出事。

是的，一想到惜悦可能此刻会在牢里，我心痛得无以复加。她会不会害怕？会不会受冷挨饿？会不会被虐待……我恨不得直接飞到深圳，去替她承受这一切。

我必须去想办法把惜悦救出来，不管有多难！

除了加油和上洗手间，我只喝过一瓶水，连饭都没顾上吃，就这样只用了8个小时就开到了深圳。

湿热的空气，散发着一股熟悉的味道，迎面扑来。再次踏入这片土地时，记忆的长河已被悄然唤醒。心里浮起千头万绪，车子在机荷高速上面穿梭，却像是驶进了记忆深处，一段段的画面清晰在脑中掠过，仿佛心脏被撕开的碎片，撞得人生疼，令人窒息。

我回来了，为了自己深爱的女人。

穿过收费岗亭，秦浩熟悉的身影出现在我的视野里。他叼着一根香烟，倚靠在路边的栏杆上，几个月不见，身体又整整肥了一圈。

"这右边车门都快生锈了，可见你这半年是有多么的寂寞。"

他扔掉烟头，打开门一屁股坐了进来。

"缺爱很丢人吗？"我搭理了一句。

"不丢人，一点都不丢人，只是我记得曾经有个人说过，在外面当人家孙子，还不如在家当儿子，你……"

"我算是听出来了，你一点都不欢迎我啊。"

"我只是想知道，万一这次你一时回不去，长沙的公司怎么办？你这样来回折腾有意思吗？"他好像比我还担心。

车子驶离了出口，转上了北环大道，窗外的建筑物还是那么熟悉，每栋都能清晰地叫出名字，仿佛它们从不曾远离。

"你妹……还好吗？"我突然想起，有点不自然地问。

"你妹！"他停顿了两秒，一下子反应过来，"噢，小花……已经嫁人了。"他将头转向窗外，一副傲慢的样子。

"真的？怎么这么突然啊？"我急切地问道。

他转过脸来，直直地盯着我，一脸的鄙视："你让我怎么说你好？这是典型的把别人当备胎还不让人家找备胎，做人可要厚道啊。"

我无言以对。

到秦浩家时，天已经快黑了。

"梅子，我走得突然，没来得及买礼物。以后给你补上哈。"我迎着梅子的笑脸说。

"不用客气，来，吃饭，高寒。"梅子一边放碗筷一边说。

秦浩拿了两瓶啤酒走过来。

"嗯，老婆，刚才高寒在路上都跟我说了，等苹果 6 出来，给我们俩一人来一个。这就是所谓的兄弟情深啊，我都有些感动了。"秦浩说着，给我倒上啤酒。

梅子听了喜笑颜开，合不拢嘴："那么见外干吗？给我整一台就够了，他用那么好的手机简直就是浪费。你说是吧？高寒。"

……

我突然想去住酒店了。

菜很丰盛，满满摆了一桌，不得不承认梅子的面食做得一流，连我这个不爱吃面的人，都吃了满满一大碗，一会儿便打起了饱嗝。

看来婚后的秦浩，小日子过得挺幸福的。

"梅子，手艺真好，都把你老公喂肥了，"我斜着眼看看秦浩，说，"再喂一段可以宰了，现在猪肉正好涨价。"

"你结婚以后也会变胖的。"梅子没心没肺地说。

我的心猛然一沉。

"老婆，你快去厨房切点水果过来。"秦浩突然接话，支走了梅子。

眼前的剩菜残羹已被收走，我望着空空如也的桌面，忧愁爬上心头。

第二章
意外的相遇

第二天清晨，天空染出第一抹绚烂时，我们就出发了。

眼前这个熟悉的城市此刻仍未苏醒，就像一个妖娆的女人躺在情人怀里，都黎明时分了还在做着春梦。偶有几辆汽车悄然驶过，迎接着崭新的一天的到来。

我和秦浩在导航仪的指引下，穿过空荡的街道，带着沉重的心，朝着郊外的看守所一路急驶过去。

我们彼此沉默，车窗外，斑斓的朝霞让周遭显得生机勃勃，与车内的凝重形成了鲜明的对比。

"喂，你昨天开一天车，睡会儿吧。"看着我轻揉太阳穴，秦浩难得地体贴一回。

昨晚几乎无眠，一打盹就噩梦一个接着一个，天还没亮我就索性起来了。

很困很困，却没有睡意，这样的感觉在与惜悦分开后就不时出现。就算是什么都不去想，脑中偶然掠过的一个念头或眼前出现的一个事物，也总会扯出一缕疼痛，宛如涟漪，一圈一圈地漫过心头。

我不知道吸毒是什么样的感觉，却总觉得惜悦就像是毒品，侵入了我的四肢百骸，纵然在那么长的时间内没有她的音信，都能够随时让我精神恍惚。而一想到她此刻可能的处境，一想到她可能需要我，或者我能够为她做点什么，我便可以放下一切奔到她的身边。

我们虽然不再言爱，然而，我却无法置身事外。

昨晚我和秦浩一直不停地打听，只要有可能提供咨询和了解情况的人，几乎都没放过。

陈姐那边没有更多的消息，依然不知道惜悦的下落，但查到了是哪家检察院在经办案件。

公安局的朋友联系说一般都会关在看守所，并顺利帮我查到了惜悦被关押的地点。不过最后补充了一句："估计你见不到她。"

我跟秦浩商量，事情总会有例外。于是我们带了几条烟，口袋里揣着钱，还有梅子给惜悦准备的几件换洗衣服，赶在高峰期前穿过这个城市。

随着导航仪的语音提示，远处那座架着铁丝网的高墙，终于映入眼帘。

和电影电视上看到的差不多，无论是门岗还是高墙上面值班的武警，都荷枪实弹。

这是我平生第一次来到这样的地方，原以为这与我的生活非常遥远，远到只是一个传说，与我没有任何关系。不承想有一天，我却这样焦急地站在这里。

门岗警惕地看着我们，我和秦浩走向大门口时，心里是有几分胆怯的。

站岗的武警看都不看我递过去的身份证，指指旁边的小平房，让我们到那儿去登记办通行证。

此时才七点。

我跟秦浩就这样傻傻地站在门口等着，一句话都说不出来。

我盯着高墙看，心里很慌，感觉这样的慌乱将自己心撞得很疼，那种疼痛的感觉宛如刀割。

我甚至不知道能不能见到惜悦，对于怎样才能救她还毫无头绪。但我就知道一点：我不能让她待在这样的地方，我一定要把她救出去。

等到终于有人上班时，三分钟后，我和秦浩就被打发了出来。

还没有判刑，禁止探望！

这样的词汇刺激到了我。

我和秦浩耷拉着脑袋一言不发地往回走。

"看来是真不行，我再问问看还有什么办法。"秦浩拿出手机，开始翻找。

我不知道我们还能找到谁，善解人意的秦浩或许只是用这样的动作来安慰我的失望。

"咱们直接去检察院看看吧。"沉默许久后，我说。

"好。"

我们立即出发。

离开检察院的时候，我的脚步是沉重的。事情比我想象的还要棘手。我们到处打听，跑了好几个办公室，关于案情什么都没问到，唯一有价值的情况是要律师来了解，而且，只有律师才能见到惜悦。

我随即打通了陈姐的电话，索要公司的法务吴律师的手机号码。

吴律师显然对接到我的电话感到意外，但因为曾经的视频事件，让他对我还是有着较深的印象。

电话里传来他那认真得一丝不苟的声音，我立刻意识到对这样的人，若直接打听案情，显然是唐突的。于是约吴律师见个面，想去拜访。

果然，吴律师并不希望这样莫名其妙的见面，直截了当地问我有什么事情。

"吴律师，是这样的，我是王惜悦的男朋友，今天刚赶回来。想找您了解下情况。"我伺机脱口而出，而这个身份也是我潜意识的定义，哪怕惜悦并不认可。

似乎，对于一个离职的员工来说，并没有什么理由去打探案情，而我，必须见他。

"哦？我怎么没听说过……"吴律师迟疑。

"您可以问一下行政部的陈姐，知道的人不多，但蔡董和陈姐他们都知道。"对于一个刻板的律师，他肯定是需要证据的。

"如果我没记错的话，你好像早就离职了？"

"是的，为了避嫌。"我大言不惭地说。

"我现在要接个电话，一会儿再打给你。"

我想吴律师一定是要先证实一下我的身份。等待期间，我又打了两个电话，打探来的消息都差不多，想见惜悦或了解案情，只能通过律师。

吴律师并没有让我等多久，一刻钟后电话就打过来了。

"小高，来公司不方便。你在附近找个安静的地方吧。"

"那就到广场对面的 COCO Park 好吗？"

"几点？"

"十点您方便吗？"

"行。"

今天的天气很好，五月的深圳已经十分炎热了。我提前十分钟到达，找到一个安静的角落面朝着进门的方向坐了下来。隔着玻璃窗，可以看到外面的一切。广场上卖各种零食和小商品的摊位很多，人群熙熙攘攘。很多衣着清凉、时髦的美女筑成了这个城市一道迷人的风景。只是我现在毫无心思欣赏，眼光直接投向了更远处——HY所在的卓越大厦十分气派，在阳光的照耀下像一个透亮的水晶体。

看着这幢大楼，我的心情很复杂。那里承载了我太多的故事。有我的梦想、追求、伤心和羞愧。感到熟悉、亲切的同时，也感受到了疼痛……五味杂陈。

看到吴律师朝这边走来时，我站起身，准备去门口迎接。

"啪。"几乎是同时，一道夸张的声音从我身旁传来。

"张思伟，你还有什么话说？"

我转过身，看到一个漂亮的侧脸，愤怒地看着眼前的一对情侣，男人的脸上一道红印，女人的双手还在男人身上，男人吃惊地望着动手的女人。

"你给我听清楚，永远不要再来求我，你给我有多远滚多远！"女人说完转身，只一瞬又转回去，拿起桌上的咖啡杯泼向那个目瞪口呆的男人。电光火石之间，坐着的女人突然跳了起来，伸出手抵挡并向外推了一把。随即，我感觉身上一热的同时，咖啡和女人同时落进我怀里，我本能地抱住女人。

杯子摔落地上清脆的响声传来时，男人的女伴咆哮起来。

"你凭什么打我男朋友，你个泼妇，你到底是谁？"

"小琳……"男人在挨了一巴掌后终于反应过来，从位子上跳起来。

"你没事吧。"我扶起了怀中因为愤怒而瑟瑟发抖的女人，她根本顾不上看我一眼，用手指着面前男人的脸冰冷地、一字一句地说：

"张思伟，告诉她我是谁？"

"小琳，你别激动，你听我解释……"男人一片惊慌，张口结舌。

"思伟，这个女人到底是谁？"另一个女人尖叫。

"你不要说话。"男人厉声道。

"好吧，我来告诉你我是谁。"我怀中的女人站定，盯着那惊慌失措的男人说，"我是……不，我曾经是他要结婚的对象，三年的女友，给他找工作，给他提供资金开公司。你说我是谁？"她又看着眼睛睁得老大的女人说："看在大家都是女人的分儿上我不跟你计较，从此，这个人渣就归你了！"

女人转身，潇洒离去。留下一个追赶她出门的男人，一个眼中溢出泪水的女人，而我身上的咖啡，还在顺着衬衫的下摆不断地往下流。

太狼狈了。

我在桌上抽了几张纸巾，随手擦拭了一下，朝走过来的吴律师尴尬地笑笑。吴律师点了点头，转向身后，又看看眼前，问道："要不要去换身衣服？"

"不用了，吴律师。很抱歉啊，我先去下洗手间。"

几分钟后，我湿淋淋地坐在了吴律师面前。我不想耽误时间，现在需要争分夺秒。

"看出你的焦急了，我来跟你说一下案情吧。"

吴律师没有一丝含糊，开门见山，通过他夹杂了许多专业术语的简单介绍，我大致明白了一些事情的缘由。HY 集团旗下有很多子公司，总部以资产或某种方式为纽带对它们实行统一的经营管理，以达到合理配置资源，取得规模效益的目的。但是因为涉及的产业多元化，而且都是属于财务独立核算的经营模式，所以难免对其中一些公司监管不到位。这次，问题就出在龙 N 外贸子公司，有一批货物的报关手续出现了严重的问题，涉嫌走私，被海关严查。由于它负责的是整个集团的物流和报关，所以直接牵连到了总公司。目前负责人已被拘留，蔡总和惜悦都被关押调查。

"吴律师，我想请问一下，作为一家兄弟公司的执行副总，惜悦怎么也会牵连进去？"

我记得当时和惜悦失联后，还特意去那家公司寻找过，并没有得到任何与她有关的消息，她这次怎么会被抓走呢？

"这个事情是这样的，龙 N 公司在整个集团架构起到的作用就好比人的血管，所有子公司的物流和报关都经过它，王总作为 HY 集团手机事业部的副总，分管的又是财务部门，所以被带去协助调查是很正常的法律流程。"吴律师耐心地回答我的问题。

"我明白了，那惜悦和蔡董需要承担多大的责任？"这才是我最担心的。

"这个……说不好，万一案件属实……"他的脸色突然变得凝重。

"你的意思是……"我突然感到了恐惧。

"这么跟你说吧，"吴律师面无表情地看着我，"三聚氰胺不是田文华买的，也不是她加进去的，但当年福布斯排名第一位的三鹿倒闭了，田文华被判无期徒刑。"

我倒吸了一口冷气，不可思议地看着吴律师。

"你是说……"

"是的，现在的情况不容乐观。而且，据我掌握到的情况来看，有一点很明显，那就是龙 N 公司的这次事件是被人举报的。"

"什么？那会是谁？"我一下子心乱如麻。

"不知道。"

"如果……"我强咽了口气，艰难地说，"如果找不到有利证据证明惜悦和蔡总无罪，最坏的结果是……"

"走私属于重罪，蔡总和王总都会被判刑。只是多少年的问题了。"

判刑！

我瞪大了眼睛，失魂落魄地坐在座位上。

惜悦很可能会坐牢！

怎么会这样？

怎么能这样？

不！这件事一定不会这么简单，一定有蹊跷。以我对惜悦和蔡总的了解，他们都不会故意去做这种触犯法律的事情，这中间肯定有别的问题！而且，那个举报的人，到底是何居心？

我一定要见到惜悦。

我必须弄清楚事情的真相。我不能让惜悦坐牢！

不能！

可我怎么才能见到她呢？

一个长沙的电话将我从沉思中唤醒。

"老板，刘总那个单子遇到点问题，早上没按时付款。"助理小马说。

"你约下他，说我急事出差了，请他吃饭，好好招待下，好话多说点。"我突然发现此时比任何时候都需要钱。

我不知道下一步会遇到什么情况，也不知道需要多少钱，但我现在需要筹集资金。

"得令。"小马道。

放下电话，我望着窗外的广场发呆。正值正午，从写字楼里涌出很多人，三三两两，有说有笑，有快有慢，没入周围的大大小小的餐馆。

我突然觉得有些悲凉。此时惜悦在哪里？她在吃什么？是否毫无尊严地被吆喝着？

我的心瞬间揪紧了。

顿时发现，在自由面前，什么都不重要。

有钱如何？

事业成功如何？

有什么比得上能够拥着相爱的人在阳光下自在地行走，随意进入哪一家想吃的餐厅……

我比任何时候都思念她。

"哎……"

"这位帅哥，不好意思打断一下你的思考。"

一道清丽的女声响起，我转过头，才发现面前站着的漂亮女人有点眼熟。

我看看周围，确实是在跟我说话。

"有事？"

我想自己或许有些粗鲁，只是，此时毫无跟人搭讪的心情。

"我是……"女人见我不认识她，略有些尴尬，伸手指指我的衣服。

"噢……"我恍然大悟，不好意思地笑笑，原来是刚才那个将咖啡洒在我身上的女孩子。

"都解决好了？"

我不知道她为什么在走了之后又返回来，找我说话。

"没什么可解决的，扔了。"她面无表情地开口，说得跟扔块抹布一般轻松。

难道是我 out 了？现在已经进入女汉子时代了吗？

刚刚发现恋爱几年的未婚夫劈腿，非但没有被打击到，反而扔得那么直接，那么洒脱，那么豪迈，而且，还能笑得这么爽朗。我真是服了。

"那个，"女汉子指指我的衣服，"很不好意思啊，刚才情绪有点小激动，忘了给你道歉。"

原来是专程回来给我赔礼的。

"没事。"我很想开个玩笑，却发现没什么兴致。

"有事。"女汉子果然是女汉子，毫不拖泥带水，伸手招 waiter。

"我请你喝杯咖啡，你一边喝着，一边等我一下，我马上去买件衣服赔你。影响了你的约会，非常抱歉！"

说话间，waiter 走过来。

我朝他摆摆手，表示不需要了。

"没关系的，美女，不必如此隆重。"我看时间差不多了，站起来准备离开。

"要的要的，帅哥。刚才直接走人，压根没想起来跟你道歉，很失我的风度。"女汉子眨眨眼，动人的眼神中竟然多了一份请求。

我仔细地打量了她一眼，这才发现，原来她长得颇有姿色：穿着是典型的白领装束，一头清爽洒脱的短发，配上她那端正的五官，更是增加了几分干练、个性的形象感。

"真没关系，"我摸了下衬衫，发现已经差不多干了，"我回去洗一下就好。"

"那好吧，"女汉子不再勉强，直接伸出了手，"要不，留个电话?"

"作为一个躺枪选手，表示不接受预约。"我轻轻握了下女汉子伸出的手，以示礼貌。

"哈哈哈哈，"女汉子朝我挥挥手，"再见。"很利索地转身走了。

第三章
高墙下重逢

我去隔壁的商场买了件 T 恤衫换上，朝对面的卓越大厦走去，午餐时间，人会比较少。我想去见见陈姐，看能否了解到一些情况。

才出电梯，迎面撞见小艳。

"哥，你回来了。"小艳激动地冲向我。

"小声点。"

小艳看看四周，伸手把我拉进茶水间。

"哥，你见到惜悦姐没有？她怎么样了？"小艳放低了声音。

"没有，我也见不到。"我实话实说。

小艳的眼圈突然就红了。

"现在公司里说什么的都有，好多话很难听，每天都有各种传闻。我又担心又生气。"小艳愤愤地说。

"都有些什么传闻？"我问。

"什么蔡总和惜悦姐有不可告人的秘密……公司里的好多钱都被他们转走了……还有更难听的。"小艳忘了难过，一脸的愤怒。

"你信吗，小艳？"

"不信。"小艳很干脆地说。

"为什么？"

"我信你呀，哥。"小艳还是那么毫无心计，抬起脸看着我说，"你相信的，我都相信。"

我拍拍小艳的肩膀。

"放心吧，不会有事的。"我轻松地说。可是心里却很沉重，毫无头绪。

"哥，那你要回来上班吗？"小艳望着我的眼睛闪出光彩。

"我先回来看看，了解下情况，其他的事情回头再说。"

"嗯，哥，你一定要回来啊。蔡总和惜悦姐不在，大家人心惶惶的。"

我冲她笑笑。

陈姐不在办公室，电话里说让我先坐会儿，她马上回来。

我的脚步不由自主地迈向一个熟悉的地方。

惜悦的办公室门紧闭着，透过没有拉下百叶窗的玻璃，看到里面非常凌乱，有明显被搜查过的痕迹。让人可以想象当时这里发生了什么情形，惜悦就是这样，在众目睽睽之下，无助地被带走的吗？

"吴律师，有个不情之请。"

我掏出电话，接通后直截了当地开口。

"你说。"吴律师的声音还是那样，听不出喜怒。

"现在是不是只有律师才能见到惜悦和蔡总？"

"是的。"

"有没有其他例外的途径？"

"没有，除了办案人员和律师，没有。"

"那么，我想请你帮个忙。"

"带话？可以。"

"不，我想当你的助手，去见见惜悦和蔡总。"

"……"

听筒里沉寂了，我紧张地抓紧了电话，心都快要跳出来。

"好，我们试一下。"吴律师不紧不慢地说。

我悬着的心落了地。混乱之中，又燃起了希望。

陈姐几乎是带着小跑回来的，见到她，我心里莫名地有点泛酸，惜悦在深圳关系最亲密的人，就只有她了。

陈姐的担忧直接写在脸上，见到我时，眼眶是潮湿的。

"高寒，你回来就好了。"她看着我的眼神，仿佛多了一丝欣慰，"太好了。"

陈姐领着我走进了她的办公室，小心地关上了门，焦急地问我有什么最新的动态。

我将目前不利的情况简单说了一下，还提到了准备想办法去见惜悦。

"那我现在回去找几件换洗衣服给她带去。这么热的天，也不知道她现在情况怎么样了……"

"陈姐，你觉得 HY 集团最大的敌人是谁？"我打断陈姐的伤感和絮叨，直接问道。

"这个，商场如战场，很难说啊，怎么突然这么问？"陈姐没有给我答案。

"这次的事是有人举报的，而且，我想这个人，肯定对我们集团内部的情况很熟悉，他一定知道龙 N 公司在整个集团中所具有的特殊性，所以才挑着下手，这相当于打了蛇的七寸，一下子就殃及了整个集团的所有公司。"我分析道。

"嗯，你分析得有道理。"陈姐点了点头。

"那你先去调查一下，我们回头再商量。"我说完离开了公司。

第二天，我和吴律师赶往了看守所。

一脸严肃的士兵检查了我们的所有证件后，终于打开了那道厚重的门。

大门随即"哐"的一声在我们身后关严，关上的，不止是一道门，更是隔离了另一个自由的世界。

我随着吴律师往里走，看着四周高处哨兵手中的枪。我感觉到了压抑、无力感和恐惧，我甚至有一种感觉，万一不小心误入，便可能终世不见天日了。

从看到高墙的那一刻起，我心里就堵得慌。

天空是一样的，空气是一样的，高墙内外，两个世界。这一次深刻地感觉到，自由是一件多么奢侈和昂贵的东西。

我拎着吴律师装着卷宗的文件包，一副标准的助理模样，终于走进了接待室。

紧盯着通向走廊的那道门，我心里很复杂，期待、心痛、担心、害怕一齐涌了上来。

那么骄傲、高雅的惜悦就被关在走廊那一端不知道会是什么样的地方。她待在这里，该有多难过？我不敢去想她在里面是不会被欺负。每次一想到这些，心就揪在了一起。我发现自己比平时任何时候都渴望见到她。只有亲眼见到她，我才能放心。此刻的她，该有多么需要温暖和力量？

越是快要接近，就越是期待和不安。这不是恋人之间见面的急切和焦急，更像是等待亲人，那种骨肉相连的疼痛与煎熬，只化作了希望，只希望她能平安无恙。

当那道娇小的身影终于出现时，我的心都快跳出来了，恨不能拉开她身边的狱警，将她紧紧抱在怀里。

可是，我不能动。

惜悦看到我的时候脚步一顿，身体有片刻的僵硬，一双大大的眼睛，一瞬不瞬地看着我。

她扎着简单的马尾，身上的那套蓝白相间的囚服刺痛了我的眼。

惜悦就那样看着我，眼光中流出吃惊、探询、欣喜、忐忑、希望。但我分明看到，在望向我的那一刻，一道光彩在她暗淡的眸子中一闪而过。随即，苍白的面颊上升起一抹轻浅的红晕。

她瘦了。

分别已半年，不，确切地说，我离开深圳半年，在那之前，我早已失去了惜悦。因为我的一念之差，因为我的多疑，铸就了我不能原谅的错，亲手葬送了我们甜蜜的爱情和似锦的未来。我不仅负了惜悦，还负了另一个女人。我以为自己再也找不到借口，再也不能重新面对她。可是，冥冥之中，我却一直在等待。我不知道自己在等什么，等待时光将伤害的印记冲刷得轻浅而能够忘却或原谅？还是等待自己的成长而能够克服自己的懦弱？

我不知道。

我更不知道的是，惜悦会不会等我？会不会再给我一次机会？会不会已经有了新的选择……

我期待着和惜悦再次重逢，却没想到会以这样的方式。毫无疑问，这事件，斩断了我所有的借口和犹豫，也让我清晰地看透了自己爱她的一颗心。

我宁愿此刻站在里面的人是我，我不希望她受到一点点委屈。

心如刀绞。

当我重新面对惜悦时，已经没有任何犹豫了，我的心从来没偏离过自己。

只有变故，才能让人看清自己的爱情。

我看着她，用目光温柔地抚过她的秀发，她光洁的额头、精致得不需要描的眉、长长的睫毛，她曾经看向我时明亮剔透、似映着一泓秋水的眸子，此时却蒙了一层阴霾，那细嫩得吹弹可破的面颊，也失去了光泽。

我的心像是被人踹了一脚，说不出的难受。

我愧疚、自责、心疼，是我没有保护好她。

倘若曾经没有那样的伤害，倘若我们不曾分开，或许她不会在这里。

我的疼痛、我的愿望告诉我，我是爱惜悦的，从来不曾改变过，从来不曾犹豫过。或许是爱之深才会恨之切，才会有那样偏执的报复。可惜，我从来不曾真正报复到了谁，却让我们的爱伤痕累累，也让另一个女人遍体鳞伤。

我发誓，我将不惜一切代价，将惜悦救出去，我无法忍受自己心爱的女人待在这里，忍受无助和委屈。

我爱惜悦，即便她不肯原谅我，即便将她救出后她不会选择我，我也绝不会有丝毫的犹豫和懈怠。我要看到光鲜闪亮的惜悦，我要看到她带着阳光的笑颜，哪怕她彻底放弃了我，我也要看到她脸上有快乐、幸福和满足。

我目不转睛地看着她。我们的目光在狭小的空间里交缠，我将自己的心疼、愧疚、自责、担心、思念、信念和压抑不住的爱意，毫无掩饰地投向她。

咫尺之间，恍若隔世。

"王总，你好。"吴律师不紧不慢的声音打破了我们无声的交谈。

"你好。"惜悦的声音有些轻微的沙哑。

探监的桌子不大，她就坐在对面，我们离得很近，近得连她睫毛的颤动都可以看到。

"王总，我看了案件的卷宗，"吴律师拿出文件，"有几个疑点需要向你确认一下。"

"好的，吴律师。"她的声音很平静。

"你跟龙 N 外贸公司是什么关系？"吴律师语气平淡，铿锵有力。

惜悦仿佛没有思索，缓缓说出："那是我们的兄弟公司，也就是我们集团的子公司，主要负责物流业务以及进出口报关。集团内的某些人事档案以及固定资产有挂靠的情况，比如我的配车，所有权就是他们公司的，但是准确地说我们属于合作关系，HY 手机事业部采购的产品一切报关手续，由他们去完成。"

"那这次被扣的货物是由你们委托采购的，对吗？"

"是的，但是手续出了问题，我们并不知情。"惜悦点了点头。

接下来的谈话，进行了半个小时，我坐在一旁，心疼地看着惜悦。吴律师在了解完所有的事情后，问她："王总，你还有什么需要补充的吗？"

惜悦摇了摇头，目光幽深的眸子，转过来定定地看着我。

良久，她说了一句话："你回 HY 吧。"

在吴律师见到蔡董后的第二天上午，陈姐打电话叫我去一趟公司，我猜想应该是吴律师把话带到了，要给我办入职手续。

可没想到，到那里时，陈姐交给我的，竟然是一份 HY 集团手机事业部总经理的任命书。

我睁大眼睛盯着一字一句地读完，抬头看着陈姐。

"这是董事会的决定。"

陈姐面带微笑，肯定地点点头。

这一切发生得太快，我完全没有思想准备，原本只是想着回来救惜悦，却没料到又被赶鸭子上架了。

尽管我做过那么多伤害惜悦的事情，在如此紧急的关头，我仍然成了他们愿意彻底信任的人。

我感觉手中的任命书是一份沉甸甸的责任。

而我别无选择。

救出惜悦，保住HY，那是蔡董毕生的心血，也是惜悦会拼命去维护的事业。

陈姐将目前的状况做了简介，公司的人员变动不大，除了项目总监由一位新人担任，财务、销售、采购、工厂都还是原班人马。今年公司业务的重中之重，是正在进行的运营商4G智能手机竞标大战，这也是未来很长一段时间内，公司财务上最大的利润增长点，由肖峰在具体负责。

"我们是直接参与竞标吗？"我问道。

"和一家业内有名的代理商合作的，老板叫陈战，不知道你听说过没？"陈姐回答道。

"没有。"

陈姐毕竟只是负责人事工作，对销售的事情并不了解，看来，我想要知道更多详细的情况，只有找肖峰才是最直接的方法。

半小时后，我走马上任的消息闪电一般传遍公司，产生了惊雷的效果。

最兴奋的莫过小艳了。她像一只花蝴蝶一样飞来飞去的，将我的办公室打扫得干干净净，需要的用品按照我的习惯，一一放到适当的位置。忙得马不停蹄，额上渗着汗珠，脸上泛着红晕，还自作主张地将她的办公位置迁到了我的外间。

"小艳，你这是……"我指指她的办公桌。

"哥，你已经把我调过来了。"小艳理所当然地说。

我看着她不说话。

小艳讪笑，调皮地伸伸舌头，随即殷勤地给我泡上了一杯绿茶。

"好吧。"我无可奈何。

一个上午，我的办公室都很热闹，公司的新老员工，有不少人有意或无意地进入我的办公室。有兴奋的，有观望的，有好奇的，有打探的，有巴结的，有不平衡的、嫉妒的……

我坐在大班椅上，望着络绎不绝的来访者，观看着人们不同的表情、不同的笑脸。

一个小小的办公室、一次升迁、一个事件，人心百态，折射无遗。

下午时分，肖峰终于找上门来了。

"正要登门拜访你呢，肖总，看来咱们真是心有灵犀，只可惜今天没有好茶招待啊。"我脸上堆着笑，把他迎到了沙发上。

"哈哈，茶叶自带。"肖峰笑了笑，扬了扬手中的铁观音。

"果然是销售精英啊，任何时候都细心、周到。"我在他面前坐了下来。

"高兄就别笑话我了，这驰骋职场的本领，我在兄弟面前就是个小学生啊。"他的语气有些夸张。

"唉，"我轻叹了口气，有些无奈，"这刚回到深圳，就碰上公司的非常时期，说好听点叫临危受命，用我们家乡老话来说，这其实就是抓头黄牛当马骑啊，你懂的。"

"哈哈，高兄就是谦虚。"肖峰说话间撕开了手里的茶叶袋。

"说说竞标的情况吧。"我趁泡茶间隙，切入正题。

肖峰脸上一下子失去笑容，堆上了层层阴霾。

"目前进展还算顺利吧，已经成功入围，你也知道，我们毕竟只负责提供技术支持和后勤保障，打头阵的主要还是代理公司的公关团队。反正他们也挺专业的，就配合着来吧。"

"肖总的情绪看上去不高呀。"

"唉，"他叹了口气，一脸凝重，将头凑了过来，"高总，现在公司出了这种事，人心惶惶，我们能不能挺得住啊？"

"肖总，我刚回公司，各方面的情况还不了解，你先说说你那边的情况吧。"

"不好。今年公司的传统渠道受到打压，销量直线下降，盈利已大不如从前，在这节骨眼上又出现了这么大的动荡，后续参与竞标还需要整合更多的资源，只怕到时候……"

他抬眼看向我，向前伸出手，大拇指和食指相互摩擦，努了努嘴："巧妇难为无米之炊呀。"

"公司出事以后，经销商那边有什么反应。"

"这帮孙子，我靠!"一提到这个，肖峰马上变了脸，"都他妈等着 HY 倒台呢? 该结的货款死压着不结，不少人拿不进货要挟，NND，这树还没倒呢，都他妈虎视眈眈的。"

肖峰骂骂咧咧。

我听得心情沉重。想当初"六指琴魔"上市时，不少经销商排着队来要货。果真是此一时，彼一时。只半年时光，这世界真的好现实。

"高总突然回来上任，可是有点什么……好消息?"肖峰犹豫了一下，突然换了词。

"没有。"

"那……怎么办才好呢?"他突然放下杯子，往后靠到了沙发上，一副故作深沉的思考模样。

我当然明白他的意思，以我对他的了解，敏感、现实的肖峰，向来不会浪费感情和精力在没有利益前景的事上。

这个人恐怕是靠不住了。

"肖总，我们这次竞标的对手多吗?"我转移话题。

"对手倒不多，但是有家叫鼎新的品牌，老板是咱们的老熟人了……"他停顿下来看着我，脸上露出复杂的笑容。

"噢?"我挑了挑眉毛，心里嘀咕了一下，问道，"是古总?"

"嗯，高总就是厉害啊，一猜就中。"

我大惑不解，有些不可思议:"他们公司发展得这么快?"

"呵呵，"肖峰笑了笑，没有说话，而是端起茶杯喝了一口，"高总，这茶不错，你品一品啊。"

"好吧。"我心里明白，再谈下去，也谈不出什么有价值的东西来了。

第四章
举步维艰

快下班时，秦浩打来电话："等会儿你开车从我这儿绕一下，有重要的事跟你说。"

我正要追问什么事，他就利索地挂了电话。

遇上高峰期的拥堵，车子寸步难行，就这样走走停停，终于赶到了海松大厦楼下。我打着双闪灯刚把车靠到路边，秦浩就拉开车门坐了进来。

"发生什么事了？"我转头瞄了他一眼。

"唉，你要有心理准备。"他这故作神秘的沉重，让我顿时觉得有些揪心。

"说吧。"我猜到可能跟惜悦的事有关，眉头不由自主地皱了起来。

"今天我找了好几个人，都是平时关系很好的朋友，他们都表示对惜悦这个案子无能为力。更奇怪的是，我还找了之前的战友，他打探完消息之后明确地告诉我，叫我不要碰这件事，最好远离。"

"什么意思？"我一下子没有反应过来。

"高寒，你有没有想过这件事有可能是有人故意针对的？或者说 HY 得罪了什么人而得到的报复？"秦浩侧头询问道。

"猜到了，我知道这次是有人故意举报的。"我回答道。

"这就对了。我跟你说，其实我那个战友的级别不算低了，可他了解完情况后，却很明显地想要回避这件事，而且还告诫我最好不要趟这浑水。这说明你们的对手绝不是那么简单。"秦浩的话，像一堆乌云，压在了我的心头。

"那又怎样？难道说对手强大我就应该袖手旁观吗？"我淡淡地说道。

"你的心情我了解，只是……"他停顿了一下，换了种语气，"其实，人生有很多需要珍惜和经营的东西，比如你老家的公司，比如你的父母。而且，你以后还会遇到喜欢的女人，为了这些，你量力而行一次，没人会怪你的。"

"可我自己会怪自己。"我转过头看着他，"人的一生其实遇到自己深爱的女人的概率非常小，很多人一辈子都碰不到，而我很幸运地遇到了，所以我不应该留下遗憾，你说是吗?"

"唉，我知道说服不了你，只不过你要有思想准备。"他伸出手来搭在我肩膀上，轻拍了几下，"不过你放心，不管别人怎么想，我永远站你这边。"

"谢谢。"

正说话间，我的手机铃声响起。

"高寒，你到深圳了?"一个高八度的悦耳女声传了出来，语气中丝毫掩饰不住欣喜。

秦浩顿时精神一振，夸张地竖起了耳朵。

"你是?"我一时没有听出来。

"想不到你真是健忘啊，我是张丽丽。"这次的声音中充满了幽怨。

"哦，是你呀，呵呵，不好意思。"我赶忙赔不是。

"不然你以为是谁呢? 是不是给你打电话的女人很多啊?"她的话明显有些酸意。

"没有啦，只是有点意外，那……你找我有什么事吗?"我有些奇怪地问道，说话的同时一掌推开凑过来偷听的秦浩。

"当然有事了，而且还很重要，我们见个面吧。"她说道。

"好的。"我和她约完地址挂了电话。

一抬头，就看到了秦浩那张兴奋的嘴脸，他用那双闪着精光的狼眼瞪着我，露出不可思议的表情。"女的耶?"

"有什么问题吗?"我冷冷地回答。

"声音还蛮诱人的，这又是没在我这里备案的吧?"他的语气颇为不满，"不是我说你，现在的市场环境瞬息万变，弱肉强食，要想有所突破，就必须要学会资源整合和信息共享……"

"够了，就一个朋友而已。"我真佩服他满嘴跑火车的本事。

"那正好我晚上也没啥事，跟你一起去见见朋友吧。"他动作麻利地系上安全带。

"不方便。"

"哟，是吗?"他装作很意外地愣了一下，又看着我一脸的坏笑，"独自去偷欢，桃花处处开啊。"

"真的只是朋友。"我无奈地解释。

"好吧，看在她声音那么动听的分儿上，我就信你一次。"他终于磨磨蹭蹭地下了车。

见面地点约在了福田中心商业区的一家西餐厅。

相比半年多前，张丽丽添了几分妖娆。

她远远走过来，一套紧身的米色连衣裙，将身材显露得无比醒目。长发散在腰际，随着腰部的摆动，胸前带着大海波涛的气息，摇曳生姿，回头率颇高。走到近处，发现她是仔细打扮过的，淡描娥眉轻画腮，配着由衷的笑意和泛着流光的眼眸，带着一抹娇羞，颇具少妇的魅惑。

女人的魅力果然是每个年龄阶段都不一样的。

"高寒，好久不见啊。"她说话的湖南口音很重，听了不禁感到有些亲切。

"你好，张姐。半年多不见，越来越年轻漂亮了。"

听到我的称呼时，张丽丽的笑脸上有丝不快闪过，随即灿烂依然。

"什么时候回深圳的？"

"刚回来两天，你的消息怎么这么灵通啊？"

张丽丽没有接我的话，顿了一下，看着我。

"我当然知道。"

我挑挑眉毛，算是询问。

"HY 有什么动向我都知道。"她补充说。

"张姐的意思是，古总还是那么关注 HY 吗？"

"是啊，竞争对手嘛，能不关注吗？"张丽丽又是一笑。

她难道是在暗示我什么吗？

我突然意识到——难道举报的人是古总？

是的，古总对 HY 早有宿怨，他对 HY 的了解无人能及，特别重要的是：他又是这次竞标大战的主要竞争对手之一，这时候捅刀子，对自己最为有利，不光有可能彻底战胜 HY，更有可能直接整垮 HY。而且，这也符合古总的为人和一贯作风，当初若不是蔡总有所察觉让我出任项目总监，及时堵住了一个巨大的漏洞，手机事业部的家底差点被他彻底掏空。

这样说来，古总这个局布了很久了，时机掌握得恰到好处。

毫无疑问，作为 HY 原来的重要股东和副总，找出 HY 的软肋并不奇怪，在背后玩阴的就更不奇怪。况且，他不止是竞争对手这么简单。他恨蔡总，虽然不知道这是为什么，当然，他也恨我，因为我挡了他的财路。这突然的一击，让鼎新的胜算大大提升。

我眯缝着眼睛看着张丽丽，若有所思。

难道她今天找我的目的，就是为了透露这个消息？

"张姐，这半年多，鼎新发展得很快啊，听说最近还在竞标运营商的手机订单？"我问道。

"是的。"她回答得很干脆。

"可是，有个问题我很好奇。"我喝了口咖啡，眼睛盯着她，故意停顿不说了。

"呵呵，"她淡淡地笑了笑，"好奇古总怎么在这么短的时间内，恢复元气并能与 HY 抗衡？"

跟聪明的女人说话就是省事。

"你说，我听。"我向前倾了下身子。

"其实也没什么，不过就是有人给鼎新注资，还提供了技术力量。不然上一次损失那么惨重，公司是不可能这么快翻身的。"她轻描淡写地说道。

"原来是这样。"我点了点头。

"那新的投资方是什么人，这个圈子也不算大，说不定我认识呢。"我追问道。

"没见过。"张丽丽看了下我，又补充道，"听人说他好像姓林，但从未在公司露过面，一直很神秘。"

"好吧，我知道了。"

我相信，再神秘的人，也会有暴露的一天。

"张姐知道 HY 出事了吧？"我主动地问道。

"当然，还知道你与……又回深圳。"张丽丽顿了一下，一双眼睛柔柔地落在了我的身上，款款生情。

"那你怎么看？"我试探性地问道。

"哎呀，人家只是个小女人，你怎么老问我这么复杂的问题？"她开始装模作样地娇嗔。

"哈哈，那就不聊这些了，来，吃东西。"我无可奈何。

"对了，有件事倒是要告诉你。"张丽丽吃了块牛排，放下餐具，一字一句清晰无比地从她那张魅惑的唇中吐出，"在你们入围前夕，古总就拿到了 HY 的标书资料。"

我顿感后脊发凉。

随即满腔的怒火顿时被点燃，没有发泄的渠道，憋得内伤，一脸的羞愤。

没想到半年后的第一次重逢，张丽丽送了我一份这么重要的见面礼。

"那……张姐知道谁是内奸吗?"

"不知道。"她看着我，脸上多了一些妩媚，"你也不用一口一个张姐了，我又大不了你几岁。"

"那……叫什么?"我的心情还没平复下来。

"就叫我丽丽吧，这样显得亲切一些，不是吗?"

"好吧。"我点了点头。

她看着我笑意更浓了，显然是一副什么东西得逞后露出快意的笑容。

可我顾不上那么多了。

回到家，已经是晚上 10 点。

我掏出冰冷的钥匙打开门，夜风从阳台的落地门灌入，清凉地拂过家里的每个角落。伴随而来的，是这个城市不夜的灯火，明明灭灭，映在白色的瓷砖上泛出一层清冷的光。

我疲惫不堪地躺在客厅沙发上，一动不动，静静地感受着时间的流逝。光线渐渐地暗了下来，我却连开灯的勇气都没有，因为我知道，这个房间里到处都是惜悦曾经的影子。

没错，时间强奸了过去，生了个私生子叫回忆。

思想正在一点一点地被侵蚀，我突然感受到了一股如寒冬般的孤独与落寞。

于是拿起手机，拨打秦浩的电话。

半小时后，我们一起坐在了夜色酒吧的角落。

"我说你以后可要注意点了，哥现在是已婚人士，不能再像以前那样大晚上的随叫随到了，今天就算了，下不为例啊。"他满嘴喷着酒气，一脸的嘚瑟。

"妻管严这么严重?"我微微有些惊讶。

"唉，你不懂。"他将杯里的酒一饮而尽，"这男人一旦结了婚啊，从此就只有纪念日，没有独立日了。"

"有没有那么夸张啊，我都不信梅子管得你这么死?"我跟他碰了一下杯。

"不说那么多了，今晚专门陪你，说说吧，把烦心事都说出来。"他又给我倒满了面前的酒杯。

"我现在一筹莫展，都不知道该怎么办好。"酒精在我体内乱窜，我感觉到恍惚的头痛，心里的话被我一下子吐了出来，"惜悦的案情没任何进展，HY公司又岌岌可危，竞标的事情前途未知，还出现了内奸……"

"这么复杂？惜悦的事急不得，得顺其自然，你现在唯一能做的，就是把公司打理好，内奸没什么可怕的，你把他揪出来就行了嘛。"秦浩帮我分析道。

"兄弟，哪儿那么容易啊？"我长长地叹了口气。

这是惜悦出事以来我第一次真正喝酒。

酒吧里灯光幽暗，密密麻麻的人形态各异，或纵情、或欢娱、或含蓄、或巧笑，像一幅生活形态的画卷。此时乐队正在演唱一首惆怅而深情的歌曲，猛烈而迅速地催化着我内心某种莫名的情愫，诱导着胸腔中酝酿的烦闷一泄而出。

我听不清歌手在唱什么，却觉得眼前的画面有了几分恍惚，似乎要将我与惜悦推向千年的时空。我本能地伸出手向前一抓，抓住的是秦浩带毛的手腕。

"靠，不用这么亲热吧。"秦浩皱着眉头把我的手甩开，那副嫌弃的样子好像遇到一只刚从厕所飞出来的苍蝇。

"惜悦在那里肯定会害怕吧？"我的反应有些迟钝。

"别想那么多了，"秦浩拿起酒杯跟我碰了一下，"人的适应能力都是逼出来的，你没当过兵不知道人类体能的潜力。惜悦是个内心坚强的女人，你不用为她担心太多。"

我知道，哪怕是此刻不太清醒。只是，不愿去想，不舍得去想，一想心里就很疼。

我努力调整思绪。

"公司这么大，能接触标书内容的人范围也挺广，查起来太不容易了。"我轻轻地叹了口气。

"是不容易，最不容易的是如何让你的脑子时刻保持冷静。"秦浩喝完杯中的酒，缓缓说道。

我打了个激灵。

是的，我这是怎么了？我对惜悦最好的帮助就是把公司经营好，渡过难关。怎么可以允许自己的意念垮掉？

"我回到深圳到现在还没睡过一天好觉，精神能好到哪儿去？你快帮我分析一下。"我对他说道。

"先锁定目标，如果目标范围太大，那就先别打草惊蛇，静观其变，等候时机。"秦浩摇头晃脑地一边喝酒一边说道。

他后面还说了什么，我就不太记得了。但是，他的话却给了我极好的提示。

第二天上班，我早早地就来到了公司。

办公桌上摆着的一份财务报告，让我心情无比沉重。

公司销量一直下降，回款基本处于停滞状态，公司现有的资金，连支付这个月到期的供应商货款都不足了。而且这段时间大家一直把精力放在这次的竞标上，销售部根本没有新的业绩，没有新的利润增长点来支撑，公司已经举步维艰了。

HY 目前的局面，远比我想象中的要糟糕。

现在，我该从哪里入手？

"咚咚咚。"外面响起敲门声，打断了我的思绪。

随后，肖峰推门进来。

他这次的神态有些奇怪，叫他坐也不坐，而是递给我一份文件。

是一份辞职报告，我诧异地抬起头看着肖峰。

"为什么？"

"高总，"他的表情有些不自然，"在这个节骨眼上辞职，很不好意思。好像也有点不够仗义哈。"

肖峰先自我检讨，表情与语气非常诚恳，随即话锋一转："但公司目前的情况你比我清楚，俗话说得好，人往高处走，水往低处流。照目前的情况，下个月是否能发出工资来都很难说。我是个俗人，需要考虑生存的问题。"

他说得很现实，在一个快节奏的城市里，理想和抱负很多时候只是雾里看花，水中望月。

大家都是背井离乡、在外奔波的人，谁不用填饱肚子？

他很精明，把这个先搬出来，等于是把我能说的话都堵住了。

我沉吟片刻。

"肖总做事一向谨慎，可是已经找到好的下家了？"

肖峰面色微惊，随即现出几分尴尬。

"这个……是有考虑的。"他说得吞吞吐吐。

"在这个行业做了这么多年，以后总要低头不见抬头见的。不知肖总将要在哪里高就？"我的表情平静，语气没有喜怒，像是在聊一件家常。

"这个……当然，以后大家还是好朋友。"

肖峰看着我，眼神躲闪，并不愿意透露。

"好吧。"我点了点头，面带微笑，然后在辞职书上签了字。

天要下雨，娘要嫁人。要走的终究是要走的，想留也留不住。

第五章
无事献殷勤

我就这样轻易地放走了肖峰，不出所料，随之而来的，果然是他的助理、销售部的几个要员一窝蜂地辞职。

负责投标的领导人一走，公司的销售部两天内就被抽空了。而且标书被对手掌握，资金链岌岌可危。

危机四伏的 HY，此时俨然四面楚歌。

我努力平复着自己糟糕的心情，尽量地调整好自己的情绪和状态。

晚上，饥肠辘辘的我敲响了秦浩家的门。

秦浩手里拿个拖把，正在来回地擦地，一副热火朝天的样子。

"哟，秦总监亲自拖地啊，这可是难得的深圳第一奇观啊。"我夸张地说道。

"大惊小怪，"看到门外的我，他白了一眼，也不叫我进去，一边拖地一边又说道，"大丈夫一屋不扫，何以扫天下？"

等他来回拖完，才看着我慢吞吞地问道："你来干吗？"

"蹭饭。"

他停顿了一下，摇了摇头，无奈地拿起一双拖鞋扔过来："赶紧把鞋换上，别弄脏了我刚拖好的地。最怕你们这种单身汉了，每次都是空手进门，就知道蹭吃蹭喝。"

"谁说的呀？今天我可是特意给梅子带了礼物来的。"我扬了扬手中的东西。

"高寒来啦，什么礼物呀？"梅子听到后从厨房跑出来跟我打招呼。

"一会儿揭晓答案，先让我饱餐一顿再说。"我卖起了关子。

"好啊，正好，我今天做了你爱吃的红烧肉。"梅子喜上眉梢地走进了厨房。

"梅子真是个好人，比你家老公对我好多了。"我笑容满面地说道。

"得了得了，别把泡妞那套用到我家来，这可是我老婆。"秦浩一脸的不高兴，"看在你带了礼物的分儿上，就不赶你出去了。"

饭菜很快上桌，红烧肉的香味随着梅子的步子一起飘了出来。

氤氲的热气上升着，罩着餐桌上端的灯光，我清晰地看到梅子盛饭时，脸上呈现出满足而幸福的如花笑容。

这一幕显得格外的温馨而平静，仿佛一切喧哗与势利都被隔绝。我感受到了一种家庭的温馨。

虽然，那是属于别人的幸福。

但我心生渴望，内心顿时变得柔软而脆弱。我多么希望隔着热气的一端，看到惜悦的笑颜。

"高寒，来尝尝。"我那一刻的恍惚，被梅子的声音打断。

我夹起梅子递来的一大块烧得软糯的五花肉，塞进嘴里时，心里有些酸楚。平心说，梅子的手艺是不错的。

"老公，你也吃。"梅子笑盈盈地给秦浩夹了一块。

"嗯，还是咱老婆好。"秦浩一边说一边往嘴里送，"太好吃了，老婆！你真是太能干了。"

几句淡淡的对话，竟让我生出无限的感慨，羡慕不已。

快吃完时，我从包里拿出一只盒子，对梅子说："来，送你的。"

"iPhone？"梅子双眼放光，带着狐疑的神色看看秦浩又看看我。

我笑笑，递给她。

"iPhone6 plus！"打开盒子的一刹那，梅子的一张脸像花一样怒放了。

"真的假的啊，高寒？你真送啊？"梅子兴奋得有些不相信。

我点点头。

"等等，先看看是不是山寨的，小心别被他骗了。"秦浩一脸不相信的样子，接过梅子手中的手机。

我笑了笑，不置可否，任由秦浩折腾。

"嗯，是真的。"秦浩确认完后将手机放回包装盒里盖好，眼睛直直地看着我。

"怎么了？"我莫名其妙。

"说吧，什么事？"他的目光中满是疑惑。

"没什么事呀。"我回答道。

"哼，无事献殷勤，非奸即盗。你还是老实交代吧。不然……"他没有继续说后面的话。

"不然你拒收对吗？你别搞错了，这可是送你老婆的，关你什么事？"我从他手中抢过了手机，递给了梅子。

"不说拉倒，我洗澡睡觉去了，你请便。"他竟然对我下逐客令。

"唉，"我叹了口气，缓缓说道，"昨晚做了个奇怪的梦，梦到一个大师对我说，我命中注定有此一劫，想逃也逃不过，而目前的困境也不是没有办法解决，关键时刻借助贵人一臂之力即可。"

"真的？那他有没有告诉你贵人是谁？"秦浩饶有兴趣地问道。

"当然，不然这个梦不就白做了吗？"

"那贵人何时出现？"他继续追问道。

我往后面椅背上靠了靠，看着他说："去年在我家斗地主的时候，那个罗总……"

"罗总！对啊，他有钱有实力，在深圳又待了这么多年，怎么没有想到找他帮忙呢。"秦浩恍然大悟。

"我想说的是……"我提高了说话的音量，"那次和罗总一起斗地主，你还欠我三百元没还，这事你还记得吧？"

"怎么可能？你可别讹我，我一点印象都没有。"他慌忙否认道。

"唉，你真是……贵人多忘事啊。"

"本来就没有的事，只记得欠过你一回钱，后来不是买香水的时候算清了吗？少来冤枉老子，等等……"他像是想起什么，突然反应过来，"你大爷的，你到底什么意思？贵人是我？"

"那不然呢？"我轻声反问道。

"我就说吧，你平时一毛不拔的，今天怎么这么大方，老婆，赶紧把手机还给人家，他就是黄鼠狼给鸡拜年——没安好心。"秦浩伸出手去抢梅子已经拿在手上的手机。

"怎么了？我这还没开始玩呢。"梅子一脸的意外，偏过身子，躲过了秦浩的手。

"老婆，你是不知道情况，他那个什么 HY 公司，资金链早断了，人都快走光了，就像秋后的蚂蚱，蹦跶不了几天，现在想拉我进去当炮灰，你说我能去吗？"

"啊？有这么严重吗？"梅子惊讶地看着我，露出不相信的表情。

"是的，确实是这样。"我朝她点了点头。然后停顿了一会儿，看着秦浩继续说道，"哥们实不相瞒，这次是真的感到力不从心了。前面的情况你都知道，现在加上肖峰这一辞职，带走了一大拨儿销售骨干。我如果找不到一个可靠又有能力的人顶住这个位子，那么公司就很难维持下去了。咱们玩笑归玩笑，说句心里话我现在确实是需要你来跟我并肩作战。但是呢，残酷的现实摆在面前，我也不能给出你什么承诺，你要是能来，是情分，不想来，那也是本分，我都能理解，绝不勉强。"

"嗯，我懂。"秦浩低着头沉思着，很久都没有说话，过了一会儿抬头看了一眼梅子，这才说道，"情况我都了解，只是这不是件小事，哥们现在也是成了家的人，所以晚上让我和老婆商量商量再说。"

"非常理解，"我点头应道，"不过有件事我要声明，手机确实是真心买来送梅子的一份心意，不管你来不来帮我，都请收下。"

秦浩摆了摆手，脸上露出一丝阴险的笑意："这个你就不用说了，难道你进了我家门的东西，还能拿回去不成？"他拿起手机，一脸讨好地看着梅子："怎么样？老婆，喜欢不？"

"当然喜欢啊，"梅子高兴地接过去，爱不释手，"你看看人家高寒，出手这么大方，再瞧瞧你，小气巴拉的。你说说，为什么每次我喜欢的东西，你从不给我买？"

"老婆，这你就不懂了，"秦浩清了清嗓子，看着梅子含情脉脉，语气温柔，"所谓爱你的人，他不一定是愿意为你花钱的人，但一定是愿意花时间陪伴你的人，岁月会不断地变迁，陪伴才是最长情的告白。"

"嗯，"梅子感动地点了点头说，"老公，我就喜欢你的这张嘴，没钱，装逼，还能说。"

"哈哈。"我被他们俩一下子逗乐了。

又坐了一会儿，我起身告辞，离开了他们家。

走到楼下，我重重地吁了口气。我知道在这样的状况下，秦浩加入公司意味着什么，有他并肩作战，我会更有信心面对困难，但是这确实是在将他拉入火坑，他很可能被我连累。所以我后面并没有苦口婆心地再去乞求他加入 HY，这是个现实的城市，我不想以兄弟的名义，进行情感的绑架。

一切由他自己来决定吧。

半个月后，肖峰的辞职将要到期了，秦浩却一直没给我答复。行政部也没找到合适的人选来继任。

因为大家都知道这个职位对公司的重要性，能够胜任这个位子的人，不仅要销售能力非常强，能够扭转目前的销售疲态，还需要有足够好的人品和独当一面的能力与魄力。

最关键的一点，还要值得信任。

这样的人其实是可遇不可求的，我坐在桌前冥思苦想，在脑海里努力搜索有没有合适的熟人朋友。将业内的熟人过了一遍，想来想去，在这个特殊时期，最适合的人，还是秦浩。

唉！

我打电话给陈姐，请她把历年的招聘简历找出来，想再从原来的资料中过滤一遍。

电话刚放下，秦浩突然推门进来。

这让我一下子精神恍惚，仿佛穿越了一个时空，又回到了当初在海松大厦时的情景。

"你怎么进来的？小艳没说过你有预约呀？"我非常意外地朝门外看了一眼。

"你大爷的，不得了，牛烘烘的。见你一面还敢让老子预约了？"秦浩没好气地把包往沙发上一扔。

"对啊，没经我允许，小艳怎么能随便放客人进来？"我有点郁闷。

"客人？你再继续装，看把你能耐的。"他的脸上浮出几分怒气。

"叫你来上班你不愿意来，不当这个公司的员工，当然就只能当客人了。说吧，找我什么事？"我白了他一眼。

"没事，过来查查岗，看你有没有在办公室上演激情的一幕。"他坏笑道。

"龌龊。"我低头不再理他。

他在沙发上坐下，贼眉鼠眼地四处打量着我的办公室。过了好一会儿，看着我问道："沉思啥呢？愁眉苦脸的。"

我没有说话，轻轻叹了一口气。

"那个……你们负责行政的在不在啊？"他又问道。

"干吗？"

"不干吗，只是想找她办一下入职手续……"他慢吞吞地说。

"什么？真的？你想好要过来帮我了？"我从椅子上跳起来，朝他走过去。

"唉，这什么破公司，过来都半天了，水都没得喝。"他啧了啧嘴，一脸的鄙夷。

"有啊，当然有，小艳，拿上好的铁观音进来。"我朝外面喊道，又大声补充了一句，"贵人来啦。"

"你就一变色龙的嘴脸。"他大骂道。

门随即开了，但进来的不是小艳，而是陈姐和肖峰，小艳只是跟在后面点了点头，表示她知道了。

"高总，有客人？"肖峰看着我，礼貌地对秦浩点点头，极有眼色地说。他手上拿着一张纸，轻轻一扬，准备转身退出去："那我等一会儿再来？"

"不用了，这都不是外人。来，坐吧。"我语气一如既往地平和，而此时内心却充满了底气。

陈姐也跟在后面一起坐了下来。

"高总，我要办离职手续，可陈姐说暂时没有招到合适的人，所以这个交接……你看怎么弄？"肖峰说话间递上了手中的那张纸。

我扫了一眼，随即签了字。

"不论肖总去了哪里，这个职场圈子就这么大，以后可能还是会遇到的，希望以后还会愉快地打交道。"我淡笑着递给他。

"一定，一定。"肖峰双手接过，脸上的笑容挺大，却有些职业化。

"我来介绍一下，"我站起身，"这位是 HY 元老级的人物，销售总监肖峰，不过，由于个人原因，正在办理离职手续。这位是行政主管陈姐。"

陈姐站起身，朝秦浩礼貌地笑笑。

"这位是我们新上任的销售总监秦浩，你的工作，交接给他就行了。"

肖峰的脸上僵了片刻，随即伸出手。

"你好你好，来得太是时候了。"他跟秦浩热情地握手，"这我就放心了。"

"你好，肖总。"秦浩热情地伸出手，一脸真诚地望着肖峰，"小弟初来乍到，还望老兄不吝赐教啊。"

"好说好说，知无不言。"肖峰笑着回答。

我转头对陈姐说道："陈姐，待会麻烦你帮秦浩办一下入职手续。"

"好的。"

"肖总，就麻烦你跟秦总交接一下，关于公司的销售情况，特别是关于竞标工作的进展，务必要详细一些。"我强调了一句。

"这是当然了。"肖峰笑着看向秦浩说，"那就去我办公室吧。"

"那咱哥俩先好好聊聊，"秦浩自然地拍拍肖峰的肩膀，像是老熟人似的，"陈姐，我晚点去您那儿可以吗？"

"没问题。"陈姐说。

秦浩和肖峰冲我们点头示意，有说有笑地走出办公室。

陈姐看着他们的背影，转过头来，举了举手中的资料问道："这个好像用不着了吧？"

我笑笑点头，内心紧绷的一根弦松了下来。秦浩对待工作与平时的闲散状是判若两人的，在工作上向来认真。这么快就直接进入状态，真是帮了我的大忙了。尽管我知道后面的挑战依然艰巨，但有了秦浩的加入，我感觉更有信心和力量了。

"那高总还有什么其他事吗？"陈姐又问道。

"没有了。"

陈姐刚走出去，肖峰的电话就打进来了，说合作竞标的代理公司陈总马上到，有非常紧急的事情需要商量。

陈战到的时候，我站在会议室门口迎接他。远远看见一男一女从过道的尽头往会议室走来。

男的表情严肃，看上去自信从容。一件灰色细格领的 T 恤，牛仔裤。时髦的发型，两侧修理得很短，头顶头发长出一些，刚好意欲偏向一侧的样子，这样的打扮配上他很大的眼睛、高挺的鼻梁和长形脸，潮流中多出一份职业的气息。

典型的职场商务精英男。

女的身材娇小，一头齐肩短发，白上衣，有苏格兰风格的黑白格长裙，一条褐色的宽皮带，显得腰纤细而不失干练。五官端正，皮肤白皙，说不上多漂亮，但精致耐看。手里拎着计算机包，很常见的助理打扮。

非常登对的一对，这是我的第一反应。

"这是陈总，陈总的助理小慧。"肖峰站在我身后介绍，"陈总，这是我们新上任的总经理高总，这位是新上任的销售总监秦浩。"

陈战的讶异表现极为含蓄，只是多看了一眼肖峰，不露声色。看得出来，这是个教育良好又见过大场面的人。

"幸会，高总。"陈战的笑容适度，语言热情，但是触及掌心的手指并没用力，我记得惜悦曾经对我说起过，这样的人大多数内心不够坦率。我感到有些惊讶。更讶异的是，怎么会在这样一个时刻都能够想起惜悦。

"你好，陈总，久仰大名。"我的握手比陈战有力多了，"陈总请多指教。"

我并不完全是在客套，前期的工作都在有条不紊地进行中，纵然 HY 出了事，工作并没有停顿，陈战一方也没有因为公司的现状而改变合作。半路突然杀进来的我，总需要一点接手的时间。

我有一种感觉，觉得陈战看我的眼光有些特别，除了打量，竟有些意味深长，似曾相识。这让我也有片刻的迟疑，但我很快就肯定，以前绝对没有见过他。

"能够在非常时期上任，高总的能力就毋庸置疑了。这算不算是救世宰相啊?"陈战半是打趣地说，轻松地笑着，"很期待看到 HY 的困境能够很快解决。"

"陈总说笑了，我不过是刚好回深圳遇到了，承蒙老领导们的信任，算是赶鸭子上架吧。"我也笑容满面地回应，"HY 我会尽全力的。也期待陈总的多多帮助。"

随即入座，进入正题。

而肖峰以需要整理几份交接文件为由，离开了会场。审时度势，拿捏得恰如其分。

第六章
以卵击石

"情况是这样子的，就在前几天，运营商的招标组长突然被调离了，没有明显的迹象表明是什么原因。与此同时，空降了一个女组长过来负责这次的招标。据我们了解到的资料，这位女组长刚从国外回来，性格和做派简单直接，深受西方文化的影响，不按国有体制的套路出牌。"

落座后的陈战不待助理打开任何资料和计算机，没有任何铺垫与过渡，直入主题。这令我对他的印象非常好，我喜欢跟聪明又务实的人打交道。

"而且，"陈战的目光在我身上停留了一瞬，似乎是为了强调他后面的内容，"据我们分析，她很有可能属于两种情况之一：一是大有背景，临时空降下来过渡一下，给自己的人生履历镀金；二是全无背景，因为某些原因企业内部调整，纯属巧合。由于事发突然，时间仓促，我们目前还没有调查出来她的来头。"

"这有什么问题吗？"我心里很清楚，不管是任何公司，凡是在招标期间的人事调整，向来与各方势力的运作有关，或者说，很有可能改变已有的格局。我的意思是，这对我们会造成什么样的影响？

"有。"陈战没有任何停顿，直接说道，"HY 公司的现状，绝非优势。"他显然领悟到我话里的意思，"据我们探得的口风，这位骆琳，"陈战一直交叉着的双手分开，半握着的右手向外一翻，"噢，对了，她叫骆琳。"他抬高掌心朝上的右手，说话的同时向下一顿，"这位骆琳，有意取消 HY 的竞标资格。"

会场一下子变得异常安静，所有人的目光都集中在我的身上。每一道目光，无论是什么心态，都带着强大的气压，将所有的责任都压在了我的身上。

这一刻，我有一种要窒息的感觉。

我的心像是承不住这样的重负而一路下坠，突然变得空荡起来。

董事长和惜悦被抓、HY进入僵局、手机事业部的资金链断掉、肖峰抽空了销售部、所有的销售货款回收无望、我把老朋友抓进了这个泥潭……现在竞标又要被取消资格，唯一的翻身机会眼见着就要失去。

我该怎么办？

我表面沉思，不动声色，内心则是一波高过一波的狂风巨浪之后的无力感。

我抿住嘴唇，微微点头，似乎听懂了问题的严重性。

"那么，咱们有什么对策？"我把这个难题先抛了出去，让大家思考，解开他们聚集的目光，也为了给自己思考的时间。

大家收回落在我身上的目光，表情凝重，若有所思。

"难度很大，"陈战首先开口，"我们尝试过跟她交流，但似乎这女人油盐不进。"

"陈总也是海归吧？"我突然问。

"是的。"陈战对突如其来的问题有些诧异，可只那么一瞬便反应了过来。

"那么，陈总能不能就这位骆琳的思维方式给我们大家一些帮助。"我看着他会意地微笑说。

"好吧，"陈战也不推辞，"我感觉她应该是个注重结果、做事原则性极强的人，不喜欢讲人情世故，更不喜欢请客送礼那一套，一切以技术和数据来说话。"

陈战看向我，目光带着深意。

"那样就比较麻烦，无论HY曾经是怎样的辉煌，现在的处境都很危险，何况，涉嫌走私这样的问题，以国企的标准来看，是最忌讳这个的，毕竟都是吃公家饭的，谁也不愿意承担这个风险。"仿佛，陈战还嫌话没说透、打击不够沉重，又进一步说，"不要说HY现在的公司运营出了问题，纵然一切正常，实力非常强大，只要是出现些许污点，为了规避这种潜在的风险，招标方都会第一个选择将它踢出局……"

陈战的话戛然而止，却是当头一棒，打得HY一干人垂头丧气，意志消沉。

"嗯，"尽管还没想到什么好办法，我不得不点头赞同陈战的分析，"陈总果然是通信行业的精英，分析得非常到位。"我突然话锋一转，"不过，凡事没有绝对，当没有希望的时候，或许就是拥有一线光明之时。公司虽然目前出了点问题，但是我们仍然拥有优秀的团队，还有陈总这么好的合作伙伴，只要咱们同心协力，一定可以解决这次危机。"

我突然间焕发出的斗志，像是给大家打了一针兴奋剂。

"大家都说说，发表下意见吧？"我目光扫向每一位出席者，阅读着他们的表情。

目光扫过的那刹那，我看到陈战眼中欣赏和认同的目光。

"她最喜欢什么？"秦浩首先开了口。对于女人，他一直是有着自己独特的见解的。

陈战与助理小慧互相看了一眼，各自摇头。

"这个，现在还不知道。"小慧开口说道，"因为时间的关系，我们暂时只掌握到了这个人的基本资料，具体的细节还没来得及了解。"

"而且，"陈战接过助理的话说道，"这次对方的人事调整太突然，我们还需要深入了解，及时掌握动态，相应的公关工作也会增多，所以，我们希望能得到你们的支持和配合。"

"怎么配合？"我问道。

"新任组长骆琳是个不好对付的角色。难点在于，她代表何方势力还摸不透，因此，很难进入深层次的公关工作，目前尺度的分寸还在摸索之中。通过几次不深的接触，一般的公关手段，对她似乎无效。感觉她更注意结果和效率。而按照我个人的分析，问题出在 HY 的信誉上，我希望咱们双管齐下。你们这边主要负责消除她对 HY 的偏见，这方面，由你们主攻也比较合适。我们负责在产品和其他方面正常途径的公关。在她决定之前，先保住 HY 的竞标资格。目前，情况紧急。"陈战说话的同时，眼光扫过我们，似探询。

"这个可以。"我认同地点了点头，目光看向秦浩，"要不，你去试试？"

"靠！"秦浩的嘴巴张开，在刚要发出声时却及时地收口，不过我已经从他的口型上读出了他要说的。可能平时跟我嘻哈惯了，突然意识到这是公司的高级会议，直接快速转口："行，我先去接触一下，迟早也是要打交道的。"

"太好了！"陈战的声调不高，说话的同时，收回有轻微手势的右手，与左手交叉在一起，微微颔首。

我将这一切细小的动作尽收眼底，心里有一种强烈的感觉：陈战这人讲究效率，绝不轻易言败。这一点，是 HY 此刻太需要的东西。

"这位是秦总对吧，"陈战话音刚落，小慧马上转向秦浩，笑容亲切，"我们一会儿对接一下好吗？我把骆琳的相关资料以及照片发到你邮箱。"

散会后，我送陈战他们到电梯口，客套了几句握手告别。

秦浩跟着我走进了办公室。

"感觉怎么样？"我问。

"那女助理长得不算漂亮吧。不过胸还是有点大……"

"你能不三句话不离本行吗？"我粗暴地打断他。

"陈战蛮精明能干的，算是个厉害角色。"秦浩难得会夸一次男人。

"嗯。"我赞同，对陈战的务实、效率和逻辑的清晰非常有好感。基本上，从头到尾，没一句废话。

这时，秦浩的手机传来一声提示音。

"这么快？"秦浩低头看了一眼，"骆琳的资料已经发过来了。"

果然强将手下无弱兵，连助理也一样非常能干和有效率。

"公关那个女人的重任就交给你了。"

"行，目前为止，还没有我搞不定的女人，看爷亲自出马。"秦浩一边看资料一边说。

"说说吧，你打算怎么干？"我不想揭他的短，只淡淡地问。

"我想想啊，"秦浩呈思考状，随即换上一副神秘的样子，"既然这个女人与众不同，又油盐不进。那么，来一次有特点的、浪漫的相遇怎么样？"秦浩不等我表态，直接拍板了，"我决定了，直接借鉴惜悦版，来一次追尾事件。"秦浩脸上露出几分急不可耐的兴奋状。

"啊？"

"啊什么？咱可得事先说好啊，我接近她的目的是为了不让她取消竞标资格，一切都是为了公司的利益，你可别逼我干见不得人的事，我可是有老婆的人。"他言辞凿凿，说得那个骆琳好像一定想睡他似的。

我只好拼命点着头说道："好，我知道啦，你一向为了兄弟都是绝不出卖肉体，但求出卖灵魂。我在心里记着呢。"

"知道就好，来，现在咱们来策划一下细节。"

周三，南山，南海大道。

夕阳的最后一道余晖终于淡了下去，灰蒙蒙的昏暗渐渐笼罩上天空。渐渐地，五颜六色的霓虹灯开始绽放，点缀着这个寂寞的城市。我们在喧嚣的车流中减速停车，打着双闪灯靠在了路边。

秦浩今天很明显地特意打扮过，穿了一件崭新的格子衬衫，搭配着黑色西裤，戴了个不知道什么牌子的山寨手表，再往上看一眼，还精心地吹了头发。

"怎么样？不错吧？"他得意扬扬地说道，"今天我就要分分钟帅到她犯花痴。"

"嗯，不过，硬件配置到位了，软件也得跟上啊。"我提醒道。

"你还别说，陈战他们的公关工作做得还蛮细致的。"秦浩双手离开方向盘，翻弄着几份文件，有些感慨地说，"你看看，骆琳，毕业于美国哈佛大学，今年28岁，广东人，现居住地址为南山后海海岸城，开一辆红色奥迪A4，车牌号码粤B……"

"这不算什么，作为一家国内专门代理通信设备销售的公司，公关能力是他们应具备的最基本的技能之一，在任何一次参加竞标前，全面完整地收集招标方每个成员的资料，包括生日、兴趣、爱好、家庭、住址、经历、休闲方式、未来的行程安排等，甚至连他们有没有宠物、宠物的名字、饮食习惯和口味，小孩在哪上学，喜欢跟哪个同学玩这些都不能放过，全部都要打听清楚，最后还有竞争对手的情况都需要全部分析透彻。所以，你刚才念的只是最基本的个人资料，还有别的吗？"我转头问道。

"当然有了，星座、性格特点、上班路线、吃饭时间、生活规律，比如每天下班后的晚上八点，几乎都会出现在家附近的一个健身会所，热爱运动。"秦浩仔细地查看着说道。

"那就对了，我们应该改变计划。"我若有所思。

"怎么改？"秦浩有些意外地问道。

"你想想，一般来说是不是下班的时候，人的心态普遍会比较烦躁？工作了一天，又要经历傍晚时的交通高峰期，这个时候，你去邂逅可能会引起相反的效果。"

"嗯，有道理。"他点了点头又说道，"那我们推迟时间，等到她从健身房出来，那个时候刚锻炼完，一身轻松，心情愉快。"

"话说你真觉得有这必要吗？依我看直接带上你的名片去她办公室登门拜访也一样。"我有些担忧地问道。

"非常有必要，去办公室认识和在外面邂逅，那印象能一样吗？女人嘛，一般都喜欢浪漫和惊喜，太平淡的东西往往不能给她们留下太多的感觉。"

"好吧，不过我觉得你开辆几万元钱的比亚迪去撞人家的奥迪，会不会有点那个呀？"我一时想不好怎么形容。

"哪个?"他反问道。

"就是一个裸体男人坐在一块大石头上。"

"以卵击石?"他一下子就反应过来,满脸不屑,"我又不是准备要谋杀她,只是通过这样一种特别的方式,让她认识我。当初你和惜悦不也是这样认识的吗?"

"那能一样吗?"我摇了摇头。

"怎么不一样?"

……

我们坐在车里,看着夜幕一点点降临。窗外,过往的车流已经打开了车灯,车水马龙,川流不息。形成了一道渐行渐深、斑斓的夜景。

秦浩也突然安静了下来,我们谁都没再说一句话。只是静静地看着变幻莫测的城市夜空。

车里,似有若无地响着一首古老的曲子,以致让我有些恍惚,仿佛回到了一年前的深圳,那时候,我和惜悦就不时这样安静地坐在车里,手握着手,只是静静地看着窗外。无论是停在城市某个角落还是只是等待红绿灯。我们总是拉着彼此的手,有时互望一下,有时,什么都不说。听着音乐,享受着对拥有彼此的满足。

不过是一年的时光,一切的记忆还是那样的鲜活,却已似水流年。

我现在有些怕想到惜悦,只要一想到她的处境,就有锥心的疼痛。惜悦在牢里一天,我便一日不安。

此时的惜悦,在做些什么?

突然,秦浩和我的电话几乎同时响起,铃声此起彼伏,在这个狭小的空间里显得十分突兀,打断了我对惜悦的思念。等我回过神掏出电话时,秦浩已经接听了。

"老婆,我跟高寒在一起呢。晚上不回家吃饭了。嗯……好的,老婆。放心哈……"秦浩的声音温柔,刺激着我此时的心情。

我的电话是吴律师打来的,会不会是和惜悦的案情有关?我心突突地跳得厉害,颤抖着手接听了电话。

"高寒,案子有进展了。"可能是职业的关系,吴律师的语气总是那么不紧不慢,十分平稳。

"什么情况?您请说。"我的心一下子吊到了嗓子眼。

"电话里说不清楚,这样吧,你到我这边来一趟。"他的语调平平,听不出喜怒。

可是，我却紧张得手有些颤抖了。不知道他带给我的消息是好是坏。

"好的，我这就来。"

我挂了电话，打开车门，跟秦浩告别。

"什么意思啊？大战临近，军师却要临阵脱逃，这仗还怎么打？"秦浩一脸的不高兴。

"惜悦那边的案件有进展，我得去吴律师那儿一趟。"我说。

"噢。"秦浩应道，"不过……"

"这些年你可是从女人河里趟过来的，要对自己有信心，区区一个骆琳你慌什么？一切按原计划进行，你老兄没问题的。"我给他打气的同时关上了车门。

"没义气的东西。"他大声嚷道。

的士车走走停停，缓慢得让人心焦，我一边催促司机，一边无可奈何地等待着。我抬手看了下手表，已经九点一刻了。估摸着秦浩应该采取行动了，于是打个电话过去询问。

"进展顺利吗？"我先开口问道。

"我看着她的车进去的，现在正在路口盯着呢，还没有出来。"秦浩的声音懒洋洋的。

"一般人健身也就个把小时，时间应该差不多了啊。"我提醒道。

"知道，我这不正打起一百倍精神嘛，哇哦，她出来了……"秦浩的话让我也一下子跟着激动起来。

"感觉怎么样？"我才想起来自己只是听秦浩念她的资料，并没有对照片看一眼。

"哼，现在开始好奇了吧？刚才是谁跑得比兔子还快的？"秦浩卖起了关子。一会儿又自言自语道，"该怎么来形容呢？一眼看上去，就像是青春怀旧电影里走出来的女主角。"

我不禁感叹："哇，清纯又靓丽？"

"打过胎。"

哈哈，我被他逗得一下子大声笑了起来，司机莫名其妙地瞄了我一眼。

他的声音再次传了过来："好了，不跟你扯淡了，她已经取到车了，我现在要准备开始行动。"

"好的，祝你好运。"我挂了电话。

第六章　以卵击石

第七章
弄巧成拙

　　吴律师非常准时，比我先到，点了一杯咖啡，独自坐在那儿思考着什么事情。

　　"不好意思，来晚了。"我走过去打招呼。

　　"没关系，要喝什么？"他很有礼貌地站起了身子迎接。

　　"给我来杯菊花茶吧，"我对身边的服务员说道，然后坐下来问吴律师，"怎么样？案子有什么进展？"

　　吴律师淡淡地笑了笑，从包里拿出一份资料，递过来给我，直截了当地说："找到这个人，龙 N 外贸公司的财务总监，贵州人，事发后失联，找到他，就有很大的概率证明王总无罪。"

　　"那蔡总呢？"我不由得问道，"难道这个人证明不了蔡总无罪吗？"

　　"唉，"吴律师摆了下手，喝了口咖啡才缓缓说道，"这个案子很复杂，咱们只能一步一步来，按照海关的办案流程，提供相关的证据，先把王总救出来再进行后面的工作。"

　　"那也只能这样了。"我手里拿着资料，像是看到了希望。

　　"中国这么大，找一个人不是件容易的事，何况警察也在找他，至今没有什么线索……"

　　"这么说起来，他的失踪也是计划的一部分了？"我顿时感到了压力，"警察都没找到，显然是很难了。但只要有一线希望能够救出惜悦，哪怕挖地三尺，我也会竭尽全力。"我语气坚定地说。

　　"嗯，但是我要告诉你的是……"吴律师停顿了一下，欲言又止。

　　"您说，我不怕。"

"你只有不到十五天的时间了。"虽然我做了各种心理准备，但是吴律师的话还是让我吃了一惊。他又继续说道："按照办案流程，海关对案件的立案侦查时间周期是一个月，然后就会被移送到检察院受理，进入取证和起诉程序。也就是说，救出王总，找到那个人证明她无罪，我们时间不多了。"

吴律师离开后，我开始仔细研究、分析手上的资料。如果说警察至今还未找到这个人，基本上有这样两种可能：投入的警力不足，或者案件并不够重大；此人在深圳的可能性不大。我分析最先做的应该是从他认识的人中寻线索，在深圳查找；还有就是贵州老家，有身份证上的地址，这也是最容易让人想到去查找的地方。除此之外，还有哪些地方是最有可能的呢？

虽然都属于同一家集团公司的员工，但我在 HY 工作这么久，却从来没有和龙 N 公司的人员接触过。

打通陈姐的电话，向她询问了几个相关人员的情况。陈姐的消息令我有些沮丧，涉及案件的关键人物，要么被抓，要么根本找不到。他们也曾去了解过，至今没有头绪。

这时，我接到了秦浩的电话。

"怎么样？"我问。

"你想听好消息还是坏消息？"秦浩的声音听起来情绪不高。

"都想听。"

"好消息就是计划实施成功，干了她的奥迪车屁股，合理巧遇，她应该对我产生了深刻的印象。"他说道。

"这是好事啊，那坏消息呢？"我好奇地问。

"她下车看了我一眼，再看了一眼比亚迪，然后拉开包的拉链，直接甩给我两千元钱，走了。"

"哈哈，有意思，"我听到后不由自主地笑了起来，"这姑娘这么有个性，怕是用你平常那些办法是搞不定她喽。"

"她的奥迪车后面只擦破了点漆面，老子的车子却撞得前面保险杠都掉了，还要受她的侮辱，直接甩钱给我，头也不回地开走了。你竟然还在这幸灾乐祸，还有没有良心啊？我这可都是为了公司的利益在奋斗啊。"他的怨言一句又一句地从电话里传了过来。

我忍不住想笑但还是安慰道："辛苦了，早点回家吧，明天再说。"

第二天一早，我刚到公司，秦浩就进了我办公室。

"你给我分析分析，那女的到底是怎么回事？"经过了一个晚上的消化，他到现在还没想通，神情还是气鼓鼓的。

"没有什么关系啊，搭讪这种事，主要看对方瞧到什么程度。她没看上你，只能说明她没瞧。"我无奈地回答。

"你说说，她是不是看我开的车太低档，看不起我？"他这些年在情海沉浮自如，可是从来没有这样阴沟里翻过船，所以，怎么样都要找些理由来寻求心理平衡。

"我看不像。"我摇了摇头，"一般来说，只有肤浅的女人才会看你开什么车，穿什么名牌，根据这个来作为交友的标准。但是很显然，从资料上来看，这个骆琳性格直爽，物质条件并不差，应该是个有内涵的女人。"

"那这……这该怎么解释？"秦浩突然有些语无伦次，露出了几分可爱的模样。

"也许，她并不喜欢用这种方式认识陌生人吧。而且……"我迎上秦浩期待的目光，继续分析道，"你想想，从撞车到离开，过程也就几分钟时间，你们并没有多少机会交流，你也不能很好地在她面前展现平常的那些优点，比如出色的口才，细心的照顾……"

"你这就说到点子上了！"他夸张地拍了一下大腿，"仔细想想确实如此啊，我都没有时间在她面前体现我的温柔、优秀、真诚、善良等，这些难道不是我平常最吸引女人、最大的人格魅力吗？"

"对，就是这样。"我应声附和道，"其实最简单的道理就是，优点是看不见的，而丑看得见。"

"你什么意思？"他又不高兴了。

"我是说，虽然你们只是短短的一次相见，不过是几分钟的缘分。但是茫茫人海中，她肯定留下了很深的印象，觉得你很特别。"

"哦？哪里特别？你说说。"秦浩面色好转，一下子来了精神，充满了期待。

"特别丑。"

秦浩以蔑视的眼光看了我两秒钟，愤然转身，转头准备朝门外走。

我赶紧上前一把拉住他。

"秦兄留步，有要事相商。"

"商你个大头鬼，你大爷的，老子不干了，你去找个比我帅的来干吧。"秦浩怒了。

"老兄此言差矣！"我叹了口气，"咱们都这么熟了，你干吗非要逼着我夸你嘛，你也知道我一向都是只夸女人的。"

秦浩的脸色略有好转，站在那里直瞪我。

"演员都分演技派和偶像派的，你当然不属于奶油小生型的，"我被迫开始拍马屁了，"果断是实力派的魅力男人啊。"

我自己都觉得酸得牙都快倒了，但此刻的秦浩我惹不起。

"作为一个实力派男人，是需要给懂得欣赏的女人看的，如果只是一见面就觉得帅，想贴上去的那种肤浅女人，你即使征服了也没什么意思啊，是吧？"

秦浩开始眨巴眼睛："什么事，说吧？"

"言归正传，公司这几天全要靠你撑着了。我可能得去一趟贵州。"

"去干吗？"秦浩问。

"惜悦那边的事情有进展，有一个关键性的证人如果找到了，她就可能马上出来。"

"你妹的，酸了半天，原来在这儿等着我呢。"秦浩恍然大悟，"太阴险了吧，为了要我帮忙，不惜说那么多好话。"

"咱哥俩就不说那么多了。"我神情一转，严肃地看着他，"我去几天还不知道，你得尽快把骆琳拿下，招标一事无论如何不能被取消资格。"

"你小子自己去潇洒，给老子派这么艰巨的活儿，连句人话都不好好说。"秦浩想想，又来气了，"不过，那女人的心是钢铸的吗？我就不信，还什么都泼不进去了？"他开始自言自语。

"秦兄，全拜托你了！"我拍了拍他的肩膀，凑过去郑重其事地说，"等这个坎过去了，哥们一定不会亏待你的！"

没想到他一把将我推开，满脸的鄙夷："得了吧，那天我拿着你的承诺去喂狗，结果第二天发现狗死了。德性！"

"哈哈。"

我知道，也只有秦浩这样的哥们儿，关键时刻才二话不说。

接下来的几天，只能用艰辛枯燥来形容。贵州的大山里面道路崎岖，山高路远，我扛着个旅行包，仿佛当年的下山知青。

幸好一路上有秦浩的电话相随，也算是旅途中多了一份欢乐。

我找到了这个人的老宅，已经很久没有住人，走访了村里，打听到他已经几年没回来过。我觉得再盲目地寻找已毫无意义，毕竟 HY 招标的处境险峻。

我的贵州之行最终毫无收获，无功而返。

才离开山区，手机刚有信号时秦浩的电话就又打了进来。

"你快回来救我。没法活了。"秦浩的声音喇叭似的响起来。

"咋了？"我问。

"梅子和骆琳遭遇，误会了。哥们儿现在后院起火了。"秦浩的声音很沮丧。

"还好，"我顺口说，幸好不是招标出事，"等我回去说吧，信号不好。"

我回到深圳机场，秦浩耷拉着头，见到我走出来，看了我一眼，转身默默往前走。直到进了停车场上车，都没有一句话。

"泡妞史的滑铁卢？"我阴笑着，或是以这样的方式掩饰着自己内心的忐忑。这不是一次普通的泡妞，从来没有过这样一次，我像现在这样，希望秦浩在自己的泡妞史上涂上辉煌的一笔。

"你他妈站在哪一头啊？这是我泡妞吗？"秦浩立刻爆发。

"消消气，别气坏了身子。"我赶紧安慰他。

"他奶奶的，这女人太毒了。"秦浩发动车，狠狠地踩了一脚油门，车子一阵轰鸣，呼啸着奔向出口，我一下子猝不及防，身子重重地甩向了靠背。

"怎么个情况？"我在贵州跋山涉水地奔波，几天都没睡好了，这一甩，弄得我头昏脑涨，恶心想吐。

"我这次是彻底被你害了！"秦浩说着，回头剜我一眼，神情还是气鼓鼓的。接下来时而愤慨时而恼怒的叙述，让整个过程清晰再现。

话说他的浪漫偶遇失败后，带着那两千大洋去健身馆，果然"找到了"骆琳。表示当时只见到是个美女，被晃晕了眼，没反应过来，但事后反省事故是自己的责任，怎么能反让美女赔钱呢？想到她当时穿的是运动装，于是把周围的健身房都找遍了，这才好不容易找到她。

于是诚恳地请求人家看在他如此诚心的份儿上，将钱收回。并给他一次请吃饭道歉的机会。

开始骆琳根本不同意，表示吃饭完全没必要，钱既然给了就收下，就当是给他压压惊，以后各不相欠。

最后秦浩为表明自己的诚意，一而再、再而三地邀请，并配以鲜花若干朵。骆琳终于耐不住他的软磨硬泡，同意一同前往。

借吃饭的机会，秦浩成功地加到了人家的微信号。

不得不说，事情的方向一切都在顺着他的计划发展着。

第二天，他带着名片登门求见骆组长，"惊喜"地发现办公室里坐着的竟然是自己巧遇的女孩，可骆琳的目光却并没有露出惊喜的神色，反倒冷冷地看了秦公子一眼。

秦浩热情地邀请对方一起共进晚餐，以庆祝这样的巧遇。

却被骆琳断然拒绝。

高潮来了，傍晚时分，秦大公子挽着老婆的胳膊在商场里闲逛时，与骆大小姐偶遇。他有些心虚地上前跟人家打个招呼，没想到骆琳的眼神若有所思地和他对峙了一下，随即嘴角浮起一丝不易察觉的坏笑。

她突然一把将秦浩拉到自己身边，还没等秦浩站定，就挥手指着梅子质问："阿浩，你给我解释清楚，这个女人是谁？"

"阿浩？"秦公子与梅子呆立当场。

"你说啊！"骆大小姐咆哮起来，"昨天咱们喝咖啡时你不是还说你没女朋友吗？这到底是怎么回事？"

秦公子结结巴巴说不出一句整话来，冷汗当场浸湿了衣服，在梅子吃惊的目光中，骆大小姐果断重重地甩了秦公子一巴掌后扬长而去，那动作比那天甩给他两千元钱还要干净利索。

这个巴掌是秦浩的泡妞史上最浓重的一笔，对他心理上的摧残远远大于身体的伤害。

我一直憋着不敢笑出声，听到这里，已经实在忍不住了，捧腹大笑起来。

"笑你妹！你还好意思笑！"秦浩恼羞成怒，狠踩油门将车开上了广深高速。

我心想这下可捅了马蜂窝了，以梅子的性格，肯定不会轻饶秦浩的。

"梅子什么反应啊？"我明知故问。

"你说呢？"

"哈哈，先送我回家吧，困死了。"我打着呵欠说道。

"睡你大爷！你还有心情睡觉！老子这腰酸背痛的，昨晚睡了一整晚的沙发，你赶紧去帮我跟梅子解释清楚，气死我了！"秦浩已经到了暴怒的边缘了。

从秦浩家回来，已是晚上十点。我直接脱掉一身臭汗的衣服，走进洗手间，站在淋浴下，冲洗着自己疲惫不堪的身体。水很凉，将我燥热的身体激出一层鸡皮疙瘩。我不想去调整水温，近一段时间以来，我总是本能地用一些方式让自己处于不舒服的状态。或许在我的潜意识里，只有让自己充分地难过，才能与身在监狱的惜悦感同身受。

内疚的泪水不经意地淌了下来，我知道惜悦是无辜的，可至今我都没有办法救她。

惜悦会不会更生我的气？会不会觉得我是那么无能，而更不愿意原谅我？

她都进去这么久了，我还找不出有效的证据来证明她的清白。

我仰着脸，任由花洒分出的细密的水柱将自己的泪水冲掉。无论我在外面多么冷静和坚韧，回到家，回到到处有惜悦气息的地方，我都很惶恐。害怕再也见不到惜悦，害怕她受苦，害怕她感到孤单与无助，害怕她怨恨我……

第八章
不见硝烟的战争

回到客厅，看到摆在茶几上的手机，有一个未接来电。

是陈战的。

我即刻回拨过去。

"高总，"陈战接得很快，"是否打扰到你？"他每次开口都能让人感受到良好的教养。

"没有，我刚在冲凉，手机不在身边。"

"是这样，我们刚得到通知，明天上午八点半，将有一个答辩会，每个竞标单位有半小时的时间。答辩的顺序将在现场抽签决定。"

"明天上午？"我倒吸了一口气，这分明是不给人准备的时间啊。

"是的。"仿佛听到了我的心声一般，陈战补充了一句，"我了解过了，其他竞标厂家是在昨天上午得到的通知，而我们是刚接到的。"

我不得不感叹陈战的精明与细致，这个消息本身，就直接表明了运营商的态度。

"据我们了解的情况和分析，这一次很有可能是骆琳决定 HY 去留最关键的机会。"似乎又猜到了我的想法，陈战不等我发问就继续说道。

"嗯，这是场硬仗。"

我猜想，陈战他们一定已经知道了秦浩公关的失败。或许运营商最初的决定是直接将 HY 的竞标资格取消，但出于某种原因才临时改变。

截至目前，局势对 HY 相当不利。

"咱们见个面吧。"陈战说。

"好的。"我看了一眼手表，"我现在通知相关人员，一小时后到 HY 开会吧。"

晚上 12 点，全体人员聚集在 HY 公司，会议室的灯亮了整整一个通宵，直到黎明时分，陈战和助理小慧离开，HY 的人都直接在办公室找地方睡觉。

我和秦浩是最晚结束的，等到交流完毕，秦浩倒在我的沙发上就发出了鼾声。

也许是疲惫过头，也许是大战前的兴奋，我没有丝毫睡意，脑子无比清醒。我看着秦浩在晨曦微明的光线中嘴角流出的口水，缓缓走到玻璃窗前，天边那一抹浅灰渐渐地发白，直到云层透出斑斓的色彩，朝霞满天。

这是一个晴朗的日子，我们的成败在此一举了。而我们，没有退路！

八点二十五分。提前在门口集合后，我和秦浩带着公司相应的技术人员与陈战、小慧走进了会议室。

巨大的会议大堂里已经坐了很多人，围在椭圆形的会议桌前彼此交谈着，人声鼎沸。我大概扫了一眼，果然如猜测的情况一样，目前国内几家大的手机品牌都来了。这个圈子说大不大，只要在行业内时间沉淀久了，大多数人都能混个脸熟。

商场其实是和战场一样残酷的。

眼下大家彼此寒暄，脸露微笑，不久后就会变成一场无声的厮杀与抢夺。

这里，是一场兵不血刃，不见硝烟的战争。

"高寒，好久不见啊。"

我正侧头与陈战低声说着话，一道熟悉的声音在我耳边响起。

我知道是谁，他今天一定会来。

只不过循着声音，我抬头看向对面时，心里还是吃了一惊。因为古总的身边，还站着另外一个人。

肖峰。

虽然我推测出他是内奸，但是在毫无证据的情况下，我放手让他离去，可没想到的是，作为 HY 曾经竞标的主要负责人，他竟然堂而皇之地坐在竞争对手的席位上，成为古总的左膀右臂。

为了利益，连最基本的职业道德都抛之脑后了。

肖峰向我点头示意，眼光躲闪着我的直视，而转向陈战，面色有些尴尬。

"呵呵，有点像老朋友聚会，真是热闹啊。"古总的嗓门依然洪亮，盯着我，满脸得意。

"是啊，古总好手段，佩服。"我迎向古总挑战的目光，毫不退缩。

"老弟说得没错。这世界变化太快，俗话说三十年河东，三十年河西，其实，哪用得着三十年啊，一年足矣。哈哈。"古总兴奋得红光满面。

"是啊，古总说得对。且不说人可以自由易主，就连标书都可以随时换个东家，不是吗?"我面带笑容，尽量让语气听上去显得平和。

"那是，要是连自己的家底都看不住，当然怪不得别人手段高明了。"古总的脸上全无愧色。

"您说得对，晚辈受教了!"

古总环视左右，一副志得意满的神情，从我们身边擦肩而过。

我转过头来时，看到秦浩和周工一脸的愤怒。而陈战却表情淡然，像是经历过大风大浪的人，很难分辨出他的想法。

不知道为什么，我总有一种感觉，陈战这个人不简单。

抽签的结果，我们排在第二位。等待的时间是漫长而又煎熬的，别家都只是一次正常的技术答辩会，而我们此次要争取的，却是要保住基本的竞标资格。

或许是因为前一家刚播放过视频，小会议室的灯光是昏暗的，依稀看到台上的桌子前坐着五个人，正在低声交谈着什么。

我们进去后被指引落座，随后灯光大开。

当我看到对面的人时一下子愣住了，恍惚中听到陈战和他们打着招呼，坐在中间的那个就是骆琳，此刻捏着 HY 公司生杀大权的女人。

可这个女人我明明见过，就是那天我在咖啡厅见过的女孩，被男友劈腿，还泼了我一身咖啡。

骆琳的身材苗条，套在一身衬衣西裤工装里，显得非常职业化。一头短发让她看上去非常干练。她左侧坐着一位头发已经苍白的中年男人，表情深沉，一眼看上去就知道是做技术的，而其他几位，应该都是招标组的成员。

骆琳显然认出了我，脸上露出一丝不可思议的表情，若有所思地想着什么。当秦浩凑过来跟我说话时，她看着我的眼神突然就变得凌厉起来。

"完了。"我心里嘀咕道。

"坐在中间那个就是女魔头骆琳。"秦浩多此一举地小声跟我介绍。

"你这次惹了大祸了。"我瞪着他埋怨道。

"怎么了?"他一副莫名其妙的样子。

我不敢把之前相识的过程跟他说，心里只默默祈祷着骆琳千万别把跟秦浩的误会转嫁到我身上来，要是她怀疑这一切都是我指使的阴谋，那就真的惨了。

正胡思乱想中，我听到骆琳开始说话了：

"大家好，此次的会议主要是根据各品牌代理商提供的标书内容，有些涉及技术或者商务的问题，需要乙方澄清。下面开始吧。"

"好的，我先给招标组的各位领导介绍一下，"陈战先站起身来，用手指了下我们，"这是 HY 品牌厂商的总经理以及他们的技术团队……"

"陈总，"骆琳直接打断了他的话，表情严肃，"我方的招标文件上说得很清楚，此次的招标采购仅限于代理商投标，拒不接受联合体投标，或者厂家直接竞标。请问这些你都清楚吗？"

"我很清楚，今天他们来只是作为厂方，例行答辩。"陈战点了点头。

"那好，我想再请问一下陈总。"骆琳的声调开始提高，语气也渐渐显得咄咄逼人，"贵公司跟我们的合作也不是第一次了，一直保持着良好的业务关系，并且代理过多款产品的销售，为什么这次明知道所代理的厂家经营上出了严重的问题，不在第一时间内通知甲方规避不可预估的风险，反而继续代理竞标？你这样做是不是有点太不负责任了？"

她的话音刚落，会议室一下子静了下来，这些话语内容的直接让大家根本没有心理过渡，一时间有些面面相觑。

"对不起，我不认为我们的经营受到了什么实质性的影响。"我站起来回答道。

"哦？是吗？"骆琳看着我的眼神捉摸不透，嘴角浮起一丝嘲讽。

"当然。最近政府为了严打走私犯罪活动，对一些企业进行严格的调查，规范和完善整个通信行业的秩序，这本来就是利国利民的好事，我们 HY 公司只是在全力配合他们的例行工作，尽到一个企业对社会应有的责任和义务。目前公司经营一切正常，每月顺利生产出货，并不影响此次投标。"我看着她的眼睛，不卑不亢。

"呵呵，确实是这样吗？"骆琳的眼睛突然转向了陈战。

"是的。"陈战点头。

"噢，接下来我有几个技术问题要提问乙方……"骆琳身边的那个中年人突然开口，可能是为了缓和这种气氛，不想让话题进行得太激烈。

看来陈战他们的公关工作做得还是蛮到位的，至少除了骆琳，招标组里应该还有偏向我们这边的人。

"好的，您请提问，技术问题由 HY 品牌的周工来回答。"陈战立刻接过他的话，伸手做了个手势。

周工是提前做足功课的，而且经过昨晚大家的仔细推敲和优化，很多配置参数都针对招标要求有所更新，因此能对答如流。看得出来，他们对我们的答辩非常满意。

半小时后，会议终于在严谨的技术交流中结束，出了会议室，我才长长地吁了一口气。

"那个骆琳，说话真的是一点情面都不留啊。"秦浩一副心有余悸的样子。

"嗯，把她的电话号码给我，我要约她吃饭。"我说道。

"啊？你确定？"秦浩的神情像是听到我要找广东省长吃饭似的。

"不就一女人吗？瞧把你吓成那熊样！"我白了他一眼说。

晚上六点，运营商办公楼附近的西餐厅里。

骆琳进门的时候，我坐在靠窗的位置上朝她招手。她看到后冲我点了点头，径直走到座位前。

我笑着伸出手，骆琳轻握，落座。

"今天的饭我请。"她还没坐稳便开了口，表情平淡。

"这不好吧，让女士请客多没面子呀。"我的心一紧，这分明是要先堵我的口啊。

"应该由我请，"她显然没有顾忌我情绪的意思，补充道，"算是为上次弄脏你衣服的道歉。"

骆琳的聪明让我有些尴尬。在电话中答应我的邀请时她停顿了三秒后只说了一个字：好。

傻子都听得出她有些勉强，原来，并不是有所顾忌，不过是要还我个人情。

"这个世界真是小啊。"我感慨。

我说的是心里话。这短短的半个月间，蔡总和惜悦一天之内先后被关押，随后两周前还追着我要电话号码、要给我买衣服请我吃饭的调皮女孩，转眼间一晃成了决定 HY 此次竞标的生死存亡、在某种程度上决定了公司命运的强势女人。

这大半个月的经历，像是电影画面一样快速地闪现在我的脑海。

深圳的确是个快节奏的城市，时间就是金钱，效率就是生命。

我这才回老家大半年光景，就已经看不懂这个世界的变幻莫测和癫狂了。

如果我早知道会接掌 HY 的手机公司，早知道有一天我可能会栽在她手里，我说什么当初也不会拒绝她的示好，而是直接先与她建立起和谐的关系啊。

唉，倘若早知道惜悦有一天会有危险，我说什么也不会离开她……

所以，面对未来，我们只能活在当下，因为谁都不知道明天将会发生什么！

"是呀，是很小，如果存心的话。"骆琳接过我的话，话里带着刺儿。

她的意思很明显，她认为秦浩撞车和对她的围追堵截是存了心的，那么现在理所当然地，也怀疑我了。

我只能装作听不懂。

"骆……"我突然发现自己不知道该怎么称呼她才好。叫骆组长太生分，叫骆小姐太矫情，叫骆琳又不够熟络。

"骆琳。"她提示我。

"骆琳，我们正式认识一下吧。"我突然想也许我该换一种方式跟她交谈。

"高寒，HY 的总经理。我已经认识过了。"骆琳冷淡地说。

"是的，我叫高寒，之前在 HY 工作，半年前因为个人原因，辞职离开了。"我决定先努力消除她对我的误会，"十四天前又因为某些原因回到深圳，就是遇到你那天。"我不避讳地提起，"十天前，重回 HY 担任总经理。"

"噢？"骆琳眉毛一挑，显然，这与她想象的有些出入。

"我一接手就面临了一个艰难的局面。"我坦率地说，"不，应该说，如果不是有这样一个艰难的局面，我也不会今天出现在你面前。我依然还在长沙经营自己的公司。"

"哦。"又是一个单音节，不过换了个音调。

骆琳依然没有什么表情变化，但我知道她听进去了。只是，她随即换上了一副不感兴趣的表情，话题一转，直接问道："咱们吃点什么？"

"女士优先。"我说，"你点吧。"

她也不啰唆，直接招来服务生，这个那个地快速一指，两分钟不到就点完了。

"骆琳，你来深圳多久了？"我问。

"不算久。"她说，然后就没有然后了。

难怪秦浩搞不定呢，是很难搞啊。

菜很快上来。

我们的谈话一直别别扭扭地进行着，我很知趣地不谈工作。

从没吃过这么索然无味的一顿饭。

临近结束的时候，骆琳作出了总结。

"我知道你找我吃饭是什么意思，不过，我很抱歉，帮不了你。我不拿组织决定这一类的话来搪塞你，我个人就认为 HY 不是一个值得考虑的竞标公司，虽然你们上午在答辩会上表现出色，但并不能扳回 HY 不值得信赖这一事实。"

"我理解你的想法，但案件总会水落石出。"我辩解道。

"我欣赏你对 HY 的热爱和执着，但很不喜欢你们的做事方式，且不说HY 那些说不清道不明的案件，我不是检方，不作出评判。单说你们为达到目的的做法就不值得让人信赖，有点下三滥。你不要说你作为总经理不知道你的销售总监在做什么，没有你的授意，会发生那些事吗？"

骆琳的尖锐让我无地自容，我此时说什么都是无益的。

"HY 的境况是不乐观，恰好是这样的原因，会比其他所有公司都珍惜这次机会，也比其他任何公司都努力。"

"努力与结果是两回事。"骆琳招手埋单，"本来已经要取消你们的资格了，但在那之前，我们认为，还是应该给你们一次公平的机会。至于结果，将会在一周内告知你们。"

骆琳站起身，正要离开时又突然站定。

"另外，我不希望我的私生活与工作搅在一起。当然，你们若要利用的话，我也无所谓。"

"你想多了。"

"好吧。"她伸出手，"祝你好运！"

第九章
误会重重

等待红灯的时候，我盯着远处深蓝色的天空。此时我专注的神情，像是等待流星划过天空的少年。只是，那样的心境也像那天空一样，离我很遥远了。

我和惜悦也曾经坐在山顶，这样凝视天空，相拥无言。那样安宁的时刻与甜蜜感觉，像是一个梦，遥不可及。

我的心很空，空得看不到我连接目标的途径和方法。

我机械而娴熟地开着车，在车流中穿行。城市的车流，像是流动的繁星，密密麻麻地在长河中穿行。

我们该如何展开下一步，又该如何从这僵局中脱身？心里全无头绪。

惜悦，好难啊！

我该怎么做？

我长长地吐出一口气，却听到自己内心几不可闻的一声叹息。

快到家的时候，秦浩的电话追了进来。

"搞定了？"

"没。"

电话里一阵沉默。

"在哪？"

"家。"

"等着，马上到。"

我简单冲洗换完衣服，秦浩就到了。手里拎着啤酒。

这速度，不像是从家里过来的。他不提，我也不问。

秦浩打开两瓶啤酒，递给我一瓶，又拆开一包薯片，扔在茶几上。

"难搞吧？"他问。

"嗯。"

"一点不买账？"

"嗯。"

秦浩拿着酒瓶伸向我，我拿起来碰了一下。俩人默默喝下一口。

这时，陈战的电话打了进来。

"情况怎么样？"他开口就问。

请骆琳吃饭的事，大家都知道，所有人都盯着我们见面的结果。

"还没有找到突破口。"我老实说。

"我们时间不多了。"陈战沉默片刻说。

"我知道。"我说，"我们再想想办法，再约时间见面。"

"好。"

挂了陈战的电话，秦浩再次跟我沉闷地碰了碰瓶子。

"你也别给自己太大压力了。"秦浩安慰我道，"谋事在人，成事在天。"

他百年不遇地正人君子一般说话，这样的秦浩让我很不习惯，让人感觉他是在给我开追悼会一般。

"你这口气怎么听上去是在给我念悼词呢？"我郁闷地喝了口酒。

"靠，爷难得这么体谅你一回，你还不领情。"他开始骂骂咧咧。

这下子，他看上去顺眼多了。

"说说看，你有什么想法？"秦浩是个直脾气

我没有马上接话，一个人陷入了沉思。

"要不取消就取消吧。"秦浩有点沉不住气了，"我的销售本领还没施展呢，就现有的好好卖卖，养活个公司还是可以的。"

他说的是实话。即便没有一个好项目彻底翻身，原有的产品短期内也不至于饿死。

但这不是我要的结果。何况，他并不知道我们将面临资金链断接的危险。那个时候，就不是简单卖卖产品的问题了。

"我在想，"我慢慢开口，梳理着自己的思路，"我们一定有哪个环节是错的。"

"你说对骆琳？"秦浩的反应很快，"这死婆娘，油盐不进。"秦浩愤愤地说，"老子还没遇见过这么难搞的女人。"

"她为什么难搞？"我突然问。

"这……"秦浩一下子被问得噎住了。

"那说明我们的方法有问题。"我开始反思整个过程，"说明我们根本就没找对路子。"

"你在说什么？"秦浩有些不解。

"我是说，每个人都有自己的软肋，就像我刚才跟陈战说的，咱们还没找到她的突破口。也没找到能够说服他们保留 HY 最关键的方案。我们目前的方法都是不对的。或者说，至少是不全对。"

"那么哪里才是突破口呢？"秦浩反问道。

"骆琳看上去完全将自己放进了一个龟壳，坚硬得刀枪不入，软硬不吃，对不对？"与其说是在问秦浩，不如说我是在问自己。

"是啊，在我遇见的女人里面，这简直就是个奇葩。"秦浩点头说道。

"那说明什么？"我突然有点兴奋了。

"说明她应该是个……嘴硬心软的女人。表面虽然强势，也许内心深处却有着脆弱的一面。所以，才会看起来那么高冷。"秦浩看着我若有所思，慢慢地分析道。

"对，其实这个世上根本没有真正的高冷，所谓高冷，只是别人暖的不是你。"我点头回答道，"如果我猜得没错的话，她由于刚刚失恋，所以自我保护欲强，极其地没有安全感。所以才会看到你有老婆了还去找她套近乎，反应那么强烈，因为她误会成你是在追她，而且，你看起来花言巧语，浪漫风流，确实不像是什么好人，给你一记耳光也是无可厚非的。"

"你大爷的，"他听到我这么说立马就不乐意了，"老子白挨了一巴掌你还说我不像好人？难道你像？还有，你怎么知道她刚失恋？"

我这才意识到自己一时说漏了嘴，赶紧说道："猜的。"

"如果是这样说来，事情就简单多了。"秦浩像是换了个人，突然就来了精神。

他站起身径直走进洗手间，片刻又走回来一屁股沉进沙发里，抓着薯片往嘴里塞了一片。看着他没有一滴水珠的手，可以肯定，又没洗手。

"继续往下说。"他斜着眼，拿起茶几上的酒瓶，仰起了脖子。

"我的意思是说，最难搞的女人只是一个表象，或许是最容易相处的，只是我们没找对方法。"我无视他的豪饮，继续说道，"换句话说，看上去铜墙铁壁，刀枪不入，严丝合缝，实际上，我们要找的，只是一个机关。"

"嗯，那她的机关在哪儿？"

"这就是我们接下来该去寻找的东西了。"我回答道。

接下来的两天，时间过得很慢，每一分每一秒都过得很煎熬，因为谁都不知道应该怎么去改变这个现状，寻找到骆琳的突破口。而且更严重的是，我们发现接下来根本约不到骆琳了，她要么不接电话，要么委婉回避，我们连直接沟通的机会都没了。

下班时分，陈战终于沉不住气，打电话过来。

"高总，"陈战的声音有些急切，"你们到底还能不能搞定骆琳啊？这都马上要宣布结果了！"

"陈总，我们正在想办法。"我回答道，同时也感觉到了他的焦急。

"刚得到消息，骆琳的车在深南大道爆胎了，我正在往那边赶，也许今晚是最后的机会。"

"等等，让我去。"我朝电话里大声地喊道。

"行，深南大道赛格广场路段，你好好把握。"陈战说。

"好的。"我站起身来，向秦浩打了个走的手势。

看到骆琳的时候，她已经架好了千斤顶，正在吃力地拧螺丝。还别说，那副专心致志的样子，还挺像模像样的。只不过这种活儿，真心不适合女生。

我们把车停在路边。秦浩看来是彻底被她收服了，表情有点发怵，示意我先请。我也没有推脱，关上车门径直走了上去。

"我来吧。"我蹲下身，伸出手。

骆琳将头转向我，仰起脸，看到是我，表情有些冷漠。

"是你？"

说完，她转身环顾了一下四周。

"你怎么在这儿？"她的脸色有几分嘲讽，"又想干吗？"

"我要说刚巧路过你会相信吗？"我忽略掉她的表情和语气，保持着平和。想了想又觉得有点窝囊，自嘲地说：

"我们正要去庆祝下即将 game over。"

骆琳没有说话，只是将身子往外移了一点，越过我，看向后面正慢慢走来的秦浩。

"我来吧。"我说。

"不用，我可以。"她的语气很倔。

"这本来就是男人干的活，再说了，你直接打个救援电话叫拖车也行啊。

干吗非得要自己吃这个苦呢?"我有些搞不懂地询问道。

"呵呵,男人?"她冷笑了一声,"男人能做的事情我哪一样不能做?为什么非得要靠别人?"

……

我也不好再勉强。

于是,深圳街头明亮的路灯下,一幅诡异的画面出现了——

两个大老爷们儿站在路边抱着胳膊,谈笑风生。一个白领丽人身着不方便下蹲的职业短裙,姿势别扭又吃力地拧着螺丝。

我们成功吸引了来来往往司机和行人的注目礼,有的人还按着喇叭。我承认今天这脸皮是厚到家了。

骆琳再倔强也是女孩,力不从心。拧了半天,才松动了两个螺丝。我实在看不下去了,直接一把将她拉起来。

"你要干吗?"她依然强硬。

"现在交通拥挤,你打算在这里堵多久?"我把她拉到一边,抢过她手里的工具,递过去给秦浩。

骆琳蠕动了下嘴唇,最终却没说什么。倒是秦浩,一脸不情愿地低声问我:"凭什么要我来换胎?"

"那我来动手,你站在这儿陪她聊会儿天。"我很爽快地说道。

"别,还是我来吧。"他二话不说地蹲下去开始干活。

十分钟后,一切收拾完毕。

我盖上后备箱,不等骆琳说什么,拉开副驾驶的车门坐了进去。

"你想干吗?"她上车坐到驾驶室后扭头问我,一脸的防备。

"请你喝杯咖啡。"我的音量不高,但语气坚定。

"没这必要吧?"骆琳警觉起来。

"我想跟你谈谈。"我换了个语气,"想喝咖啡还是茶?"

"呵呵,"骆琳的笑是从鼻子里哼出来的,"你们刚巧路过,刚巧碰见我车子爆胎,然后帮我换完胎刚巧再请我喝杯咖啡,是这么回事吗?"

"不是刚巧,是故意。"我老实地说,"我想请你给我一个机会听我说几句。"

"高总,"骆琳换上了一副公事公办的生硬面孔,"我以为上次我的话说得够明白了。"

"骆组长,"我迎上她目光的冰冷,"你是说明白了,但我还没表达自己的想法。"

"高总，我不认为你的想法能够改变什么，有必要浪费时间吗?"骆琳的话，一字字，像是冰块一样没有温度。

"骆组长，在公平面前，并没有性别之分。我不认为你想道歉就可以跟我吃饭，而我就不应该有说话的机会。"我针锋相对地看着她。

"道歉? 谁道歉?"秦浩晕了，一双眼睛一直紧张地在骆琳和我之间来回转，听到这里，满脸的不解，"怎么回事?"

骆琳面无表情地看着秦浩疑惑的眼神，不动声色地转向我。

"走吧，这样堵在路上不大好。"我系上了自己的安全带。

骆琳瞪了我一眼，没有再说什么，挂挡起步，车子缓缓开动。

车内的空间突然变得私密而又安静，路灯时暗时明地印在她的脸上，仿佛给她的侧脸镶上一层淡淡的光晕，让她冷艳的轮廓变得柔和起来。我坐在她身旁副驾驶的位置，看到她挂挡的拨杆上面挂着一个檀香手串，散发出一阵淡淡的檀香味，我的精神慢慢地放松了下来。

夜晚的深南大道两边高楼林立，霓虹灯渐渐亮起，我们随着车流，驶过了两个路口，转到了彩田路上，又开了一段后，远远地就看到了 COCO Park 那硕大的招牌，散发着闪亮的灯光。

"怎么样?"骆琳看了我一眼问道。

"要不要换个地方?"我迟疑了一下。

这里是我和骆琳第一次遇见的地方，也是她目睹她前男友偷腥并直接分手的地方，我怕她触景生情。

"不用，就这里吧。"骆琳淡淡地说，脸上浮出一抹不易察觉的自嘲。

果真是个女汉子，她的承受能力再次刷新了我的认知。这样说来，她应该是故意开到这儿来的。

骆琳进门的时候本能地往那个让她印象深刻的地方看了一眼，而不巧的是，咖啡馆满座，恰好那一桌客人正陆续站起身来。

我看着她，用目光征求她的意见：要不要过去?

骆琳轻轻点头。

秦浩非常奇怪地看着我们的交流。

我坐在那天她前男友坐着的位置，骆琳坐在我对面。

"高总，可以开始了吗?"她的语气仍然是那么的冰冷，甚至还有着一丝居高临下的倨傲。

我很反感她的这种表情，让我的自尊无处安放，心里有股莫名的火直往上窜。但是，我压抑住了，叹了口气说道："骆组长，人生有太多的无奈啊。"

"高总，我可不是来听你感慨人生的。"她一句话直接封住了我的嘴。

身边的秦浩呛了一下，喝进去的啤酒差点吐出来，拿着纸巾拼命擦拭的同时幸灾乐祸地看着我眨了眨眼睛，他此时心里肯定在说："这下领教了吧？今天也让你试试这个女人油盐不进的滋味。"

我端起面前的酒杯喝了一口，定了定神。

"骆组长，首先呢，我要对我们之前的一些做法向你道歉。"

骆琳没有任何表示，只是冷冷地看着我，等着我的下文。

"HY的案子，因为缺少几个关键性的证人，现在的情况还不明朗。而这几个关键性的证人非常不巧地，都失踪了。"我直接进入主题，缓缓说道。

骆琳依然没有说话，这让我心里感到有些庆幸。

"商业竞标中，有一些企业的手段无所不用其极，全世界都一样。现在案子还没有了结，我不能肯定地说是什么人的陷害。但案件的起因和发案都很突然，时间又恰好是在我们HY公司参加此次的竞标期间。话说你作为招标组的组长，不觉得有些蹊跷吗？"

"对不起，我对HY的案子不感兴趣。"

"我跟你说这些，是因为觉得你是一个有原则并公正的人。"我不知道该如何说下去了，不管我说什么，她都在第一时间把我的嘴堵住，这确实是个难对付的女人，我不得不承认这一点。

"我再怎么公正，也受理不了你们的案子，因为我不是法官，所以呢……"她停顿了一下，语气变得柔和了一些，"这些情况，你还是去跟检方说吧。"

我无奈地点点头。

"可是，这只是一时的危机，并不能说明一切。HY多年的口碑，一个这么好的品牌，却因为一个阴谋而被毁灭。你不觉得有些可惜吗？"我的声音不高，却有苍凉的味道。

"呵呵，高总，如果所有厂家都像你这样的话，这个招标工作你认为我该怎么去执行？"骆琳冷酷的声音像是一排子弹，呼啸着射穿了我们心里的最后一丝希望。

秦浩急得都快哭了，拼命地拿纸巾抹着额头的汗珠。

我无视她的不断打击，非常认真地看着她的眼睛，一字一顿，无比清晰地说:"我希望能够得到你的帮助。"为了强调语气,我身子略为前倾,"请你给 HY 一个公正的机会。"

"这个,可不是我一个人说了算。"骆琳说道。

"这我当然知道,你们有你们的招标制度需要遵守,大家都是各司其职,但如果我们能得到这次继续竞标的机会,保证一定会竭尽全力。而且,有句话说得好……"我故意停顿了一下,直直地看着她的眼睛。

"什么?"

"哀兵必胜。"

"呵呵,好一个哀兵必胜。其实,你完全可以直接找我说明这一切,为什么要采取这么拙劣的手段?"骆琳笑了笑,说话的同时不屑地看了一眼秦浩。

"我错了。"我不好意思地向她道歉。

她淡淡地朝我摆了摆手,说道:"算了,我只是有点失望,因为一开始我其实对你印象还蛮不错的。"

"啊?你们早就认识?"秦浩很善于在难堪的时候发现亮点并成功转移注意力。

我瞪了秦浩一眼,并不想提起我和她的相识过程,于是回答:"是啊,答辩会那天就认识了。"

"哦,我还以为你们之前就认识了呢。"秦浩自言自语道。

骆琳仿佛没有心思和我们继续纠缠这些问题,转头看了看外面:"你说的,我会考虑。但是……"她想了想又说:"并不代表我一定能帮你。"

"非常感谢!"不知道为什么,听到她说出这句话时,我的心里突然之间闪过一丝从未有过的踏实。

骆琳起身离去,并未动一口桌上的咖啡。

她的身影渐渐模糊,很快消失在我们的视野里。我松了一口气,与秦浩相视一笑:"看来,我们的分析和判断是对的。"

"找到她的机关了?"

"你说呢?"我们举起酒杯,开怀畅饮。

第十章
四处筹钱

第二天，卓越大厦，HY公司办公室。

小艳把茶放在我桌上，悄悄抬起头看了我一眼，皱起了眉头。

"哥，你脸色不太好。吃早餐了吗？我给你留着呢。"小艳问得小心翼翼。

"你拿来吧。"我有气无力地说。

"不舒服吗？"小艳一脸的关切。

"熬夜了。"

我很感谢小艳在这样的时候一如既往地待我，好像看不到公司的现状一般。

我还没出门的时候，就接到秦浩的电话，说他要去卖场找直销商收账。让我先去忙点别的，晚点再来公司。

这个月离供应商结算货款的日子越来越近了。

财务账上的钱远远不够支付到期的应付款，我只好暂时叮嘱他们没有我的签字一分钱都不能动，最后一点钢也要用在刀刃上。

公司在集团里面本来就属于财务上的独立核算，自负盈亏，这次出事后，想得到集团总部的财务支持也是不现实的事，估计他们现在的处境也跟我们一样艰难，HY现在好不容易收回省代理的一点回款，但对公司的运转来说是杯水车薪。账上的这点钱已经捉襟见肘，连日常的费用都不够。月底的工资能不能发，都要看秦浩能要回来多少货款。欠供货商的钱怕是要往后推迟了，这是一件极其伤害公司信誉的事。

我不免忧心忡忡。

小艳放下早餐，又问："哥，凉了。能行吗？"小艳知道我胃不好，不能吃太凉的东西。

"没事。"

我抓起一只小笼包就往嘴里塞，不想拂了小艳的好意。

"哥……我听说惜悦姐可能要被判刑。有这事吗?"她的表情带着惶恐。

"那些八卦的东西，你也信?"我说得云淡风轻，却顿时有一把看不见的刀子在切割着我的神经，痛得我几乎要缩紧自己的身体。

"那我就放心了。"小艳顿时眉开眼笑，"我出去做事了。"

她步履轻快，一瞬间，烦恼全无。

而我，却像一座石雕一般，惊得无法动弹。

我看着桌上还没来得及处理、堆积如山的文件，它们就像此时的公司状况一样混乱，可无论怎么杂乱无章，茫无头绪我都不怕。因为我相信这些都可以一样一样去设法解决。但只有惜悦，我真的感到恐惧，却偏偏又是那么无能为力，眼睁睁地看着危险一步一步向惜悦靠近。

我很害怕，当我费尽心力带着 HY 挺过这道坎以后，惜悦却看不到，回不来。

惜悦，如果我能挺住 HY，你就能回到我身边，该有多好!

可是，我能心愿遂成吗?

我朝着惜悦办公室的方向呆呆地望着，无以言状地心塞。

一阵敲门的声音打断了我的难过。小艳推开门，探头问道:"哥，陈总助理来电话问你是否在办公室，说有重要的事。让他们现在过来吗?"

"好。"

半小时后，陈战和小慧走进我的办公室。

几乎在同时，小艳将准备好的茶水端了进来。

我跟陈战简单寒暄，等他开口。

"关于是否取消 HY 品牌的竞标资格，运营商在一小时前正式通知了我结果。"陈战直接说道，一脸的严肃。

我的心顿时提到了嗓子眼，紧张地望着陈战。

"消息有好有坏。"陈战的表情依然是那么淡定。

一个好字让我的心略有安慰。但依然不敢有丝毫松懈。

"怎么说?"我问。

"好消息是，HY 的竞标资格保住了。"

"真的?"我心中一阵狂喜。

"嗯，"陈战点头，但并没有露出太多的喜色，"坏消息是，HY 必须追加五百万元的保证金。时限是一周。"

我的心咯噔一下。五百万元？我现在拿五万元都费劲。这是逼我去抢银行啊。

"这是件好事，无论如何，给了我们机会。"我衷心地说，心里非常感谢骆琳的帮助。若不是她，恐怕是已经没有机会了。

"那么……"陈战犹豫了一下，"五百万元筹集的时间只有一周。"

陈战没有继续说什么，但聪明如他，肯定知道五百万元对如今的 HY 来说，可不是小数目。

"陈总请放心，不管怎样，我们一定会尽全力。"我不想在他面前装大头，都是知根知底的人，"运营商那边，还要靠你多多维护。接下来，我的重点放在资金的筹集上。"

"好的。"

果然如我所料，我在集团总部走了一圈之后，彻底死心。

他们已经自顾不暇了。

资金链断裂已经成为了现在摆在大家面前共同的难题。

"现在我们的处境就好比抗战时期的八路军啊，找上面要钱没有，要武器没有，要弹药没有，但仗必须还得打赢，其他的自己克服。可那个时候的枪炮都有敌人造啊。"秦浩坐在沙发上，做了一个形象的比喻。

"是的，想要靠总部给我们拨钱已经不现实了。"我不得不承认。

"哥们，办法倒也不是没有，就看你敢不敢干。"他的声音再次抑扬顿挫地响起，仿佛能给人带来无穷的信心。

"你说说看？"我好奇。

他故意压低说话音量，带着一丝神秘："我手里有一个女人的裸照和视频，咱们可以勒索她，听说她不仅是个白富美，还是位给青少年传道授业的老师，区区五百万元对于她来说只是小意思。"

"谁？"

"苍井空。"

"滚，这都什么时候了，你还有心情在这给我扯淡！"我不免大骂道。

"哈哈，越是面临困境的时候就越要学会放松心情，不然敌人还没开始进攻，咱们就自乱阵脚了。"他说的东西每次都是话糙理不糙。

"嗯，你就嘚瑟吧，再筹不到钱，你就得跟我一起拿个碗出去化缘了。"

"不用太过担心，凭咱们这么多年的人脉积累，筹个五百万元应该还是没问题的。"秦浩看待问题时的态度，总是那么乐观。

这一点，我自叹不如。

三天以后的晚上，累得筋疲力尽的我和秦浩，绕了大半个深圳回来，坐在书香门第门口的沙县小吃店，无精打采地点了几笼蒸饺，开始吃晚饭。

这里简陋的环境，再配上我们这副穷酸潦倒的落魄状，很是应景。

"唉，"秦浩重重地叹了口气，满脸凄惨地说，"世态炎凉啊！"

回想起这三天的筹钱经历，我的心里也满是酸楚的味道。

钱，钱，还是钱，艰巨而现实的难题摆在了我们的面前。

"怎么办？"秦浩这几天跟我一起四处奔波，饭都没回家吃。此时，扒拉着碗里的蒸饺，显得没有胃口。

"总有办法的。"虽然底气不是很足，但我绝不能泄气。

"嗯，根据这几天的情况来看，我们以公司的名义肯定是借不到钱的，谁会明知道是个火坑还敢把钱往里扔呀！"他分析完后开始摇头。

"是的，所以我想找罗总，他如果能同意以项目入股分红的形式最好，万一不放心，就以我私人的名义，按略高于目前市场的利息标准，直接找他借。"

"找他借五百万元？会不会有点多？"秦浩脸上浮出一丝担忧，观察着我的神情继续说道，"我没有别的意思，只是想说在深圳这种地方，感情其实值不了多少钱。"

"我明白，所以我只找他要两百万元。"

"那剩下的呢？"他追问。

我犹豫了一下回答道："反正这一时半会儿也回不了长沙，我想从公司退股，兑换成现金撤出来。"

"我不同意。"

秦浩蓦地停止了手上的动作，眼皮一翻，盯着我，停顿五秒。

"你疯了？"他问，"这是 HY 公司的事情，你现在只是在打一份工！"

"可是……"

"可是什么？公归公，私归私，跟你个人有一毛钱关系吗？"他突然有些气愤，右手手指弯曲着激动地敲击桌面，"能不能别老感情用事？"

"好像现在也没有其他办法了啊。"我的语气软了下来。

"为个女人你值得吗？"秦浩一副恨铁不成钢的样子，"何况那又不是她的

第十章　四处筹钱

073

公司，至于搭上你所有身家吗？"

我顿时语塞。

他说得没错，这些，真的与我个人又有什么关系呢？

是的，若不是为了惜悦，我会回到 HY 吗？我好像从来没有问过自己这个问题。

可是，我答应过惜悦回 HY，如果我回来了却没有全力以赴让公司走出困境，那我岂不是辜负了她的期望？

"让我再想想吧。"我木然地夹起眼前的蒸饺，心乱如麻。

吃完东西出来，我目送着秦浩离开，独自走在回小区的路上。台风要来了，街道显得格外的空旷，狂风在耳边呼啸而过，不一会儿，扑面的雨点就洒了下来，打得脸上刺痛。

我没有雨伞，独自一个人穿梭在回家的方向。

走到小区的大门口，我的脑海里恍惚中像是见到惜悦的身影，她穿着离别时的那身白色连衣裙，打着红色雨伞，像天使一样重现在我的面前。

我比任何时候都要想她。

是的，思念这种事，躲得过对酒当歌的夜，却躲不过四下无人的街。

惜悦，你知不知道？

你的离去，寂寞了我的整个城市。

两天后，罗总果然没有让我失望。

他打断了我喋喋不休的说辞和软磨硬泡，直截了当地说："我对你的 HY 不感兴趣，你也不用说那么多。不管它每年盈利几个亿，还是亏损得马上就要破产，这都跟我没关系。我把你当兄弟，今天你开口了，所以这个面子肯定要给。但是这钱，是借给你高寒，你负责还我就行。"

他的话说得合情合理，有情有义。

我非常感动地向他道谢。

拿到他的两百万元后，我也打定了主意。立即打电话回长沙跟合伙人商量撤股的事，把这边的情况也如实地说了，他虽然表示有些突然，但毕竟是多年的同学了，还是给了我理解和支持。

三天后，五百万元全部凑齐，我终于重重地吁了一口气。

"辛苦大半年的公司，就这么被你卖了，现在就算是回湖南都没退路了，一切又得重新开始，我都不知道你脑袋是不是进水了，干这种傻事！"秦浩坐在我的办公室沙发上，大大咧咧地骂道。

我认真地处理着手里的文件，看着最近几天的各种报表，不敢接他的话，让他骂个够。

过了十几分钟的样子，他终于骂痛快了。

"你都不吭声的，当我是空气吗？"他站起身走到我的桌前抗议。

"你说的都对，我也没有什么好反驳的。"我叹了口气。

"知道就好。"

"对了，你去把陈姐叫来。"我身子向后靠到椅背上，朝他说道。

他听到后有些不爽地看着我："叫人帮忙能不能客气点用个请字呢！"

"哦，对。还不快滚出去帮我把陈姐请过来？"

"你大爷的！"

一会儿，陈姐来到我的办公室。

"陈姐，是这样子的……"我掏出一张银行卡放在桌上，"这里面有五百万元，是我私人筹集的，需要公司走一下账，然后安排财务拿着招标文件一起到运营商指定的银行办理手续，再从银行领取相应的保函。"

"好的，没问题。"陈姐点了点头。

我又看着身边的秦浩吩咐道："保函拿到手之后，你立即交给陈战，由他去和运营商进行相关的商务对接就行了。至于骆琳，我想她应该很快就能得到消息，协调好相关的事宜。"

"可是银行开具保函至少需要三天时间，那样我们就超过期限了。"秦浩的话让人顿时有些担忧。

"要不你去跑一趟，找骆琳说明一下情况？"我问道。

"想得美，我是不下地狱了，谁爱下谁下。那个女魔头，我可惹不起。"他扭过头去，态度强硬。

"好吧，我去。"我叹了口气无奈地说道。

骆琳的办公室不是很宽大，没有什么特色，办公桌、铁皮书柜，跟一路走过的其他办公室如出一辙，唯一有生气的是墙角的一盆绿萝。宽大的叶片沐浴在阳光中，几近透明。

这是我第一次去她的办公室。

骆琳看到我，表情并不意外，仿佛是意料之中。

"保证金搞定了？"她淡淡地看着我。

"是的。"我笑笑，"特意过来跟你请个安，也当面表示一下感谢。"

"谢什么？"骆琳的脸上没有多余的表情。

"谢你让 HY 公平地拥有了这次竞标的资格。"这确实是我的心里话。

"呵呵,"她冷笑了一声,语气之中似乎多了一丝嘲讽,"竞标的关键还在于后面的工作,希望你们能真正把心思花在完善产品和技术开发上,而不是……"

她突然停顿不说了,一双眼睛意味深长地看着我。

"放心吧。"我点头答应道,"对了,有件事还得你帮忙打个招呼。"

"嗯?"她抬起头看着我,轻轻地扔掉了手中的笔。

"保证金已经到位了,但是银行出具保函需要几天的时间审核,这个……"我露出为难的表情。

"行,我知道了,你先回去吧。"她点了点头,拿起了桌上的内线电话。

几天后,为了表示感谢,我和秦浩请罗总大吃了一顿海鲜,然后去 K 歌。

地点选在了号称深圳人气最旺的莉莉玛莲酒吧,这里消费水平比较高,但一到晚上就靓女成群,音乐也非常火爆。

"我终于明白为什么白天都看不到几个美女了,原来都躲在家里睡觉,只等晚上出动,全跑酒吧来了。"秦浩两眼放光地盯着大厅的美女,大发感慨。

我们三人找了个包厢,走了进去。

"罗总,帮你叫个陪唱的吧?"我故意说得含蓄些。

"不用了吧,浪费钱。"他推脱道。

"那必须要啊,怎么不要?"秦浩跟着起哄。

"你是不是也要一个啊?"我看着秦浩那兴奋的神情,补充了一句,"等会儿好像梅子要来查岗。"

他一下子就蔫了。

罗总的歌唱得不错,跟小妹合唱得有滋有味,害秦浩坐一旁干瞪眼,羡慕嫉妒恨。

电话在我口袋里震动,我打开门走到过道的尽头去接听。在原地略微挪动着脚步,转身的一瞬,发现一道熟悉的身影闪过,便再也不见。

那人有些像骆琳。难道她也在这里唱歌?

我装作去洗手间的样子,慢慢朝前走去,透过门上那巴掌宽的玻璃往包厢里依次看过去。果然在一个包厢里看到有个长相酷似骆琳的女孩,独自一人。

我没敢停留脚步,转了一圈回来再次朝里面一看。此时,她就专注地看着屏幕,刚好能够看到她的正面。包厢里,只有她一个人。

没错，是她。虽然只是短短的一瞥，我竟然在昏暗的灯光下看到了她脸上的哀伤。

骆琳是和什么人一起来的？为什么会是这样的表情？

我站在过道中，注视着她的包厢门。想看看究竟会有什么样的人进去。

第十一章
她的软肋

等了约有十多分钟，始终没有人进出。

我略微思忖，转身回到我们的包厢，跟秦浩耳语几句便离开了。秦浩的脸上写满了好奇与邪恶。

我再次经过骆琳的包厢时，她还是一个人。我举手敲门。

骆琳吃惊地看着我。只是，或许是她喝过酒，眼光没有平日的犀利。

"骆琳，果然是你！"我先叫出了声。

"你怎么跟踪我到这儿来了？"骆琳蹙眉。

"大小姐，你想多了。"我微笑，"刚才去洗手间就看到有个人像你，我还觉得不大相信。现在出来接电话，一看，果然是你。"

骆琳不说话，那意思分明是：所以呢？

我注意到，沙发上只摆放着一只暗黄色的女式手包，并没有其他人的迹象。

"你一个人吗？"我问。

"嗯，怎么了？"

"我们有几个朋友在隔壁包厢，要不要一起热闹点？"我故意说。

"不要。"骆琳皱着眉说。

我不等她说什么，直接坐下来。

"骆组长，你这样时刻对我保持着警惕，很累的。"我大声说道。

骆琳没有说话。

这时候，她点播歌曲的音乐响了起来。

是梁静茹的那首《可惜不是你》。

……

可惜不是你，陪我到最后，
曾一起走却走失那路口。
感谢那是你，牵过我的手，
还能感受那温柔。

……

骆琳完全沉浸在歌声里了。

她的声音柔美、纯净，这首歌唱得婉转缠绵，像一个经历伤痛的女人，在心底呼唤她的恋人。整个包厢里，都弥漫着沧桑、让人揪心的忧愁和疼痛。

在氤氲的光线中，她明亮的眼中透出一层薄雾，面孔的轮廓柔美而娇弱，像一朵风雨中娇艳的花，任何男人见了，都会心生怜爱，想要触摸和呵护，我也不例外。

或许，这才是真正的骆琳，让人心疼的骆琳。她平日里展露的只是她的外壳。

她渴望的只是爱人那一双温暖的掌心、拥抱和亲吻。

眼前的骆琳让我有一丝恍惚，仿佛此刻坐在我面前呼唤着我的是惜悦，蛊惑着我应该去紧紧拥抱她，让她有一个可以依靠的肩膀和一个安全的怀抱。

乐声渐落，我的眼眶发酸。

骆琳抓起酒瓶就往嘴里灌，被我伸手夺了下来。

"慢点喝。"我轻柔地对她说。

她闷不作声。我只好拿起一杯酒陪她喝。

似乎，只在这极短的时间内，我已经窥透了她的隐私与秘密，我对这个女人的认知，又更深了一个层次。

骆琳选的歌曲越来越忧伤，酒也越喝越多，越唱越伤心。最后，我按下了暂停键："这里太闷了。咱们出去走走吧。"

她没有说好，也没说不好，只是伸手拿了包，站起身。

"酒。"她看着桌上还没有开瓶的酒说。

"我带上。"我说。

街道上人已经减少了，但马路上的车依然很多，空气中夹着一丝闷热和汽车尾气的味道。

"我带你去个安静的地方，如何？"我突然转过头对她说。

第十一章　她的软肋

"好。"我猜，她现在肯定也不想回家。

我叫了计程车，载我们去了小梅沙。

深夜的沙滩上，人已经很少了。凉凉的风裹着潮湿的气息扑面而来，空气中夹着海水淡淡的腥味。海面上，月光落下一层清辉，随着水波的流动，泛着银色的光芒。

我们拎着自己的鞋子，沿着潮汐扑打的沙滩，朝深处慢慢走去。留在沙滩上深深浅浅的脚印，很快就被潮水冲没。

在几乎已经看不到人的一个小山头，我们找到一块礁石，坐下来，我将酒摆好。

"来，咱们一醉方休。"

"好。"骆琳爽快地跟我碰瓶。

酒瓶玻璃互撞的声音在安静的夜晚显得格外清脆，而面前的空旷让人的心境豁然敞亮起来。

这里，不再有忧伤压抑的气息。也没有因为灯光幽暗、共享隐秘而生出的暧昧的味道。月光下的骆琳，一张清澈的面孔上已经看不到那份浓重的哀痛，却依然留着一抹淡淡的忧伤。

"你知道吗，今天是我们计划中订婚的日子。"她轻轻开口，"从一早开始，他就不断……可以说是乞求。"

骆琳又喝了一口酒。我看着她，没有说话。

"看到他的样子，我很难过。难过的是，他不是因为爱我，而是为了自己人生的捷径而放弃自尊。"她看着远处的大海，嘴角浮起一丝自嘲，"你说人生真的有捷径吗?"

"当然有。"我很认真地回答。

"嗯? 你也这样认为?"她歪着脑袋打量着我，眼中透出深深的失望。

"是的，但那只是表面上的。其实……"我停顿了一下说道，"我们所选择的捷径，也许能得到一些东西，但绝对是以失去更多的东西为代价换来的。换句话说，最终都会得不偿失。"

"嗯，说得好。"她满意地点了点头，声音开始哽咽。

"我们是大学同学。我是男孩子性格，跟好多男生都是哥们儿。学校里，追求我的人挺多，但我总是大大咧咧，并没有什么感觉。或者，我是一个属于在感情上被动型的人吧。当时，最执着而温柔的人，只有他一个。每天帮我打饭、打水。冬天的时候会将我的手插进他的怀里，有他在的日子，饭菜总是热的。他会在我生理期的时候给我泡红糖水，会在我找不到笔的时候，摸出一支备用的。每一个生日、节日，都会想出花样让我惊喜和感动。"

"你说，一个女人，能够拥有这些，是不是就该满足了？是不是就该动心了？"骆琳停下来，仰着脸问我。

"嗯。"

我轻轻地点头，看着她的泪慢慢溢出了眼眶。

"如果说，他不曾用心，我自己也不相信。如果说，他一点真心都没有，我自己也太可怜了。"

骆琳又猛灌了一口酒。

"可是，等我从国外留学回来时，却发现他并不是我印象中的样子了。我不知道是因为时间与距离经不起考验，还是事情本来就是这个样子。只是之前因为距离太近而迷失了双眼。我发现我突然生活在谎言与欺骗当中。"

骆琳叹了口气，继续说。

"这让我很痛苦、很愤怒，也很迷茫。我开始怀疑，开始追忆过往中的一切疑点和蛛丝马迹，不光怀疑最初的他，也怀疑自己，变得不再自信，将自己弄得疲惫不堪，疼痛不已。"

原来她是伤心的，原来她真的没有她外表看上去那么洒脱和坚强。

"若是近七年来的温柔细腻我丝毫不感动、不留恋、不感伤，那是假的。更让我伤心的是，这一切都是一个假象，都是为了一个目标而来。他的人生目标，不是我，而我——或者更准确地说，我的家世，不过是一个助力，一个捷径，一个工具。"

骆琳的泪水开始喷涌，像是使出了很大的力气，才继续说下去："或者换个说法。他有自己喜欢的人，而我们所谓的爱情，只是他为达到目的、发展事业的不择手段。"

骆琳朝向大海的脑袋突然转向我。

"我用了整整七年的青春，只验证了一个谎言，这是不是很荒谬？"

她似乎很想自嘲地笑笑，挤出的笑容却比哭还难看。

我默默无言，拿起酒瓶，再次与她碰到了一起。

"喝。"骆琳豪迈地说。

"也许每个人的人生，都有许多不如意的地方。"我的安慰显得苍白无力。

"呵呵，感情啊，它是一场骗局，而我……顶多算个卧底。"她仰起脖子对天惨笑。

第十一章　她的软肋

我突然不知道该说什么了，但是又觉得应该说点什么来配合她的感慨。

"好了，不说我了。"骆琳擦着眼睛，努力转换着自己的情绪。

"说说你的故事吧。"她抬头看着我。

"我好像没什么……"

"得了，你要是敢在这里跟我装逼，我就把你推下去。"她说话的同时转头看了眼悬崖下的大海。

"好吧，为了身家性命，那我就坦白地说给你听了。"不知道是不是真的惧怕她的威胁，还是骆琳的疼痛像是一个引子，我心中那份郁结也拼命地向外挣扎。

酒精在清凉的月光下滋生出的愁绪，再伴着骆琳的泪水，我听到自己略为暗哑和低沉的声音，慢慢地飘向空旷的沙滩。

"我和一个女孩深深相爱了。我原来以为，我们是可以相守一生的。没想到，首先放弃的人竟然是我。一个偶然的机会，我误会了她，以为她一直在欺骗我、背叛我。我甚至没有问一问她、没有给她任何解释的机会就这样放弃了。如果说这个错误不能原谅的话，更不能原谅的是，我还犯了一个……我自己都不能面对的错误。我们甚至什么都没有谈就这样分开了。我很自责，却没有勇气再回去找她。"

我本能地面向着大海，眺望着那看不见的尽头。

"当听说她被抓的消息，我连夜赶到了深圳。却发现自己真的是很无能，连见一面都难，更不知道怎样才能救她出来。这种无力感很折磨人。我唯一能做的，就是将公司撑住，渡过难关。尽管这不是她的公司，但这是她最后对我的托付。"

我的语气显得伤心而又无助。

"公司再难，也可以去想办法。没有钱交保证金，我可以把自己的公司卖掉来凑。如果说把房子卖掉倾尽家财，或者说拿我去换她出来，我都会毫不犹豫地去做。可是，现在她在看守所里煎熬，我却在外面完全使不上力气。"

偶然一抬头，发现骆琳正目不转睛地看着我。

我尴尬地一笑。

"你看，每个人都有自己脆弱的地方，人生不如意的事十有八九，所以，你真的不用那么伤心。"

"你现在所做的一切，都只是为了一个女人?"骆琳问。

"是的。我不能让她失望，我要等她出来时，交给她一个运转良好、生机勃勃的公司。我想看到她释怀的甜美笑容。"我淡淡地点了点头。

"她叫什么名字?"骆琳问。

"王惜悦。"

骆琳就这样盯着我,脸上露出一副匪夷所思的神情,目光中交织着明明灭灭的光芒。

一时间,我们都沉默了,四周很安静,只有海浪一下又一下地拍打着沙滩,还有海风抚过细沙的声音。

"哎,有一种解脱失恋的方法,你要不要试一下?"我突然想到了一个主意。

"什么?"

"从这儿跳下去,当人浸泡在深不见底的大海里,海水慢慢地吞没自己的身躯,意识一点一点被蚕食,当灵魂脱离肉体,你能够感受到生命的渐渐离去,越来越远。到那时,你就能抛弃世间的一切杂念,放下心中的所有痛苦,再也不会为感情的事而烦恼……"

"然后呢?"

"然后我在最后关头再把你救起来。"

"嗯,不错,这就是所谓的置之死地而后生吧?"骆琳脸上的愁容渐渐舒缓了开来,饶有兴趣地盯着我问道。

"是的。"

"那要不你先示范一下?"她的笑容中带着一丝阴险的味道。

"我呢,以前早就试过了,所以这次就不奉陪了。而且……"我站起了身,舒展了一下身体,继续说道,"为了你的生命安全,我得留在上面在最后关头跳下去救你啊。"

"哈哈,你是在逗三岁小孩吗?"她终于开怀大笑,"我有没有你想象的那么傻啊?为了一个渣男去跳海,我神经病吧?"

"哼,说得那么洒脱,其实心里还不是放不下。"我直接揭穿她的口是心非。

"谁说我放不下了?你觉得我会留恋这样一个渣男吗?"她一下子站起身,说话的音量加大了好几个分贝。

"还嘴硬?这样,我来测试一下。"我走到她的跟前。

"怎么测试?"

我拿起了她的左手,看了一眼说道:"这是他送给你的订婚戒指吧?来,

第十一章　她的软肋

083

摘下来。"

她乖乖地取下来放在我的手里。

我让戒指躺在我的手心，然后合上手掌紧握住，朝着远处的大海，大喊了一声："再见吧，爱情。"用尽全力扔了出去。

"你疯了！那是我们的订婚戒指！你凭什么把它扔掉！"她一下子花容失色，拼命地摇着我的手臂，大声抗议。

我没有说话，任凭她哭闹着，直到她两行眼泪顺着脸颊流下，我才摊开手掌，戒指还完好无缺地躺在我的手里。

"啊？你没扔掉！可你刚刚明明扔出去了!"她一把抢过戒指，脸上露出失而复得的狂喜，突然又像意识到什么似的，蹲到地上不说话了。

"骆琳，你不用觉得难堪，人的身体本能是骗不了自己内心的，你们毕竟在一起走过了七年，这么久的感情，谁都不能说放就放下，你现在心里还有他，这并不丢人。因为爱情这件事，从来不卑微。"我低下身去扶住她的肩膀安慰着。

"可是，你说我真的能忘了他吗？我们曾经在一起有着那么多的美好。"她的眼泪像洪水一样汹涌地流出来。

"我懂。世界上最可怕的事情莫过于推你进地狱的人，曾经带你上过天堂。"我深深地叹了口气，"但是，我希望你能振作起来，不要为了旧的悲伤，而浪费新的眼泪。时间总会替你抚平这一切，你要大胆向前走，莫回头！"

骆琳的情绪渐渐平静，拿起酒瓶继续和我聊天，直到一起看完日出，才赶在早上的交通高峰期之前，回到市内。

我直接去了公司，疲惫地坐在办公室，打开计算机放了首轻音乐，舒缓下没有休息好的神经。阳光肆无忌惮地从洞开的落地窗外倾泻进来，室内像是罩上了一层柔纱。

"怎么样？昨晚……"秦浩说话间推门而入。

"没什么，陪她聊了会儿天，然后就把她送回家了。"我轻描淡写地回答。

"据我的经验，凡是主动撩骚却又不带人家去开房的男人不是个负责任的好男人。"秦浩看着我的目光中带着鄙视，然后又阴阳怪气地说道，"再说如果你把她搞定了，我们的竞标工作不就有保障了吗？"

"她不是那样的女人。"我瞪了他一眼。

"你也不是那样的男人，唉，当我们都习惯了装逼，这生活还怎么继续啊。"他叹声说道。

"谁装逼了?"我心里有些不爽。

这时手机的信息提示音响起，我拿起看了一眼，是骆琳发来的微信。可还没细看内容，就被秦浩一把抢了过去。

他露出一脸夸张的表情，手指着我说道："不诚实。"然后照着手机大声念了起来，"高寒，你说得对，女人身体的本能是骗不了人的。昨晚谢谢你。"

我从椅子上腾地站了起来，去抢回自己的手机，无奈秦浩身强体壮，根本不是他的对手。他迅速地截了屏，转发到自己的微信上，扬扬得意地说道："我让你装逼，罪证在此，看你还怎么狡辩。"

"不是你想象的那样。"我解释道。

"还不承认？其实今早我就发现苗头了，本来还以为你会坦白的，没想到你一定要顽抗到底。我问你，骆琳一大清早就更换了微信签名，这难道仅仅是巧合吗？"

"什么签名啊？我还真没注意。"我疑惑地问道。

秦浩翻找了一下，然后盯着手机屏幕，一字一句地念道："遇上一个男人，他为了爱情奋不顾身，眼睛里写满了让我心疼的沧桑。"

"自己睁大狗眼好好看看!"他念完将手机递过来还给我。

"这能说明什么啊？"我看着秦浩反问道。

"啧啧，沧桑？我看看。"他凑近了身子，盯着我的眼睛，"为什么我看不到沧桑的影子？只有满满的欲望？"

"佛说：心里有什么看到的就是什么。这说明你眼里整天只有欲望。"我拿着手机正要回到办公椅上，张丽丽来电话了。

我心里一紧。

每次她和我联系或者约我见面，都会给我心里蒙上一层阴影。

这下会是什么事呢？

我在公司忙完手里的事情后，准时赴约。

第十一章　她的软肋

第十二章
再见佳人

相比于上次，张丽丽的打扮完全换了一个风格，展现出来的美貌，却有过之而无不及。这一次，改成了古典的装扮，头发绾成一个髻，上面插了一支垂了流苏的簪子。淡淡的眼影，恰到好处的腮红，醒目的红唇，浅蓝色的丝绸短旗袍，将身体的曲线与女人的韵味展露无遗，性感至极却有东方的含蓄，堪称完美。

这样的张丽丽让人很吃惊。

事实上，我感觉这次回深圳后，她就像是一朵寒冬里暗藏着的花，仿佛一夜之间突然就绽放了。

也许女人就是这样，不管是含苞欲放的花蕾，还是妖艳欲滴的花魁，只要她愿意为你展现，都可以欣赏到她不同的美。

"哇，你今天真漂亮！想不到还是个古典美人啊。"

赞美女人是一个男人最基本的素养，更何况，我看到她时，确实眼前突然一亮。

我们见面的地方是一个古典装修风格的茶馆，她这一身装扮，配着古风的木质桌椅和茶具，举手投足，飘逸得像一幅画。

这也许正是她想要达到的效果。

"高寒，"张丽丽递给我一杯茶，轻启的烈焰红唇显得性感撩人，"其实你现在与古总并不势均力敌，他现在的能力远比你的强，而他要对付的只是HY，你何必非要死扛呢？"

"那边的投资人背景弄清楚了吗？"我端起了茶杯，没有接她的话。

"那个林总，只来过公司一次。具体的情况并不清楚，据说是刚从海外回来。而且势力挺大，想回国大举进军通信行业。"

"知道他的全名吗？"

"不知道，古总在公司从不谈论这个话题。"张丽丽说，"只是听古总有一次提到过，他是个大金主……"

"哦。"我点了点头。

"上次答辩会过后的答疑书，你们做出了相应的内容调整，以及准备改进和更新的硬件配置，这些资料好像古总都已经了如指掌了。"

"是吗？"我不动声色，但心里却半信半疑。

我在想，张丽丽怎么能够接触到这么多的机密？古总真有那么厉害？

"你们是不是在标书上定义的摄像头像素是八百万，而产品实际上的硬件配置是五百万，采用插值的技术手段用软件扩展到八百万的？"

张丽丽看出了我的怀疑，不等我想太多，毫不留情地给了我重重的一击。

这一次轮到我说不出话来了，一种耻辱感和愤怒从心底升腾起来。

到底谁才是 HY 公司的总经理，古总掌握的东西竟然比我还细致！

这个人到底是谁？走了一个肖峰，我以为内奸已经排除，万事大吉。现在看来，这个卧底不一定在高层，也许早就渗透到级别更低的竞标队伍里了，而且隐藏得非常深。

我本能地开始回想每一个接触的人。

"高寒，人生在世呢，有的东西不能看得太重，心态放平和些，顺其自然吧。"

张丽丽的笑容明媚，眼中秋波粼粼，身体有意识地向我靠了靠。

我却心事重重，了无兴致。

转眼又到了周四下午，员工都已经下班，陆陆续续地走得差不多了，昏暗的办公室大厅已空无一人，只剩下我还疲惫地坐在办公室看着窗外出神。惜悦的羁押期限马上就要到期了，而那个关键的证人到现在还没有下落，我正在眼睁睁地看着自己心爱的女人一步一步坠入深渊，却无能为力。

"怎么了？心情不好？"秦浩推门进来，后面还跟着项目部的周工。

"来得正好，咱们正好开个小会。"我从椅子上站起来说道。

"嗯，正有此意。"秦浩点头答道，"这不我把周工叫来了。"

我们一起在沙发上坐下，之所以这次会议浓缩到我们三人，主要是为了保密和安全性，针对这次的信息外泄，仔细地分析目前严峻的局势。

会议进行到一半的时候，吴律师打来电话，他们两人顿时沉默。我拿起手机，站起身走到门外，然后做了个手势示意他们继续。

"吴律师，您好。"

我的心里忐忑不安，生怕他说出什么不好的消息来。

"高总，你方便到我这里来一下吗？"吴律师的声音依旧是听不出喜怒，很难判断他今天要给我的消息是什么。

"现在？"我向他确认道。

"对。"

我看了一眼秦浩和周工，回答说："好。"

等我到达的时候，集团总部的人都走得差不多了。只有吴律师的办公室门留着一条缝，透出一缕光来。

"高总，请坐。"吴律师抬眼跟我打招呼，随后翻看着宗卷。

"有什么消息了吗，吴律师？"

我心里很紧张，害怕他告诉我案件已经移交到检察院了。

"高总，你最近通过什么关系找过办案人员吗？"他不答反问。

"没有。"我回答得很果断，最近都在为了公司的事焦头烂额，忙得团团转。再说如果有关系，我早用上了，还用等到现在？

"高总，王总的案子马上就要移交到检方了，但是我今天去了一趟检察院，却得到一个奇怪的信息，说上面有人在过问 HY 的案件。"吴律师不紧不慢地说。

我有点蒙了，上面过问？这是什么意思？这是要严办的意思吗？

吴律师看到我的表情，补充了一句。

"有一个办案的人员无意中提了一句：你们的关系挺硬啊。"吴律师说得没有任何感情色彩。

"这是指有人在帮我们吗？"我迅速开始脑补。

"如果你没有，那也许是蔡总方面有人在活动。"吴律师说。

"这是好消息吗？"我不放心地问，"那是不是案件会调查得快一点，对我们有利一些？"

"案件最终的结论都要按程序去处理，不会因为有人说了一句话，该办的就不办了。"吴律师客观地说，"但有人过问是好事，至少可以将疑点尽快有效地查清，从这个角度上来讲，对我们是有利的。"

绕了一大圈，吴律师严谨地说完，大概是职业习惯吧，不去猜测任何的可能性。

"那这样的话，惜悦他们是不是很快就能出来了?"我好像突然看到了希望。

"在得到正式通知前，我们没有必要去做任何猜测，案件一天没确定，就会有无数种可能性。"吴律师的冷静与我此时激动的联想形成了鲜明的对比。

但是，这对于我来说，无论如何都算是个好消息! 在这么长时间持续不断的坏消息打击之下，我头一次满怀信心地期待，期待着惜悦的回来。

惜悦，我真的好想你!

吴律师的消息果然不是空穴来风。五天后，惜悦无罪释放。

对于这个结果，大家都感到有些意外，甚至说是莫名其妙，但不管怎么样，惜悦出来了，这比任何事情都重要，也懒得去想那么多了。

秦浩一大早就跑来我家按门铃，看得出来他也显得很高兴。

"整天朝思暮想的人终于要回来了，你心里什么感受啊?"他故意问。

"你说惜悦走出来的第一个反应会是什么?"

秦浩靠在引擎盖上，慢慢吹出一口烟雾，一缕轻烟从我眼前慢慢飘散。

我和秦浩站在郊外的这座孤寂的高墙外，已经三个小时了。我一直盯着不远处的那扇门，眼睛都不愿错开一下。

天空有几分沉闷，乌云越来越厚。

等待的时间越长，我的心就越是紧张和忐忑:不会有什么变故吧?

我在脑子里仔仔细细地回忆吴律师电话中的每一句话，很确定是今天下午没错。

可是，一直没有看到惜悦的影子。

这是我第三次来这个地方了，而今天的心情截然不同。前两次明明是艳阳高照的晴天，心情却无比灰暗。而今天是乌云密布的阴天，我的心情却格外晴朗。

"你说，她会不会懒得搭理你呀?"

见我不回话，秦浩继续问。

我不想理这只耗子，煮好一锅粥时，他总能挤出几颗屎来败兴。

"惜悦四十五度角抬头仰望天空——这是一个标准的走出牢房的动作，一般的影视剧都是这么演的，暗示着自由的天空是多么宽广。"秦浩继续发挥，"然后抬起手当帽檐，遮住眼睛，这暗示监狱是黑暗的，此时重见光明。"秦浩很得意，"再然后是盯着远处远视，一不小心就看到了我们……"

我拿出手机，时间过得真是慢，站了这么久，才过去二十分钟。

那扇大门打开的频率很低，每一次的开启，我的心跳都会加速。随着时间的推移，我的心跳加快了。

秦浩的兴致并没有受到打击，看看我，又继续。

"你猜她第一句话会说什么？"

"耗子，你还没死啊？"我脱口而出。

"你大爷的！"秦浩终于闭嘴了。

仿佛一个世纪过去了，那道熟悉的身影终于出现的时候，我真真切切地感觉自己的心脏漏跳了一拍。也许一个人生理的本能比心理的百转千回来得更直接、更诚实。

"惜悦。"我听到自己的声音带着一丝颤抖，身体早已飞奔过去，几乎在惜悦站定的同时，我已经冲到了她的面前。

只在她愣神的瞬间，我已经紧紧地握住了她的双臂。顾不得门岗和过往的人注视。

"我们走。"我拉着她的手不由分说就朝我们停在对面的车子大步走去。

这一切发生得很快，惜悦似乎没有反应过来，一句话没说，任由我拉着。

"惜悦。"

我握住她的双臂，双手微微颤抖，像是不敢相信一般，生怕一松开她又消失了。我就这样一瞬不瞬地看着她，仿佛要一次看个够，弥补所有错过的时光。

惜悦也看着我，一双黑曜石般的眸子，晶莹透亮，目光沉静似水，似在探寻，也有询问。

我不知道此时应该说什么，仿佛语言已经失去了它的功效，唯有真真切切地看到、触摸到她的存在，才是真实的。

"惜悦。"

我一把将她抱进怀里，双臂本能地环在她身后紧紧箍住，紧得不容有一丝空隙。

当她柔软的身体贴在我的胸膛时，我身体激动得微微战栗，更不平静的是我的心。

有多久了？我离开这个自己深爱的女人、这个无比熟悉的温软的身体有多久了？

我开始痛恨自己的愚蠢，为什么要那么多疑？为什么要用报复去伤害她？

为什么要将时间浪费在纠结上面？无论她是否原谅我，纵然她有什么过错，又有什么比失去她更让人痛心？

一次灾难，让我完全看清了自己，扔掉了所有的顾虑，明确了自己的方向。

我的力道之大，恨不能将她塞进身体，揉进骨髓，永不分离。

我应该做的，便是不惜一切重新得到她。无论需要做什么，我都要和她在一起。

"惜悦，我不是一个好男人。"我听到自己的声音有些喑哑、低沉，有些不受控制。但这些已经不重要了，我不能再犹豫。

"我的肩膀不算厚实，我的气度不够宽广，我不够勇敢，犯了错误之后，不敢自信地站在你的面前求得你的原谅；我还很懦弱，不敢面对你对我的拒绝。你还愿意重新接受这样的我吗？"

我的眼中泛着泪光，感觉自己此刻前所未有地脆弱，像是见到久别的亲人一般有些委屈。

我不敢将她放开，不敢看她的眼睛。

"惜悦……"

"喂，放手！"惜悦打断我，在我僵住的一瞬把自己挣出了我的怀抱，白了我一眼，长长吸了口气，"我才刚出来，你就想闷死我啊！"

惜悦说完，绕向车子的另一端，打开车门看着我："走吧。"

我傻了。

"上车。"她再次叫我，"愣着干吗，上车。"

"噢。"我机械地回答。

"靠，真是够酸的，老子差点把隔夜的饭菜都吐出来了。"秦浩阴阳怪气地说，"我怎么没看出来，你小子深情时的样子，简直可以惊天地泣鬼神啊！"

"闭嘴！"我没好气地说。

惜悦在一旁悄悄地抿嘴浅笑。

这一笑，像是散出了一抹阳光，投射到了我的心里，暖洋洋的。我紧紧地抓着惜悦的手不放，目不转睛地看着她。她也没有将手抽回去的意思，乖乖地任由我一直握着。

"你瘦了。"我满眼都是心疼。

直到这时，我才开始仔细地端详惜悦。

她仍是一条马尾，垂下的发梢几近后肩，一身乳白色的细麻休闲服罩在身上略显宽大。

她的肌肤依然是玉一般的白净娇嫩，几近透明，只是脸上的红润明显地淡了，现出几分苍白。衬得眼睛格外地大而明亮。目光中那一层让人心痛的暗淡已经有了一层明亮，但依然还没恢复从前原有的灵动。她那小巧翘挺的鼻子还是那样可爱，只是下巴明显地尖了。

"我要快点把你养胖。"我说。

惜悦又白了我一眼，那神情是我再熟悉不过的了。那分明是对最亲密的人才有的。

天空渐晴，隐在云层背后的太阳，也露出淡淡的光晕。

"蔡总出来了吗?"

"还没有。"

她了然地轻轻点头，又问道："竞标的情况怎样?"

"目前进展还算顺利，而且有了秦浩的加入，各销售渠道恶化的趋势已经在控制之中。"

"嗯，那我们这是回哪里?"她的表情淡淡的，看不出丝毫的情绪。

"你的房子还来不及打扫。"我看着她，轻柔地说，"先住到书香门第去吧。"

说完这句话，我很紧张。这无疑是在让惜悦做一个艰难的选择。

自从我们分别以后，这大半年都一直没怎么联系过，而且之前和小花的感情纠葛，没有好好地给她一个交代，她心里肯定是有一道坎的。现在刚被关押了一个月，我又以这样的方式出现在她面前，有好多的东西，她肯定先需要自行消化一下。

车里的空气像是凝结了，车外的喧嚣也似乎消失了。我紧张得大气都不敢出。

她的脸上还是显得那么平静，夕阳的余晖将她面部的轮廓勾勒出一道柔和的光芒，看上去更加温暖而明艳，美丽得快要灼热我的眼睛。

"好吗?"我再次询问，目光坚定而诚恳。

"嗯。"惜悦轻轻点了下头，声音小得几乎听不见。

"师傅，直接去书香门第小区。"我激动地大声朝正在开车的秦浩喊道。

"老板，没问题。一会儿小费要多给点啊。"

惜悦听到我们的对话，情不自禁地嫣然一笑。

一小时后，车子终于平稳地开进了小区楼下，秦浩帮我们打开车门，然后准备离开。

　　"要不要上去坐会儿?"我礼貌性地邀请道。

　　"嘿嘿，我就不上去了吧。"他脸上浮出一丝猥琐的笑意，"今晚是你过年的日子，我就不打扰啦，悠着点身子。"

　　我还没来得及说话，他就发动车子扬长而去。

第十三章
五亿大项目

惜悦进门时并没有急于往里走，而是站在玄关的过道口四处打量，像是第一次来到我的家里。

东张西望了好一会儿后，她才终于把随身的包放在鞋柜上，换了拖鞋，走进客厅。直到这时，我如释重负，轻轻呼出一口气。

"惜悦。"

我呼唤着她的名字，扑身向前，迫不及待地紧紧环住了她，我抱得是那么急切和用力，贪婪地感受着她的气息，当我正要去寻找她诱人的红唇时，突然明显感觉到她身体的僵硬。

这让我的心陡然一凉——她在拒绝我。

"我肚子饿了。"她说。

我缓缓松开手，突然回过神来，有些自责地说道："都怪我，太不细心了，想吃点啥？"

"随便什么都行。"她看着我的眼睛有些躲闪。

"行，那你是先换件衣服，还是我们现在就下楼？"我的声音很柔，惜悦曾经说过，每当我用这种低沉到有几分暗哑又温柔的声音跟她说话时，她再生我的气都生不起来。

是的，我们之间发生过那么多事情，我给她心灵上带来的伤害，加上她刚刚经历过的精神上的打击，她需要一些时间重新来接纳我。

而这个过程，我必须要等。

"只是，我再也不会让你离开我了。"我在心里自言自语道。

"走吧，我们去饭店吃。"

"嗯。"她乖乖地点了点头。

我们穿过小区，走到马路对面。

我拉着她的手，很明显地感觉到她在我的掌心里迟疑了一下，但没有再拒绝。

"好多人呢。"过完马路，她轻声说道，有些害羞地想抽回自己的手。

"就是人多，才怕你走丢了。"我增加了力度，阻止她的举动，能感觉到她的手在我的掌心里慢慢渗出细密的汗。

我看着身旁的她，随着走路的节奏用力地甩动着她的手，那双手细嫩得像葱白，软得似无骨，抚在肌肤上，便能让心融化。不免又让我回想起曾经跟她在一起时的美妙感觉。

看着眼前的场景，我情不自禁地微笑，沉浸在回忆当中。

"好好走路。"她大声地提醒道。

这餐饭，我吃得不多，主要就看着惜悦吃了。不停地给她夹这夹那，可是她吃得越香，我就越心疼。我不敢去想象，这一个多月来她在里面过的是什么日子。

而且，今天从见到她到现在，都还没有看到过那开怀的熟悉笑容。

这说明惜悦的心情与我想象中的并不一样，她的心情与我的根本不同。我只是兴奋和激动。而她除了高兴，还有很复杂的成分。

我的心情也一下子复杂起来，而且想明白了一件事。我不能逼她，必须要让她慢慢去适应。

回到家，惜悦洗完澡出来，手里拿着浴巾，缓缓地穿过客厅走到阳台，坐在那张躺椅上，一遍又一遍地擦拭着湿漉漉的头发。擦着擦着，她突然停下了手里的动作，望着远方，一动不动，沉浸在自己的孤寂里。

"怎么了？是累了吗？"我走过去关切地问道。

"这个时间，我们要吹号睡觉了。"

听到这一句，我的心像是被狠狠地扎了一刀。

那样的她让我看着心痛。惜悦排斥的，不光是我，或许，她还需要一点时间，来适应外面的世界。

"惜悦，头发在滴水，我帮你擦一下好吗？"

"好。"她点了点头，可声音里却明显带着一丝疏离。

人与人的相处真的是件很奇怪的事，分别半年多的我们重聚在一起，虽然还是像以往那样熟悉，那样温馨，却因为心里的隔阂，没由来地多了一丝距离，多了一份试探。

我从她手里接过毛巾，轻轻地擦拭她的秀发，轻抚着。

她看向我的神情好像有些恍惚，但眼神中明显多了一丝温柔，湿亮的眸子显得格外迷人。

"这些天让你受苦了。"我的目光中满是心疼。

"嗯，好累。"她抬起身体伸了一个懒腰，柔软的身影在我眼前绽放出迷人的气息。

然后揉了揉双眼，身体随着重心慢慢向后倾，想要靠到椅背上。

我张开双臂抱住了她，让她跌进我的怀抱。

她的身子僵硬了一下，本能地想要挣脱出来，我的手立刻增加了几分力度。

"惜悦，怎么了？"

"没事。"她听到后没有继续挣脱，身体安静了下来，乖乖地躺进了我的怀里。

她的眉头轻轻皱起，两条纤细的眉毛轻轻爬上额头中央，黑色的睫毛又长又翘，宛如一幅美丽动人的静止画卷，散发着诗意盎然的气息。

我轻柔地将怀中的惜悦抱紧，心中有着一种失而复得的狂喜。

她那柔顺得像只小猫的样子，让我心中泛起一阵阵温馨的感觉，情不自禁地将我的唇，轻轻地印在了她的额头上面。

好好睡一觉吧，一切都会好起来的。

谁知道她却突然睁开了眼睛，像是想起什么似的看着我："你来深圳了，长沙的公司怎么办？"

"已经卖了。"我的语气非常轻松。

"什么？"她一下子惊得坐起，离开我的怀抱，"你干吗要这样做？"

"没什么，反正我在老家待着也挺不习惯的。"我回答道。

"可是，你不觉得很可惜吗？而且……"她没有继续说下去，突然像是明白了什么似的，看着我的眼神中明显多了一些埋怨和心疼。

"别想那么多了，好好睡一会儿吧。"我又重新将她抱住，双手环上了她的腰。

她终于闭上了沉重的眼皮，只一会儿，鼻中就传来均匀的呼吸。

墙上的时钟嘀嗒嘀嗒，大概过了半小时，她轻哼了一声，想要转身换姿势。

我意识到这样睡觉并不能让她舒服，于是将她抱起走向卧室。

迈步的过程中，她的身体和我手臂不断碰触，传来光滑粉嫩的感觉，我强抑下自己内心的波动，缓缓将她往床上放去。

她睡衣的下摆掀了起来，露出一片刺眼的白，她的小腹没有一丝赘肉，只有着惊人的柔嫩与白皙，一层浅浅的绒毛覆盖在光滑的肌肤上面。我的手顿时颤抖不已，心里激动得难以平静。

我迅速地逃离了卧室，走进浴室洗完澡，然后开始清洗我们换洗下来的衣服。

小区内的几盏路灯孤零零地矗立着，窗外的雨水好像有些弱了，轻轻地打在玻璃上，发出嗒嗒的声响。

"我自己来吧。"

惜悦突如其来的声音吓了我一跳，这时，我手上正揉搓着她的内衣。我转过头去，看到她的脸微微有些发红。

"你再睡一会儿吧，我来洗。"

我的声音很轻柔，我多想能柔成一滴水，滋润她内心里的那道疏离。

看着她有些不好意思，我加快了手上的动作。

"你一个大男人洗这些，像什么话？"她那双原本清澈此时却有些羞涩又略带着恼怒的眼睛，一眨一眨地看着我。

"又不是没洗过，"我故作轻松地说，"再说你刚回来，累成那样，要好好休息一下。"

"我来，你歇着去。"她的语气不容拒绝。

我走出来坐在沙发上，看着她忙碌的身影在客厅来回穿梭，心里感到无比的踏实。

她终于洗完衣服回到卧室了，我还六神无主地坐在外面胡思乱想。

"高寒，进来。"她召唤着我。

我忐忑不安地走了进去，挨着她在床沿边坐下。

她浅黄色的长发微卷着如海藻般倾泻而下，散落在她白色的薄丝睡衣上，窗外一阵清风吹来，胸前那一对若隐若现的饱满，像羽毛似的撩得我心里痒痒的。

"惜悦。"

我紧盯着她，喉咙发紧，声音干涩。眼中的炙热似乎要燃烧起来。

我一把将她紧紧抱住，就要去探寻她的唇。

第十三章　五亿大项目

惜悦的身体又一次在我的火热中僵硬，本能地用手抵住我。我的心一沉，随即听到她的声音传来：

"我一直没机会问你，"她一定是感受到了我的情绪，开始跟我聊天，"你是什么时候回深圳的？"

我装作认真回答她问话的样子，不经意地将手放松了一点。

"你被带进去的那天，准确地说，一听到蔡总被抓，我就往深圳赶，在路上听到你也被带走了。"

惜悦认真地盯着我看。

"是为了我回来的？"

"是。"我摩挲着她的手，看着她的眼睛，拿起来轻轻吻了一下。

惜悦就这样一瞬不瞬地看着我，黑宝石般的眸子里有一道暗光，像是要看透我的内心。长长的睫毛扑闪了一下，闪得我心里一颤，感觉有一股火在胡乱蹿腾。

我慢慢地将她拥入怀抱，这次，她终于没有拒绝。

"傻瓜，真傻。这半年多，你过得好吗？"她的长发和初见时一样安稳地垂在肩头，声音绕过头发，传了过来。

"不好。"

"你把公司都卖了，值得吗？"她又开了口。

"值得。"我简单地说。

"为什么？"她停顿了一阵，突然问，"我对你这么重要吗？"

我将她的身子扳正，看着她的眼睛，一字一句地说："惜悦，这半年多来，每当我幻想未来的人生时，所有的细节都有你。我真的不能失去你。"

我禁不住握紧了她的肩膀。

"当我听说你出事的时候，我就开始恨自己，恨自己的懦弱。我才发现，我们两个人的问题其实并没有那么难解决，生活中其实并没有那么多难以逾越的鸿沟。与失去自由相比，这一切是多么微不足道，只要我们还有爱，所有的一切就都可以包容。所以我们应该放弃所有的猜测、揣摩，互相信任，共同去经营属于我们的幸福。"

我一口气把这么长时间以来憋在心里的话畅快地吐了出来。

"惜悦，难道不对吗？这样不好吗？"我动情地看着她。

她没有说话。

我看到她眼里有层水雾缓缓漫上来，渐渐凝结成了晶莹的泪珠，然后一颗颗滑出眼眶，滚落到了白皙的脸颊上，紧接着身体的那份僵硬，慢慢地变得柔软起来。

我心疼地将她紧紧抱着，仿佛要用尽我生命的力度。

"高寒。"她呜咽着，"你个笨蛋！"

"我……"我的声音也哽咽起来，"我再也不会离开你了。无论发生了什么事情，我们都一起去面对。"

这是我的肺腑之言，既是我最深的忏悔，也是对心爱女人的承诺。

"高寒，这半年……"她陷入回忆时眼角有着明媚流转的光，"这段时间你为我吃了很多苦吧？"

"还好。"

"你个傻瓜，你说我到底哪一点值得你这样做呢？"她的声音明显地带着一丝幽怨，神情中却又掩饰不住浅浅的满足和幸福。

"想听真话吗？"我问道。

"当然。"

我将目光贪婪地移到了她的胸前，然后伸手点了下去："你的这一点，这一点，还有这一点，你身上的任何一点，都值得我这样做。"

"讨厌，你个流氓。"她大叫着想要躲开我的手。

看到她那灿烂的笑容，我感觉就在那么一瞬间，仿佛又回到从前的时光，我们相爱的每一个夜晚。

"高寒，时候不早了，睡觉吧。"她的一句话，让我们的嬉笑打闹戛然而止。

"啊？就睡觉吗？可是我们……"我想说还有很重要的事没做，但是根本不好意思开口。

惜悦面朝着我，像只冬眠的小兔子一样，乖巧地蜷缩进我用胸膛做的窝，鼻中轻呼出来的气息，打在我的脖子上，痒痒的。

我爱怜地低头吻向她的额头，她的瞳孔因为我的靠近而扩散了一些，泛着细碎湿亮的光，宛如两颗珍贵的黑珍珠。

也许是感受到了我灼热的气息，她突然翻身过去，转向了另一边，重新将背部塞进了我的怀里。

这个姿势让她丰满的臀部刚好顶住我的下身，伸展肢体时不经意地蹭了蹭，犹如划火柴般地点燃了我所有的火焰。

太难受了。

"惜悦。"我在她耳边轻声叫唤。

"嗯。"她睁开蒙眬的双眼，双瞳没有丝毫焦距，茫然地看着我。

看得出来，她确实是很困了。

"那个……有一个将近五亿的项目需要你帮忙配合一下。"我终于鼓起勇气说了出来，观察着她的反应。

她仿佛从梦中慢慢回魂，看着我的眼睛，脸上渐渐地浮起一片红晕，重重地吁了一口气："高寒，我真的好困。"

"那就……睡觉吧。"我搂着她的腰，无奈地躺回去，不敢再继续纠缠了。

可是长夜漫漫，我根本无心睡眠。

惜悦的身体蜷缩着变换不同的姿势，有轻微的叹气声从枕头那边传来，过了一会儿，在我翻来覆去地寻找着睡意时，她突然转过身，脸上露出一丝坏笑，看着我问道："真的有五个亿吗？"

那声音细腻而暗哑，柔柔地钻进我的耳里。

"真的。"

我在她的瞳孔里找到了自己的影子，轻轻地压上她柔软的唇，将舌头伸进了她嘴里，痴痴地纠缠。

我的吻就像是跑完马拉松后对水的渴望般急切而热烈，饱含着浓浓的化不开的思念。

她像只待宰的小羊羔般任由我索取，闭上眼睛享受着我的狂乱。

"我爱你。"

我大口喘息着，声音暗哑而低沉，像是从压抑的欲望中挤出来的。

"嗯……"她嘤咛一声，双颊红得滴血一般，眼光蒙眬迷离。

这一声轻哼，终于将我彻底点燃，仿佛半年多来隐藏着的狂热爱恋和压抑着的浓厚相思在这一瞬间全部爆发。

我疯了一般迫不及待地扯掉了她的睡衣，刹那间雪白无瑕的身体映入眼帘，散发着淡淡的迷人体香。

我的手尽情地在她身上游走，抚摸过每一寸肌肤。粗重的喘息声和她从喉咙深处涌出的呻吟交织在一起。

五个亿的项目终于开始了……

很久很久以后，一切归于平静。

我看着怀里肌肤如雪的惜悦，伸手拉过被子，盖住了她的身体。

她脸上的潮红还没退去，眼眸中饱含着化不开的浓情蜜意，正脉脉含情地看着我的脸。

"别感冒了。"我伸手过去揽她入怀。

"高寒，为什么你这半年都不主动联系我？"惜悦嘴角噘起，一副生气的表情。

"我不敢。我害怕我的思念像无底的黑洞，只有着一个方向，永远得不到回应。"我老老实实地回答。

"哼。"

"惜悦，你知道吗？"我松开怀抱，看着她说道，"你瘦了，头发也变长了好多，背影陌生到，让我觉得见你是很久很久以前的事，然后听到你刚才开口叫高寒，我却想笑，好像我们刚刚下班，只在地下车库等了你五分钟而已。"

"是吗？"她的嘴唇勾起一抹浅笑，一瞬不瞬地凝视着我。

"是的，我们分开的这段日子里，你的头发长了，像是比别人多活了很多年，但是你一笑，我又傻了，就好像只是下楼买了一瓶水。"

"嗯，我也感觉好像回到从前了。"惜悦微笑着，带着一丝幸福的满足。

"所以，我们要狠狠地重温曾经的美好。"我说话间掀开了她的被子。

"你要干吗？刚才不是已经……"她的声音又娇又绵，带着一丝猝不及防的慌乱。

我趴在她的身上，在她耳边缠绵厮磨："那只是第一期工程……"

"啊，你个流氓……"

第十三章　五亿大项目

第十四章
博弈与试探

清晨，窗外传来清脆的鸟鸣，我睁开蒙眬的双眼，发现太阳早已照到我的床边，而床上却没了惜悦的身影。

我快步翻身下床，大声呼喊她的名字，找遍阳台和客厅，家里的每一个角落。

心里传来莫名的心慌，我赶忙拿起手机拨打她的电话。

铃声由远及近地在门前响起，伴随着推门而入的惜悦。

"你去哪儿了？一早起来都找不到人！"我大声地埋怨。

在我紧张的注视下，她扫了一眼我身上，看着我咻咻地笑着："高总，能不能麻烦你先把裤子穿上啊？"

我站着没动。

她将手里拎着的东西摆到了餐桌上，才缓缓说道："下去给你买早餐了，你怎么不多睡会儿？"

我走过去将她抱在怀里，轻声说道："醒来看见你不在，一下子就慌了，再也没有丝毫睡意。"

人对失而复得的东西，会因为更加珍惜，而容易患得患失。

是的，就是因为太在乎了，害怕再次失去，害怕一个不小心，她又会飞走。

"傻瓜，我这不是好好的吗？快去洗漱吧，一会儿还得去公司呢。"她柔声说道，拍打着我的肩膀。

等我刷完牙洗完脸出来，看到她坐在阳台的躺椅上，手里拿着一本杂志，翘着腿悠闲地品着咖啡。阳光洒在她的身上，满屋的温暖。

我赤着脚走过去，从后面将她拥进怀里，一下一下地抚摸着她的头发。

"厨房给你煲了小米粥，快去喝点。"她拉着我的手说道。

我顿时浮起一阵深深的感动，仿佛暖锋过境般，触动着我脆弱的心灵。

"确实是想吃早餐了。"我坏笑着朝她耳边说着，双手不由自主地滑上她的前胸，那种柔软让我立即心猿意马。

她打掉了我的手，转头瞪着我："吃早餐去厨房。"

说完随即站起了身。

我尾随着她的脚步走到厨房，继续和她纠缠。

她白色的女式衬衫纽扣被我解开了两粒，胸前的两处丰满像是被压迫了几千年的一种爆发，终于冲破阻拦，迫不及待地弹了出来。

一片春光。

我看到她的脖颈上清晰地留着昨夜浅浅的吻痕，在白皙的肌肤上尤其打眼。

心里突然升起那种久违难耐的情愫，只想要与她身心融合，从此以后，再也不分开。

我把惜悦抱出了厨房，只留下身后一方安静的空间和冒着热气的小砂锅。

看着她暴露在空气中的一片雪白，我的喉结拼命打着滚儿，发出了响亮的吞咽声。

突然，惜悦像是想起什么似的，用力地扒开我的手，挣脱出来说道："昨晚你不是说今天上午有非常重要的竞标讨论会吗？"

"有……有吗？"我大声喘息着回不过神来。

"怎么没有？"

"哦，对哦，差点就忘了。"我很不情愿地停止手上的动作，老老实实地跑回卧室穿衣服。

直到坐到车里，握着惜悦的手，我依然有一种不真实的感觉。幸福来得这样突然而真实，这个早上甜蜜的感觉充盈着我每一个细胞。快一年了，梦想过无数次的相逢与和好，回味过无数次曾经的甜蜜，从来没有一次的想象能够像今天这样，让人飘飘欲仙。

哪怕是我们要迟到了，外面车水如流，长龙一般不见首尾，我却没有焦躁的感觉，这个城市的一景一物，连同人们的表情都是那么亲切和友好。我几乎可以忘记一切现实的严酷。

而有了爱情滋润的女人，变化更是显著。

第十四章　博弈与试探

昨日还脸色苍白的惜悦，此时泛着桃红，嘴角噙着笑意，那张白皙精致的面孔，带着这样的肤色，透亮得让人忍不住想去掐一下。一双美目晶亮地闪动着，波光潋滟。这样的惜悦，无比诱人。我甚至舍不得让她打扮得那么漂亮去给别的男人看。

是不是我盼得太久，在乎得有点变态了？

在一串夺命连环 call 的铃声响起时，我终于走出了电梯门。

"一脸的淫荡样，你能稍微收敛点那副得逞的奸夫相吗？"站在楼道口的秦浩一转身看到我，挂掉电话，气急败坏。

"这才头一天，你就准备精尽人……"这时，他突然看到跟在我身后的惜悦，一个急刹车，嘴里的话就以一百八十度的变化转了向，"会议早就到时间了，现在推迟好一会儿了，陈战他们都在里面。今天这次会，两边都做了充分准备。你们快一点。"

短短的两分钟内，我已经进入了状态。我一边快速地向前走，一边转身看看惜悦，我的目光在问：你准备好了吗？

惜悦坚定地点点头，目光自信从容。哪怕是我们一路的急步，也不失她优雅的风度。

我知道，她已经渐渐地恢复过来了。

会议室里，已经坐满了人。惜悦一进去，立即引起了一阵震动。我伸出手，轻轻点了点，示意大家安静。

惜悦扬着嘴角，向各位致意，笑容亲切而适度。

不知道是不是我的错觉，我明显看到陈战的眼光怔了一下，随即放光，嘴角不自禁地扬了起来。相比起来，小慧的笑容来得更迅速，朝惜悦打着招呼。

会议开始，由秦浩主持。

"今天，此次投标小组的全体成员都在这里了。只有高总和我是新人。请大家关照。"

秦浩向大家鞠了一躬，面容亲和，一改刚才见我时的狰狞。会场的气氛一下子显得轻松起来。

"下一步，投标工作将进入实质性的产品样机测试阶段。今天请大家来是想将相关的问题做一次研讨，以确定我们的产品定位以及竞标方向。"

"陈总，你先请。"秦浩伸出右手，做了一个邀请。

"大家好。"陈战站起身来，"各位都知道，因为 HY 最近出了点状况，给竞标工作带来了诸多难处。此次的投标，一波三折，但由于高总非凡的能力，目前，我们竞标的资格是保住了。"陈战恰时停顿。

惜悦头转向我，看了我一眼，似乎在问：怎么回事？

我回给她淡淡的一笑。

陈战环顾四边，让人明确地抓住了他的重点："在形势不利的情况下，下一步，产品是否能够拥有优势而在竞标中脱颖而出，就非常关键了。我期待在座的各位能够拿出一个让人心动的产品配置，一举夺得订单。"

陈战的话，像是一个战前动员，赢得了一阵掌声。

接下来，是项目总监韩星分别介绍了我们的三款主打产品，用PPT的方式演示了各个产品的配置以及功能。

"韩工，我有个问题，"看完介绍后我首先发言，"关于那个摄像头参数，为什么咱们标书上明确的不是物理像素？"

韩星是在我离职后才接任项目总监一职的，背景还不错，我对他了解不多，但知道是华为公司前几期的技术工程师出身，虽然来自西安，可是他却长得斯文白净，一点儿都看不出秦陵兵马俑的风采。

他看着我点了点头，一脸认真地说道："目前咱们这个行业的规则就这样，所有对外宣传的像素，基本上都是隐藏实际像素而按照插值放大后的像素备案，不光是我们，大家都一样。"

"嗯，关于这个问题，我想发表一下个人的看法。"我接着说道，"我觉得如果想赢得此次的竞标，首先得抛弃国内固有的'山寨文化'。"

大家一下子都好奇地看着我，陈战听到后眼中一亮，露出期待的神情。

"首先，我讲个小故事，也算是个人经历吧，"我清了清嗓子，继续说道，"记得有一次我去给朋友家的小孩买奥利奥，买回来一看，上面却是粤利粤，令我哭笑不得，第二次我留了个心眼，买的时候一直盯着'奥'字看有没有错，结果买回来才看清：奥和奥。"

"对，就是这样，我有一次坐火车买了桶康师傅方便面，吃着味道不对才看清原来是康帅傅。"秦浩接过我的话。

大家哄堂大笑，气氛一下子变得轻松和热闹起来。

等他们差不多都停下来，我才开口说道："由此可以看出，不仅仅是我们这个行业，在其他的很多行业，'山寨文化'已经成为阻碍中国企业创新的最大因素，这其中有消费者的问题，更多的是企业本身不思进取、盗版成风的原因。因此，我觉得这次的竞标方向和定位应该是本着诚实、创新、领先、共赢的方针，让终端用户体验到实惠而又好用的产品，与运营商达到共赢的目的。"

"说得好，"陈战带头鼓掌，大家的士气一下子高涨，"王总，你也跟我们讲两句吧。"

"既然话题说到这儿来了，那我也提个意见吧。"惜悦很自然地接过陈战的话，声音柔和而又低沉地响起，让我不由得有一点点意外。

她看着大家点了点头，缓缓开口："高总刚才明确了竞标的方向以及抛弃山寨精神的产品定位，我很赞同，我想说的是，咱们能不能联合上游开发商，研发出一两个领先于同行的技术出来，这样我们在竞标中就不需要通过残酷的价格战而完全占有主动，你们觉得呢？"

大家听到后纷纷点头，我看到陈战的目光一直在惜悦的脸上游离不定，目光中分明透着浓浓的赞赏之情。

"关于两位老总刚才提出来的问题，我个人非常赞同。"韩星发言说道，"但是目前的情况是这样子的，首先我们最新的产品样机已送往运营商做入库测试，马上就要进入 PASS 阶段，如果要进行硬件上的升级和更新，那么就等于是前期的工作白费了，还得重新提供新的样机。更重要的是，关于研发新的技术，我们是否能够得到主板方案商和 MTK 芯片原厂商的技术支持。"

"这个由我来协调吧，涉及商务上的问题，我会去解决的。还有……"我回答完，突然想起张丽丽对我说的那些话，内奸还没排查出来，很有可能现在就坐在我们中间，所以不敢再进行更细致的工作交流，只好将目光转向陈战，"陈总，我想请教一下，此次的竞争如此激烈，HY 也是第一次和你们合作，依您之见，咱们取胜的概率大吗？"

我的问题一出，所有人的眼光都落在了陈战的身上。这个问题本身就很考验人。

"问得好。"陈战看着我，几乎没有任何犹豫，侃侃而谈，"在商言商，我向来不打无准备之战。"他淡淡一笑，"决定与 HY 合作，共同投标，除了要对 HY 有深入的了解，更需要了解运营商的动态。"

陈战不紧不慢地说，浑厚的声音带着磁性，那种声音对女人是很有杀伤力的。

"作为国内最大的通信运营商之一，中国灵动在客户规模上一直遥遥领先，强大的用户数量决定了它对移动终端的不断需求，据业内消息称，今年他们对外的采购数量至少为六千万部。而仅仅是在第二季度，目前对外公布的订单量就已突破一千万部。诸位，这意味着什么？"陈战眉毛略扬，目光扫过全场。

"灵动公司的市场份额在不断扩大。"有人说。

"是的，"陈战肯定道，"不仅如此，今年中国灵动对外招标的最大特点，就是风向变了。"

开始有人小声议论，不少的交谈声在耳边响起。我盯着他，思索着。

他清了清嗓子，用手拨弄了一下额前的头发，继续说道："中国灵动上个季度的4G手机招标结果已出，目前已知有六款手机中标，全部为国产品牌，且多数并非国产手机中的主流厂商。"他又停顿了一下，看了看我，"其实，这并不是中国灵动第一次'偏爱国货'。根据去年七月的招标结果，中标者也全是'国'字当头。"

"在中国灵动上个季度刚刚结束的招标中，发生了一个奇怪的现象，洋品牌无一中标，即使在国产的一线大牌中，也仅有中×拿到了少量订单，算是撑住了场面。最终有两个二三线品牌成为了最大的赢家，这个结果让业界哗然。这说明了什么呢？"他向大家提问。

见没有人回答，他继续说道："我觉得中国灵动的目的是拉拢更多的二线厂家能够加入4G手机阵营。因为一线品牌即使不中标也还是会继续做，但二线厂家就不一定了。所以现阶段他们认为拉拢二线厂家尤为重要。因此，在这样的背景和环境下，4G手机市场会迎来一个'黑马时代'，而我们代理的HY品牌，很快就会成为一匹跑在最前面的黑马！"

下面响起了热烈而持久的掌声，看得出来大家听完他的分析后，情绪都很激昂。

我注意到，陈战讲话的整个过程中，小慧目不转睛地盯着他，目光闪亮，表情专注而充满柔情。那个神情，不只是欣赏，还有崇拜，更是恋爱中女人的特有神态。

可是，惜悦竟然也在盯着他看，那目光中虽然没有那份专注，但分明透着一丝欣赏。

我的心里突然有些不是滋味。

"陈总果然是个行家，佩服！"我还是由衷地称赞道，"能够与陈总这样务实、专业，又对全局有宏观把控的人合作，是HY的幸运。"

散会后大家都走完了，惜悦和秦浩不约而同地走进我的办公室。

"你今天有些反常。"惜悦直截了当地问，"有什么事情吗？"

我很庆幸身边有着惜悦这样的女人，聪明而又锐利，一下子就看出了端倪。

　　"咱们开个小会吧。"我关上了办公室的门，将目光转向惜悦和秦浩，气氛一下子变得严肃起来。

　　"公司目前的所有机密全部泄露。"我缓慢地说，"甚至包括标书的细致内容，以及所有的技术资料。"

　　惜悦吃惊地瞪大了双眼。

　　"消息可靠吗？"

　　"非常可靠。"我的表情无比沉重。

　　"你是怎么知道的？"惜悦又问。

　　"张丽丽亲口告诉我的。"我不想瞒着惜悦，但是怕引起误会，忽略了张丽丽妖娆地摇摆着腰肢约会我的过程，"据我看，她说得有板有眼，绝对不是信口胡诌。"

　　"这是什么时候的事情？"惜悦并没有理会我那点小九九。

　　"就是咱们交保证金后的那个周日，快一周了。"我想了一下说。

　　"保证金？"惜悦不解，"什么保证金？"

　　"HY的竞标资格差点被取消了，这你还不知道吧？"秦浩转向惜悦。

　　惜悦再度睁大了眼睛，吃惊地看着我，又看看秦浩。

　　"然后呢？"她一脸的错愕

　　"然后高寒奋不顾身地冲上前去展开危机公关说服了运营商最终交了五百万元保证金保住了投标资格。"

第十五章
享受甜蜜

　　我刚想轻描淡写地略过，秦浩抢过话头，跟足球现场解说一样，连个逗号都没有就将整个过程简短播出。

　　"所以……"惜悦转头看向我，"这就是你卖长沙公司的原因？"

　　"这个回头再说，"我果断地打住话题，"现在火烧眉毛了，先谈重点吧。"

　　何况，我自认为我并不是一个多么高尚的男人，做这些只是为了拯救自己心爱的女人，完全只是出于爱情的本能，仅此而已。

　　"那查出谁是内奸来了吗？"惜悦盯着我问道。

　　"还没有。"

　　"我觉得这样下去太被动了。"秦浩接过话说，"对了，那个项目总监韩星信得过吗？毕竟没有深交过，要不要使用一下老黄对你的那一招，对他进行一个测试？"

　　"没必要。"我回绝道。

　　世界上最傻的做法就是拿钱塞人家口袋去考验人的真诚。

　　"你是不是有好的想法了？"惜悦替我们泡了一杯茶，看着我柔声问道。

　　"我是这么想的。现在还不知道内奸的具体职位，也许潜伏在我们高层，也许安插在最底层，暂时还无法排除。但是我们首先要布局，立保竞标组的核心成员没有问题。"

　　"除了我们，高层就只有韩星属于新人了，要动他吗？"惜悦又问道。

　　"先不用。"我摇了摇头，看着惜悦眨眨眼睛，"在管理学上，有个词叫'制衡'。"

"嗯，我明白了。"她听到后点了点头，略一思索后说道，"明天我通知行政部提拔周工为技术总监，职位级别与韩星同级，让他们相互制约，权力平衡。争取上午就将任职通告发布出来，你还有别的安排吗？"

"没有了。"我满意地笑了笑，端起眼前的茶杯，浅尝一口，茶香四溢。

这世上最好的感觉，就是有人懂你的欲言又止。

而最幸福的事情莫过于有人懂你，有人信你，有人陪你。如今有了惜悦和秦浩在，仿佛一切都不是困难了。

回家的路上，惜悦很沉默。夕阳照在车窗上，反射出耀眼的光芒。

我拉住她的手，将她往这边拖了拖，问道："累了吧？"

她顺势靠在我的怀里，对我笑了笑，轻轻地"嗯"了一声。

这个不经意的笑容里，已经没有了之前的生涩、疏离的味道，却有几分小女人的腼腆与娇羞。我的惜悦在慢慢回来，这个感觉很温暖。

"晚上吃点什么？"我问。

她在监狱里的亏欠，我要尽快给她补回来。

"高寒，你做技术出身，依你看，我们公司在短期内如何能找到方法提升产品的竞争力呢？"

惜悦的心思，果然被工作牵住了。

"凭我们目前的技术和实力，很难。而且……"我不想说太多泄气的话。

"那该怎么办？"她的担忧直接表现在脸上。

"现在是下班时间，咱们就不谈公事啦，总会想到办法的，快回答我，晚上吃什么？"我岔开话题，不想让她为公司的事过多操心。

"去我家楼下餐厅吃吧，刚好回去打扫一下家里的卫生。"她的话让我心里一惊。

打扫卫生？她是不是要准备搬回自己家住了？

我怎么能让这种"惨剧"发生呢。

"嗯，天气渐渐转凉了，顺便多收拾些衣服一起带到我家去。"

"谁说要长期住你家了？"她听到后笑着娇嗔了一句，一抹夕阳，瞬间染红了她的笑脸。

我们经历了拥堵的下班高峰期，终于缓慢地开到了她家。

惜悦的房子虽然一个多月没人住，却并不显得凌乱，只是上面蒙了一层灰。我们找来抹布和水桶，从擦拭沙发和茶几开始，半小时过后，就焕然一新了。

我搂着惜悦的肩膀，让她坐下。

"从现在开始，我负责帮你收拾衣服，你休息会儿。"我转身进了客房，找出一只大号的旅行箱。将它擦干净，拿进客厅。

"你这是要干吗?"她明知故问道。

我走进卧室打开衣柜开始挑选她的衣服："这一件，这一件，还有这件，都是我喜欢的，还有这些……"

"高寒，我想……"

"这件要不要带? 还是带这件?"我根本不理会她。

"我想，暂时还是住在这里。"见我已经把大片的衣柜腾空，她终于有些急了。

"那你的意思是咱们现在去书香门第，把我的东西搬过来吗?"我故意曲解她。

"不是，我是想咱们先分开住……"惜悦见我要无赖，终于支支吾吾地把意思说了出来。

我停下手里的动作，沉默着不说话。

"高寒，我没有别的意思，只是……"她犹豫着措辞，观察着我的反应。

"我知道，但是这些天以来，发生了那么多的事情，我不想这辈子都活在悔恨和遗憾当中，你能明白吗? 如果两个相爱的人注定是要在一起，那么为什么一定要等到晚一点呢? 我们已经浪费掉了太多本可以用来享受幸福的时光，为什么现在还不能吸取教训，好好把握? 爱情，真的没有那么多时间用来等待。"我一口气地说完这些，发现惜悦正目不转睛地盯着我，神情中带着一种陌生的打量，像是第一次认识我似的。

"我难道说错了吗? 我们曾经共同经历了那么多，都明白彼此在自己心目中的分量。再加上现在公司如此危险的非常时期，我们本来就应该住在一起，有什么事情随时商量，共同应对，还有什么理由用来内耗呢? 难道你希望今后再来后悔吗?"我又继续看着她说道。

"高寒，你变了。"她的话让我心里突然有些惊慌，我害怕不小心刺激到她刚刚恢复过来的心情。

"怎么了?"我小心翼翼地问道。

"呵呵。"惜悦好像并没有生气，轻笑了一声，脸上的神情渐渐舒展，嘴角向上勾起一个柔和的弧度，"你变得比从前勇敢多了。"

"那是变好了还是变坏了?"我一下子还没反应过来。

第十五章　享受甜蜜

111

"你说呢？当然是变好啦，以前你在爱情面前一直都是唯唯诺诺，哪敢像今天这样跟我直抒己见？"她的声音变得爽朗起来。

"那你是答应了？"我欣喜若狂。

"你说我们这是要未婚同居了吗？总感觉怪难堪的。"惜悦歪着脑袋问我。

"不叫同居，叫试生产。昨晚样品已经确认OK了，现在咱们开始小批试产一下，至于什么时间大批量产出货，就由你来定好了！"我开心地将她抱进了怀里。

"油嘴滑舌的，没个正经。"

我不经意地扭头，看到床头柜上的相框里放着一张照片，那是去年我们的合影。

惜悦和我一起坐在草地上，阳光从身后的苍天大树倾泻而下，沐浴着身后整洁的一片碧绿，惜悦坐在我的怀里，眼眸明媚，笑靥如花。

我们终于不用再分开了。

早上醒来的时候，惜悦睡得正香。我保持着搂她的姿势，舍不得把她吵醒，就这样静静地看着她。

温暖的阳光透过窗帘隐隐地照在她的脸上，泛着柔和的光。不知道是在做着什么美梦，她的嘴角居然露出了一丝笑意。

我情不自禁地吻了下她光滑的前额，她就醒了。

"你偷吻我好像不是一回两回了，这次终于让我抓了个现形吧？"她假装恼怒起来的样子，都是那么可爱。

"亲爱的，睡得好吗？"我伸手轻轻抚摸她的脸。

"嗯，我突然发现，世界上有一种治疗失眠最好的药，就是身边躺着你。"她说完伸展了一下身体，钻进了我的怀抱，"高寒，跟你睡一起好有安全感。"

她刚睡醒的眼睛湿亮湿亮的，长长的睫毛一眨一眨调皮地划着我的脖子，有点痒痒的。我轻轻地把她往外推了推，用手拉住她的一缕发丝，绕在指间玩弄着。

墙上的时钟显示已经九点，我坐起来准备起床去做早餐。

"还早呢，再躺会儿。"她赖在床上一副慵懒的样子。

我像是想起什么反应过来："哦，对啊，我差点忘了问你是想先吃早餐还是先吃我？"

"你个流氓，起床去。"她嗔笑着踹了我一脚。

我亲吻了一下惜悦的脸，翻身下床，走进厨房，正打算做些甜点，榨两杯果汁，电话铃声却开始响个不停了。

"哥，不好了，出事了。"刚一接通电话，小艳的声音就惊慌失措地传来。

"什么事慢慢说，不要急。"我安抚道。

"有家供应商叫了黑社会的人来公司，催我们结货款。你快过来吧。"从电话里，我能听到那边隐约传来的嘈杂声。

"好的，我这就过去。"挂了电话，我深吸了一口凉气。

"怎么了？"惜悦走过来站在我身后，用双手环住我的腰。

"没什么，秦浩要我早点去公司，有竞标的事情要商量。惜悦，现在还早，我先出门，你休息一会儿，把家里收拾一下再过来，好吗？"我不想让她面对这些事情，引起不必要的麻烦。

"好的。"她乖乖地点了点头。

我到公司的时候，看到大厅有几个至少一米八五以上的高个子，手臂上布满了文身，正在茶几上悠闲地斗地主。

这种人一看就是专门负责收债的，专业而又老道，他们有很多种办法跟你消耗，但目的只是为了收钱，绝不会轻易跟人动粗。

大家都是经历过风雨的人，秦浩站在一旁眼睛盯着他们，并没有轻举妄动，看到我进去，点了点头，朝我使了个眼色。

我几步走到他们跟前，直接说道："你们哪位是老大，找个说得上话的人跟我来办公室谈吧。"

他们都抬起了头，看了看我，上下打量着，然后有个皮肤黝黑的壮高个，扔掉了手里的扑克牌，站了起来。

我佯装淡定地坐在办公椅上，心里多少还是有些犯怵。

他身高应该快超过两米了，肌肉发达得跟史泰龙一样，手臂上纹的那个关公，仿佛随时要拿刀劈向我。

"给我一点时间，现在公司没钱。"我先开口说道。

"可以呀，咱哥们几个反正每天都会在大厅斗地主，啥时给钱啥时撤。"他的语气豪爽，痞气十足。

"我知道你们是什么人，钱我现在确实是没有，咱们出来做生意的，谁还没几个朋友，我照样可以找到比你们更厉害的人，但是你觉得大家弄个两败俱伤有意思吗？你们也无非就是求个财。"我尽量让自己的声音显得平稳。

他迟疑了一下，目光不断地扫向我："欠债还钱，天经地义，你们这么大一家公司，百把万的货款都拿不出来，开什么玩笑啊？"

我沉默着，没有答他的话。

在对峙了至少两分钟后，他终于开口，语气还是那么强硬："说吧，什么时候能给钱？"

"三天后的中午，你一个人来公司取。"我回答道。

"不行，最多两天。"他双手抱胸，气势十足地打量着我，"不过哥可丑话说到前头，两天后如果拿不到钱，那就不只是斗地主这么简单了。"

"行。带着你的人赶紧撤吧。"我答应了他。

他们走后，秦浩走进我的办公室，一脸沉默地坐在沙发上。

"回款效果不理想？"我看着他那一言不发的样子，就能猜到。

"不用灰心，现在咱缺的也不是一点点钱，你那点回款即使全收回来，也是杯水车薪，咱们还得想别的办法。"我安慰道。

"嗯，现在供应商货款要结，工资要发，还有竞标工作也需要不少的经费，再往后面想远一些，即使竞标成功拿到订单了，咱们还需要资金去采购物料，想想就头疼啊。"秦浩摇着头，一副无可奈何的样子。

"船到桥头自然直，咱们一步一步来吧，想太远也没用。"我看到他那情绪低落的样子，只好勉强安慰道。

他点燃了一支烟，沉默着坐在沙发上，手里玩弄着打火机，火苗忽明忽灭。

"高寒，刚才有供应商上门来催货款了？"惜悦这时候突然推门而入。

我点了点头。

"有件事我忘了跟你们说了，出事前蔡总有叫我调动一笔资金，当时我叫财务走的私账，所以并没被冻结到。现在咱们刚好可以用上！"惜悦那灿烂的笑颜，像春风一样轻轻柔柔地刮进我的心里。

"真的，那太好了！"秦浩高兴得手舞足蹈。

可不知道为什么，我却一点都高兴不起来，总觉得哪儿不对劲，按理说企业的大笔资金是都要走公账的，而且有这么一大笔钱，惜悦为什么在这节骨眼上才说？

除非那是她私人的钱。

"对了，"秦浩这时说，"陈战助理小慧来电话，说保函已经收到了，目前已进入正常投标状态。她提醒我们要继续维护好和骆琳的关系，为最后竞标做准备。"

"嗯，他们说得没错。"我点了点头，"咱们请她吃个饭吧。"

"可以啊，你去就行了。"秦浩每次一提到骆琳就犯怵，说话蔫蔫的。

"咱们一起。"

"我就不去了，不认识她。"惜悦直接表态。

"好吧，那你先回家等我，我吃完饭就回来。"我点头说道。

第十六章
值得深交的女人

吃饭的地方约在了一个小饭店。依我对骆琳性格的判断，她并不是一个喜欢讲究排场的人，反而那种温馨而有特色的地方倒是更能拉近我们之间的距离。

再说现在以 HY 的现状，一分钱都得掰成两半花，太贵的地方也会让我肝儿颤的。

饭店其实属于关外的那种农家乐形式，是用居民房改建而成，院子里种满了绿色植物，格局显得比较清新，布置得环保而又有情调。再配上暖色的窗帘，盆栽里盛开着鲜艳妖娆的花，非常惬意。

骆琳一走进去，就赞叹不已，心情大好，迫不及待地到处溜达了一圈，还拿着手机让我们给她拍照，想要发朋友圈。

不得不说，秦浩这些年为泡妞事业的付出，是真的没有白费。妞有价，经验无价。这么隐蔽的地方，也只有经常奋斗在泡妞前线的人才能找得到。

"来来来，骆美女，再给你拍最后一张啊，数量已经超过九张了，不能再拍了！"

"为什么呀？"

"因为微信朋友圈最多只能上传九张照片！"

"哈哈。"

我回头看看秦浩，简直逆了天，他竟然敢跟骆琳有说有笑地扯淡了。

其实当骆琳放下那张严肃的面孔时，心情松弛下来的样子，还是很可爱的。

我们一同走进吃饭的房间，骆琳心满意足地坐在靠窗的沙发上，伸手将窗台上的一只毛茸茸的玩具熊拿过来，放在浅褐、米色相交的粗桌布上逗弄着，那笑容天真和灿烂得像是一个几岁的小女孩。

可能是感受到了我们的目光，她突然抬起头问："你们把我约到这么隐秘的地方，是要贿赂我还是想谋财害命呀？"

这女人说话的性格就是那么直白。

"这么重要的事情，咱们能小声点吗？"我故作神秘地说。

"嗯，好吧。"骆琳环顾四周，目光狡猾，压低了声音，"那你们悄悄说吧。"

我转头看了下秦浩，有些为难，欲言又止："其实也没什么，就是上次吧，你不是狠狠地扇了他一耳光吗？他这次……"

"你大爷的！"秦浩激动万分，一下子把正在喝的水全喷了出来。

"噢，这次想要扇回来？"骆琳接过我的话，脸上露出一丝戏谑之色。

"没有，真没有，骆琳你要相信我！"秦浩慌忙解释道，"上次你扇我是对的，我心甘情愿，绝对没有半点委屈之情，你如果觉得不过瘾，今天还可以继续扇我，一定让你扇到痛快为止。"

"贱！"我和骆琳异口同声地说道。

"你们两个……"秦浩恨得咬牙切齿，却不知道说什么好。

菜很快就端了上来，卖相很不错，精致而又分量足，一看就是带着家的味道。

"既然不行贿，那你们今天找我干吗？"骆琳吃着菜，还没忘了语出惊人地提问。

我端起水杯，语气真诚："以茶代酒，感谢你对我们的帮忙。"

秦浩马上跟着端了起来。

骆琳爽快碰杯。

"不用这么客气，其实我只是给了你们一个公平竞争的机会，更关键的还靠你们后面的努力。反正我们的目标，是希望有最好的产品服务于客户。"

"我们会努力的。"我回答道。

"对了，你们公司的案子现在有进展了吗？"她很关心地问。

"有啊，惜悦已经出来了，"我非常开心地回答，说完又补充了一句，"她是我们 HY 的副总。"

"那就好。"骆琳抬头看了我一眼，语气平淡，脸上没有丝毫的感情色彩。

然后，我看到她扬了扬眉毛，像是无意中想起似的："这次竞标你们可别光顾着打价格战啊，产品配置和技术都得跟上。"

"放心吧，这一点我们已经有了新的思路。"我心中不禁有些欣喜，没想到我们的定位和方向跟招标方不谋而合。

"嗯，这家的菜做得真心不错。"骆琳啪地放下筷子，终于绽放出了笑容，"我太喜欢了，谢谢你们！"

我头一次发现她的笑容是如此迷人，而且这种迷人无关乎外貌，只因为来源于她内心的率真。

这个女人是一个真正值得深交的朋友。

秦浩去结账的时候，我再次对她说道："骆琳，真的谢谢你！"

"呵呵，如果一定要谢，就谢你自己吧。"她放下手中的茶杯，看着我的眼神中多了一丝感伤，"你也知道我刚经历了什么，其实如果真正说要感谢，我还得感谢你，是你在我人生最灰暗的时候，让我亲眼目睹了一个事实，并不是所有的男人都那么势利，这个世界上还是会有一种男人，有责任，有担当，为爱奋不顾身。所以，我仿佛重新有了爱的勇气。"

室内的灯光打在她的脸上，我看到她明亮的眼中竟然闪动着晶莹的泪光。

我赶忙扯了两张纸巾递给她。

回家的路上，秦浩开着车，我坐在副驾驶闭目养神。

"那一夜，你强奸了我，却淫笑而过……"他大声地哼着歌，若无其事地时不时看看我。

"你什么意思？"我被他的歌声吵得不耐烦了。

"这个骆琳还真是看不出来啊，正经的时候一副清高得跟观音娘娘的样子，有的时候却……对了，快给我说说呗，那一晚你是如何让她知道身体的本能欺骗不了内心，后来她又是如何在你身下婉转承欢的情景，这随便想想都满脑子的马赛克啊。"他一脸猥琐的样子让我真有一种想扁他的冲动。

"你的思想能不那么肮脏吗？"我有些生气地大骂道。

"还不承认，那你说说……"他停顿了一下，想了想又说道，"你们自从那一个晚上后，有没有再续情缘？"

"怎么可能啊？惜悦都回来了好不好？"我真佩服他的想象能力。

"唉，有点可惜。这就是所谓的心不跟爱一起走，说好就一宿啊。"

他的手机铃声在说话间突然响起，我连忙幸灾乐祸地问道："看你还怎么嚣张，梅子打电话查岗来了吧？"

没想到他这次却没有像以往那样接通就喊老婆，而是嗯啊嗯啊地几声后直接挂了电话。

"什么情况?"看着他颇不自然的神色,突然感觉有点可疑。

这厮不会狗改不了吃屎,又开始泡妞了吧?

"没啥。"秦浩支吾过去,"我一会儿有事,就不送你回去了,把你捎到深南大道路口就自己打车吧。"

"你不会……"

"对了,小花回来了。"

我刚想探个究竟,秦浩突然冒出这一句。

"什么时候的事情?"我于是就有些气短了。

"比你晚几天回的深圳。"秦浩说,"你当时忙着惜悦的事情,我就没告诉你。"

"那……她嫁给什么人了?"我问。

"嗯?"秦浩突然奇怪地看了我一眼,"老公挺有钱的,而且还比你帅,比你高。"秦浩恨恨地说。

每次一提到小花,秦浩就咬牙切齿的,有种要跟我翻脸的架势。

我自知理亏,便不再开口了。

"到了,你自己回去吧。"秦浩将车靠边停下,对我说道。

"你说,小花是不是很恨我啊?"我有些难过地问道。

他不耐烦地把我往车外推:"你自己觉得呢?快点滚吧,我还有事。"

我刚要下车,秦浩又接了个电话。

"嗯,老婆,要晚点回去,我跟高寒在一起。"他一把抓住正要下车的我,将电话塞进我手里。

"梅子,啥指示?"我奇怪地问道。

"我想请惜悦吃个饭,你看哪天合适?"梅子说。

"谢谢,"我斜了秦浩一眼,"我回家跟惜悦商量一下再定好吗?"

"好。"

我将电话递给秦浩。只见他一连串的应诺,最后说了一句:"放心吧,老婆。"

"你到底在搞什么鬼?"等他收了线,我问。

"何娜出事了,回头再跟你说。"他的表情很焦急,一副火急火燎的样子,"快下车。"

"好吧。"

第十六章　值得深交的女人

关上车门，我心里突然有种不好的预感。

我进家门的时候，听见惜悦正在跟谁有说有笑。难道来客人了？当看到梅子的那瞬间，我的心咯噔一下，心想坏了。

"我就在这附近，想着请惜悦吃个饭。你说要跟她商量下，我就直接来找她商量了。"梅子不等我问，就主动开口解释，"秦浩呢？"

"刚走。"我本能地说，"他是不是不知道你在这儿啊？"

"还没跟他说呢，我也是刚好在这附近才临时决定来的，"梅子说话间掏出了口袋的手机，"我给他……"

"我给他打电话。"这次我反应很迅速，不等梅子说完，我就开始拨号了。

秦浩过了半天才接电话。

"梅子在我家呢，你快转回来接她吧。"我说。

"啊……噢……马上。"

我有点慌乱地挂掉电话。

"他在哪儿呢？"梅子问。

"等会儿吧，现在交通拥挤，开出去了就得绕半天。"我安慰她说。

"你们刚才在聊什么呢，这么开心？"我问惜悦，也成功转移了梅子的注意力。

两个女人相视一笑，却不说。我假装自觉回避，躲进卧室去玩计算机，只盼着秦浩能够飞奔而来。

这算什么事啊！

秦浩是四十分钟后才赶到的，气喘吁吁地敲门，一进门就说交通状况太差，全都塞死了。抽空还瞟了我一眼，一副做贼心虚的模样。

所幸梅子并没觉察出有什么异常，他们一会儿就手挽着手回家了。

送走他们后，站在门口的惜悦转过身，看了我一眼，门廊处的灯光落在她的头上，将一缕散在额前的头发在脸上打出一道阴影，眼神看上去神秘而又意味深长。然而，最终什么都没说，走进客厅去收拾茶儿。

我顿时就有些心虚了，却又不好怎么去解释，像是有鬼的不是秦浩，而是自己。

洗完澡，惜悦又坐在那张她最喜欢的躺椅上了，她好像特意没开灯，远处的灯光映在她的脸上半明半暗。晚风微拂，撩动着那贴身的丝质睡衣，让玲珑的身体若隐若现，像一缕暗香，幽幽地沁人心脾。

我站在她的身侧，竟然一时走了神儿。

她深深地呼吸了一口，闭上眼睛，缓缓说道："高寒，你知道吗？幸福真的是取决于心态的。自从出来以后，我就深刻地感悟到了这个道理，比如现在这样只是自由自在地享受一下晚风，心里也会觉得生活是无限的美好。"

　　我听到后情不自禁地从背后搂紧她。

　　"我也觉得，有你的日子就很美好。惜悦，要不我们结婚吧。"

　　我把头放在她的肩上，轻吻着她的小巧柔软的耳垂，呢喃着。

　　惜悦偏过头，用面颊蹭蹭我的额头。

　　"怎么突然想结婚了？"

　　"不是突然，是一直想。"我一边吻着她的耳朵一边说，"只有结了婚我才踏实。"

　　"那你可以找人结啊，那么多人愿意嫁给你。"

　　"除了你，我谁都不想娶。"

　　"等等，你的手别乱动。"惜悦的身体在我的怀抱中轻轻扭动着。

　　"喂，你到底想干吗？"

　　"你说呢？"我加大了手里的力度，她很快瘫软在我怀里。

　　此时的阳台，已经成了一道香艳的风景。

　　早上是每周的例会，主要商讨后续竞标的相关事宜。有一点我非常满意，那就是韩星和周工两人合作得很愉快，相互配合，让人欣慰。果然做技术出身的人心思就是要简单好多。

　　会议结束后我回了一趟办公室，再次出来时碰到正要出门的秦浩。

　　"干吗去？一起吃饭？"我看了看手表问。

　　"不了，我打算去卖场转一圈，时间紧迫。"秦浩说。

　　"我请你。"

　　对于他来说，这才是世界上最好听的三个字。

　　"那赶紧吧。"他乖乖地走进我办公室，坐到了沙发上。

　　我让小艳帮我们叫了两份快餐，然后又打了个电话给惜悦，叫她中午自己吃饭。

　　"今天是刮什么风啊，虽然只是个快餐，但也算是难得。"他跷着二郎腿说道。

　　"昨晚的事，说说吧。"我给他泡了一杯茶。

　　"什么事？"

　　"何娜。"

第十六章　值得深交的女人

"哦，其实没什么，昨晚我们是分手后第一次见面。她好像过得并不好，整个人都瘦了一圈。"他的语气一下子变得有些深沉。

"说重点。"我催促道。

"重点就是连她的那一对大胸都仿佛小了很多。"

"……我说的不是这个重点！"跟这种人交流，好像还真的很难在一个频道上。

"哦，就是她竟然跟那个死胖子结婚了，而且，过得不幸福。"秦浩的眼皮耷拉着，看不出他的情绪。

"你怎么想？"我有点担心。

"我能怎么想？那个死胖子真的是畜生不如，费尽心机得到了她又不好好待人家，听说现在仍然在外面嫖赌逍遥。"秦浩那咬牙切齿的样子，像是自己老婆被人睡了一样气愤。

我的心突然就沉了下来。

男人和女人的最大区别就在于：男人会觉得前任永远都是自己的女人，而女人只会觉得那已经是属于别人的风景。

"耗子，每个人都得为自己曾经的选择而埋单。"我沉吟片刻说。

"那又怎样？"秦浩反问。

"我的意思是说，大家都是成年人，何娜的今天，是她自己曾经的错误选择而造成的。有些事情要泾渭分明，毕竟，你现在是有家室的人了。"我劝道。

"唉，我知道。"他长长地叹了口气，眼睛望向窗外，带着深邃的迷茫。

第十七章
转机在即

晚上，我躺在床上看书，惜悦却一直在客厅打电话，墙上的时钟已经指向了十二点，她的通话没有结束。

什么电话非得晚上打，我心里不免有些奇怪。

等了很久她才挂电话，蹑手蹑脚地进到卧室，我闭着眼睛假装睡着了。

"起来，别装了。"她用手轻轻拍打着我的脸。

"终于打算宠幸我了啊？也不看看这都几点了。"我睁开眼睛看着她埋怨道。

"国际长途好不好？人家那边现在是白天。"她笑着解释，"有个好消息你要不要听？"

女人怎么都喜欢这样，所谓的欲言又止就是我真的超级想说，但我又真的很需要你问我一下再说。

"不想听。"我故意钻进被子蒙着头睡觉。

"哎，你这人怎么这样啊？"她隔着被子用力地捶打我。

"好吧，我真的好想听啊，那你快点说吧。"我掀开被子，装着非常好奇的表情。

"我在英国的一个男同学，当然，不是一个系的，"她终于乖乖地开了口，语气中带着一丝兴奋，"他毕业后去了美国发展，现在在硅谷。"

"然后呢？千万别告诉我他想泡你。"

"哎呀，不是。"她对我的反应有点着急，又紧接着说道，"他们刚研发出来一项新的技术，可以延长手机电池的续航使用时间，目前已经进入实质性的测试阶段。我刚才已经和他达成了共识，他们同意把这项技术用在咱们的竞标产品上。"

"哦,原来是这样。"我点了点头,思索了一下说,"如果我猜得没错的话,这种技术还没到真正的市场推广阶段,而且要想利用起来,还得跟我们的产品进行硬件以及系统的兼容性开发。"

"对呀,你分析得太对了!不愧是做技术出身的。所以,我打算去一趟硅谷,条件允许的话,让他们派两个工程师过来咱们这边,再协调上游开发商,组成一个团队,一起开发这项技术。"

"我看行。"我点头同意,然后伸手把惜悦拉入怀抱,"不过我得把丑话说在前面啊,不管他们提出什么样的商务条件,咱们该给钱就给钱,你可千万别为了公司,大义凛然地跑去对人家以身相许,那样我是坚决不赞成的。"

"这个嘛,到时看情况吧,如果色诱一次就能得到一项价值几百万元的专利技术,好像也很划算啊。"她歪着脑袋,声音中带着一丝妩媚,娇嫩的嘴唇扬起了笑意。

"想都不用想!"我斩钉截铁地说,"你王惜悦这辈子都是我的专利技术!谁也别想抢走。"

她的笑意更浓,看着我问:"那你刚才不是还在担心吗?"

我轻轻叹了口气,摇了摇头,有些无奈地说:"有所担心肯定是正常的啊,你长得这么如花似玉,独自一人去硅谷我当然不放心啊,万一你同学起了歹心,那我就真的是赔了夫人又折兵,肉包子打狗……"

"什么?你说谁是肉包子?"她一下子挣脱出来,拿着枕头甩我,"你说说,是不是嫌我胖了?这才多长时间就……"

我一把接过她手里的枕头,把她拉到了床上。战争一触即发。

只不过最后终究还是演变成了一场春宫戏。

第二天上午十点,是我们跟代理商又一次召开的竞标工作商讨大会。

陈战穿着深蓝色西装,头发打理得一丝不苟,连手里拎着的公文包,也商务得恰到好处。旁边的助理小慧头发高高盘起,一身黑色的职业女装,看起来很有气质。两人早早地就来到了会议室,好像干他们这一行的,准时是最基本的职业素养。

我在他们对面坐下,惜悦坐在我左手边,秦浩坐在我的右边位置。

"陈总,你们最近辛苦了,目前有什么新的进展吗?"我首先开口问道。

他微笑着点了点头:"暂时一切顺利,该打点的关系都差不多到位了,在等你们这边样机的入库测试通过结果,对了,上次咱们讨论的新技术开发进行得怎么样了?"

"已经在落实了，我们准备去美国高薪聘请工程师来公司，跟上游方案商合作共同开发这项技术，很快就会有结果，所以，你就放心吧。"我简单介绍了一下。

"噢？这样？"陈战抬起头，有些意外地看着我，脸上露出惊讶的样子，轻声询问，"这样的话需要投入大量的资金吧？"

"是的，但是相对于中标后的订单利润来说，这点费用算不了什么，难道不是吗？"我对他说道。

"哈哈，不错，我真佩服高总的魄力！看来你们这次是信心满满，势在必得啊。"他笑了起来，眼光微微地斜视着，若无其事地扫向惜悦，脸上有着一丝捉摸不透的神色。

"陈总，我们的信心来源于你，来源于对你做事风格的认可，以及你们丰富的人脉资源，因为有你，我们才敢这样豁出去背水一战啊。"

"哈哈，过奖了，结合彼此的优势，一起努力吧。"他说完还没把目光从惜悦身上收回来，这让我心里有些不爽。

接下来双方就竞标的一系列细节问题，展开了深入的讨论，具体由小慧和秦浩在发言阐述，周工他们偶尔会提出一些问题交流一下。

大家都沟通得差不多了，我正准备宣布散会，没想到陈战环顾了一下大家，再次开口："高总，有个问题很冒昧，但我还是忍不住想请教一下。"

我朝他摆了下手，爽快地说道："陈总，既然咱们是在同一条战线上，就没必要太见外了，有什么问题请说吧。"

"既然高总这么大度，那我就大胆请教了，"他淡淡地笑了笑，眼光又是有意无意地看向惜悦，"由于前期的突发性问题，现在 HY 公司的形势还是比较严峻，虽然我们会全力以赴，但是说句实话，谁都没有百分之百的把握能赢得这次的竞标。我好奇的是，是谁给了你这么大的勇气，在这种前景并不明朗的情况下，孤注一掷地不惜花重金去美国挖人回来研发这项技术，要知道，这样的决策是有可能拖垮公司的。"

他的意思其实很明显，怕我因为前面的过多投入，而造成中标后的后劲不足。作为 HY 品牌的代理商，他有这样的担忧也合乎情理。

只是目前公司资金严重贫乏，难以周转，这是在座的每一个人都心知肚明的事情。而陈战在这种会议上提出这么犀利的问题，不得不承认回答起来有一定的难度。眼下，大家的目光几乎都集聚在我身上，秦浩脸上露出了难堪的表情，连惜悦都转过头来，默默地盯着我。

"关于这个问题，其实真正说起来应该是跟个人的思维模式有关吧。首先我给大家讲两个经典的商业案例。"我微笑着看着大家，不慌不忙地说道。

见他们都露出了期待的目光，我才接着说下去："从前，有一个小伙子拿着三千元去泡妞，他用两千元给妹子买了个三星手机，留下一千元吃饭和开房，然后骑着电瓶车去找人家，对方说，你是一个好人，可我们真的不合适。还有另外一个小伙子只有两千元，他用一千元租了一辆奔驰，然后去批发市场花了五百元买了九十九朵玫瑰，告诉对方他喜欢手牵手浪漫地去吃路边的大排档，吃了一百元烧烤后，他花了四百元开了间五星级酒店的钟点房，结果当晚妹子就和他睡了，而且是因为爱情……"

会议室里哄堂大笑，大家都津津有味地谈论起来。陈战脸上也舒展开了笑容，眼睛看着我，示意我继续说下去。

"这其实是两种不同的营销方案，也可以说是两种不同的商业模式，选择了什么样的模式，就注定了什么样的结果，陈总，你觉得呢？"我笑着问道。

"明白了，高总说得对，思维模式决定了事情的结果，我很赞同。"他带头鼓掌。

惜悦像是终于放下心来，轻轻地舒了口气，鼓完掌后将手放了下来。我看到后，在桌子下面悄悄地趁机一把抓住。

她的眉毛皱了一下，估计是想瞪我一眼，但当着陈战他们这么多人的面，又不方便，所以一时根本没有办法，只能任由我继续握着。我明显地感觉到惜悦的手臂在颤抖，她试图挣脱但我加大力度根本不放，她的脸上有一丝难堪，但还是强装镇定，朝着会议桌前的人微笑。

我突然觉得心里很畅快，因为发现好像这种当着很多人的面，对平时冷艳高贵、一本正经的惜悦要恶作剧不但很好地满足了内心的虚荣和占有欲，更有着一种类似偷情的刺激。

难怪那些日本鬼子老爱玩这一套。

我继续握了一会儿，直到发现她的手心出汗了，还觉得没玩过瘾，于是我拿起了桌上的笔，郑重其事地对大家说道："各位，由于代理商跟我们的默契配合，今天的会议开得很成功，可以说是奠定了中标工作的基础，特别是刚才秦总和小慧的深入探讨，落实到了每一个细节，这样的做事风格是值得赞赏和发扬的。所以我建议，由我的助理小艳，将刚才的会议要点以及下一步的工作安排重复一下，大家都做一下笔记。"

"好的。"大家都没有异议，点头应允，拿起了眼前的笔。

惜悦一下子有些慌了，用力想抽回自己的手，无奈我的力气太大，她在挣扎了几次之后，只能乖乖地放弃。

她看实在没有办法，只好用左手拿起了桌子上的笔。

所有的人都觉得惜悦好像有点奇怪，因为貌似从来没见过她用左手写字的样子。陈战还特意问了一句："王总，想不到你习惯用左手写字啊？"

"呵呵。"惜悦淡淡笑了一下，表示回应，羞红了整张脸。

趁大家埋头写笔记的时候，她转过头来狠狠瞪着我，眉毛皱成了一团，恨不得咬我一口的样子，但我装作看不见，自顾自地记着笔记，装模作样地时而抬头看看大家。

惜悦看实在没辙了，只好用左手歪歪扭扭地将资料记完了。

我在心里乐得不行，看着她扔下笔才放开她的手。结果刚一松开，她立即就用手在我的大腿上狠狠地掐了一把，我发出一声短暂的惊呼，但意识到是在开会，立刻又硬生生地憋了回去。

其他人听起来，就好像我突然被人扼住了脖子一样，一齐向我投来了诧异的目光，我只好赶紧咳嗽了两声，说最近上火，嗓子痛得难受。脸上不免有些发红，大家哦了一声，表示理解和关心，陈战还说了一句要注意身体。

听到他这句话我一下子没法淡定了，心虚得厉害，偷看了一眼惜悦，她用手捂着嘴，一副幸灾乐祸的表情，笑得跟花儿似的。

散会后，送走陈战他们，惜悦尾随着我进了办公室。

"高寒，我要找你谈谈。"

她的表情严肃，步伐轻盈，一副想要秋后算账的样子。

"怎么啦，王副总，这里是办公室，可不是谈情说爱的地方哦。"我故意笑着回应。

"亏你还知道是办公室！"她的音量加大，脸上带着一丝怒气。

"刚才的事情已经翻篇了，你都把我的大腿掐肿了，这事就算互不相欠吧。"我嬉笑着说道，然后坐在办公椅上，打开计算机，准备工作。

"你想得倒挺美的，这样就想翻篇？"没想到她还不依不饶，身体凑了过来，两手撑在办公桌上，居高临下地看着我。

"那你还想怎么样啊？女人不要跟男人斗啊，会吃亏的。"我劝说道。

"你还敢怎样？"她一点妥协的意思都没有。

那我就让你看看我还敢怎样，我站起了身，绕过办公桌，看着她眼睛眨了眨，一瞬间表情变成坏笑，走过去伸手关上门，然后一步一步向她逼过去。

"你……站住！"惜悦看着我的样子，可能是猜不到我到底想干吗，一下子有些慌了，脸上浮起一片潮红。

我眼睛直直地盯住她，慢慢走到跟前，伸出双手放在她的肩膀上。她慢慢退到了靠近办公桌的位置，一脸防备地望着我。

她的眼睛里像是漾着一潭幽深的湖水，表面看上去风平浪静，但下面早已暗自涌动着潜流，散发着一种无法抗拒的魅惑感，足以让我彻底沦陷，沉溺其中。

就在这一刹那，我和她在圣庭苑酒店那一晚的缠绵，那刻骨铭心的美妙场景，突然在脑海喷薄而出。我的眼睛贪婪地在她的脸上来回扫视，她坚挺的胸部很有节奏地一起一伏，娇艳的红唇，仿佛在等待着什么，那是女人无法不显露的灵魂。

我的脸一点一点地靠近，随即紧紧地抱住了她，将她的身体抵在桌沿。随后，探下头去，攫住了她的唇瓣，撬开了她的贝齿，不容她再有任何反抗，像是惩罚，更是主权的宣告。

这一吻，吻得天昏地暗，直到连我自己都快要窒息了。

"你……你疯了。"惜悦娇喘连连，大口呼吸着新鲜空气，神情中却流露出惊恐与渴望，一副欲拒还迎的神态，这是我最受不了的表情。

"还敢跟我斗吗?"我咬住她的耳朵，在她吃痛的声音中清晰无比地说。

"你真是胆大包天了!"她还嘴硬，没有半点服输的意思。

"信不信我现在就收拾了你。"我邪恶又诱惑地附在她耳边说。

"高寒，别……"她又急又恼，却不敢再激我，"这是办公……"

她话音未落，一阵惊呼就从我身后传了出来。

"哎呀，"小艳惊慌的声音都打着颤，"我……那个……那个……我什么都没……没看见。"随即又响起关门的声音。

"你给我走开，臭流氓!"

惜悦火了。

我不紧不慢地松开她，还不忘补充上一句："晚上回家再收拾你。"

惜悦惊慌失措，长舒了一口气，紧接着就要往外跑。

"跑什么? 还没商量完呢。"我一把拽住她。

"商量你个大头鬼!"惜悦回头狠狠地瞪我一眼，一巴掌把我的手打掉，"爪子拿开。从来没这么丢人过。"

说完就快步往外走。

我看着她的背影，一股甜蜜涌上心头。

第十八章
出轨事件

晚上我留在公司加班，跟周工他们开会研究技术方案，直到九点才到家。

我本以为惜悦一个人在家，没想到却多了一个不速之客：梅子。

她们两个人正坐在客厅聊天，看到我进去后及时地打住。跟梅子打招呼的一瞬，我发现她的眼眶是红的，显然是刚刚哭过。

我心里暗叫不好。正想悄悄先给秦浩打个电话，问问是什么情况，就听到惜悦叫我洗手准备吃饭。

我嘴里应着，还是躲进卧室里的洗手间给秦浩打了个电话，那边响了半天才接，背景很安静。我简单地告诉秦浩梅子在我家，问他在干吗。

秦浩说在外面，然后就没有了下文。

吃饭的过程中，梅子的目光转向我，像是随意地问了一句："你们公司很忙吗？"

我的心里微微一惊，想必梅子这话肯定不止是字面的意思那么简单。

"是的，可能秦浩也跟你说过了，公司现在是非常时期，有许多意料不到的事情需要处理，比平时是要忙一些。"

我说话的时候，看看惜悦又看看梅子，像是要取得惜悦的证实。

"嗯。"梅子点头，"大家都经常加班吗？"

"是啊。特别是秦浩那边，由于刚接手之前的销售渠道需要重新梳理，现在又要兼顾着竞标的事情，每天都有忙不完的事。"

这都是实情。

梅子点头，不再说什么了。

饭很快吃完，梅子看看表，随后就走了。

等我洗完澡出来，惜悦坐在阳台理着自己湿漉漉的头发。电视也没有开，像是在等着我。

我硬着头皮走过去。

"秦浩有事瞒着梅子吗?"惜悦直接开场，但语气又像是在跟我聊一件普通的家常。

果然，梅子找惜悦，并不只是单纯的聊天。

这件事，我真不好回答。

秦浩到底有没有干点什么，我还真不知道。更何况，何娜是小花的朋友，我不愿将她扯进去。

"出什么事了?"想了想，我反问。

"你知道些什么?"

果然惜悦是不好蒙混过去的，又将问题抛在了我面前。

"你指哪方面啊?"我继续扛着。

"你说呢?"她歪着脑袋看着我，目光像是能够穿透我的灵魂。

她就这样看了我几秒，又笃定地开口:"高寒，你没在隐瞒什么吧?"

"惜悦，自从你回来后，咱们就几乎天天黏在一起，单独跟秦浩在一起的时间都少了，到底发生了什么事? 再说了，我能有什么瞒着你?"我心里打着鼓，越来越心虚。

我在心里琢磨着，目前我所知道发生的事，好像就是秦浩去看望何娜，而且两人还是刚开始恢复联系，并没什么实质性的进展，这说到哪里好像都不是什么天大的罪过，梅子怎么会哭呢?

"那天请骆琳吃饭，秦浩送你回来，过了那么久才回来接梅子，你不觉得有问题吗?"她冷冷地问。

"有什么问题?"我继续装傻。

"他在撒谎。"惜悦一针见血地说，终究还是被她看出来了。难怪那天晚上看我时的眼神显得意味深长。

我看着她一时不知道说什么好，她实在是太聪明了。

其实在感情世界里，每个女人都是折翼的福尔摩斯，男人是搞不赢的。

"你为什么这么肯定啊?"我很好奇。

"我当然不知道他去了哪里，做了什么，但他过分殷勤，神色慌张，说明他想努力掩饰什么。而你，在配合他。"

我知道再瞒下去就要引火烧身了，于是赶紧交代: "他那天是去见前女友，听说是出了什么事。但还没见到就被召回来了，后来有没有再去我就不知道了。"

我轻描淡写地说了下，故意隐去了关键的人物。几句话下来，自己额头的冷汗都冒出来了。

"我觉得这事也没什么大的罪过，你说是吧？"我又补充了一句。

"扛啊，死命扛，刚才不是还不打算说吗？"惜悦带着鄙视的眼神，奚落着我。

"呵呵，哪有死扛啊，再说了，爱的最高境界，是妥协。"我过去轻轻地给她捶着背，一副讨好的样子。

惜悦没有再说什么，只是有些不屑地看着我，那如 X 光般的眼神，像是要射穿我的心脏。

"这种跟前任藕断丝连的事情最好别做，说小点是对现任的不尊重，说大点是对家庭的严重不负责，所以一定要杜绝。"惜悦慢条斯理地开口，语气和往常没什么不同。

可我怎么觉得，她表面上是在说秦浩，可实际上像是在说给我听啊。

第二天早上，为了防止秦浩又提前开溜，我还在上班的路上就给他打了电话，叫他到公司后直接在办公室等我。

我才坐下不久，秦浩就到了。

"这一大早的就把我召来，是有什么重大利好啊？给老子发奖金？"

秦浩推门进来，大摇大摆地在沙发上坐下，然后斜着眼看我，嘴角带着讥讽。

我喝了口茶，关于他跟何娜的事，在心里琢磨着怎么开口。突然感觉咽喉肿痛，头痛鼻塞，八成又是感冒的节奏。

我放下茶杯，有些难受地看着他说："你等下去通信市场的时候，回头看看哪儿有药店，帮我……"

"买套啊？"

"不是，买药。"我白了他一眼。

"买套多好啊，药伤身体。"他不依不饶。

"我买消炎药！"

"肿了啊？"

"你妹的！还能不能友好地聊天了？"我终于受不了他了。一阵急火攻心，嗓子传来了巨大的疼痛，害我猛烈地咳嗽起来，赶忙又喝了口水。

"你这又是身体哪儿生病了？脸色那么差，整天一副弱不禁风孬种的样子。"他鄙视的神情中带着嘲讽。

"嗯，可能感冒了。"

"活该。我早就跟你说过了，身体要悠着点，好田费牛，好女费汉，你就是不听。"他脸上透着关切，嘴巴却不饶人。

"不说我了，说说你跟何娜的事吧。"我看气氛正好差不多，直接问道。

"我跟她能有什么事？"他特无辜地反问，一副打死不招的样子。

"我看你是不见棺材不落泪啊，梅子昨晚来找惜悦了，哭得眼睛通红的，你觉得这正常吗？"我不想再陪他磨嘴皮子。

"有这事？"他一下子坐直了身子，显然被吓了一跳，"你不会一大早来诈我吧？"

"你呀！要想人不知，除非己莫为。你看看你那熊样，衣着讲究，走路张扬，摇头晃脑，眼放贼光，不要以为只有女人外遇才明显，男人偷腥也是很容易看出来的。"我不屑地说道。

"真的能看出来？"他开始心虚。

"别说女人的直觉那么灵敏，就连我这个局外人都能看出来，你不说是吧，那就等着晚上回家自己跟梅子解释去吧，到时可别再叫我帮忙出主意，我真的不想再趟你这脏水了。"我义正词严地说道。

"哥们，可别这样呀，关键时刻，你不帮我谁还能帮我？"他的语气终于软了下来。

"赶紧交代吧。"我有点不耐烦了。

"唉，我要跟你说这真不是有意的你信吗？"秦浩沉吟了一下，有些迟疑，但还是勉强开了口。

"我信，但是怎么都感觉你说这种话就像小姐说自己纯洁一样。"我的语气带着鄙夷。

"是真的！那天我去接小花，在机场遇见她。"秦浩一边回忆着，一边说道，"当时我是着实吃了一惊。只不过才一年不见，她憔悴了好多，也瘦了好多。说心里话，我还是有点幸灾乐祸的，当初把我甩了，现在也不见得有多幸福嘛。"

"继续，说重点。"我催促道。

"然后我们就找了个酒吧一起坐了下，听她慢慢地述说这一年的生活。得知死胖子并没有好好珍惜她，而是很快就转移了目标，出去花天酒地，寻欢作乐，最气人的是在何娜怀孕后，还没有任何收敛，在一次发酒疯的时候，推了何娜一把，造成流产大出血……"他的神情气愤，眼光中满是心疼。

"再然后呢？"

"然后就没有然后了啊。"他看着我的目光有些躲闪。

"再不坦白你就没机会了。"我正色道。

"再后来她乖乖地趴在我怀里，那两个超大的'胸器'压在我的腿上，哭得梨花带雨，一颤一颤的……老子当场就被她压得魂魄都丢了……"

秦浩嘴里交代完，可那眼神却怎么都看不出懊恼和悔恨，反而处处透着甜蜜和回味悠长。

"所以你就怜香惜玉，用上床的方式温暖她受伤的心灵？"我有些恨铁不成钢地问道。

秦浩耷拉着脑袋，低沉的声音传来："是的。"

"还知道自己姓啥吗？"我鄙夷地看着他。

"秦大爷。"

"那说明魂还没走远，你这样做有没有考虑过梅子的感受啊？"我故意问道。

"唉，当然考虑过啊，我在玩火，真的是在玩火……"他嘴里重复地念叨着，悔恨之情终于在脸上浮露出来。

我就知道，以秦浩当年对何娜的痴迷程度，再加上后来的余情未了，现在只要何娜随便扔给他一根骨头，他都会像只狗一样又跟在她屁股后面。

这件事情变得麻烦起来了。

大家都是成年人，面对一个自己曾经深爱过的女人，有哪个男人可以断然做到一点不关心呢？谁都不能，只是秦浩却这么轻易地就跨过了那条原则线。

太没自制力了。

可是不知道为什么，我脑海里却突然闪现出小花的身影，一个问题在心里慢慢地荡漾开来，如果是小花回来找我，面对这样的情形，我能镇定自若吗？

突然就打了个寒战，不敢再去往下想了，有点吓人。

这注定是不平静的一天。

秦浩的事情非常棘手，兄弟这么多年了，这恐怕是我第一次觉得很难去说服他。大道理谁都懂，但秦浩的魂儿还在何娜那里游荡着，发展到这个阶段，已经不是简单的几句话就能让他回心转意的事了。

不管是什么人，凡是牵扯到了爱情，这世上便没有任何一个固定的公式可以套用。

回家的路上，我感到很头痛。既为秦浩和梅子的现状担忧，同时更害怕他跟何娜苟且而再次将小花牵扯出来，引爆我跟惜悦之间那颗埋藏已久的炸弹，那样给我们带来的灾难，将会是毁灭性的。

在爱情的世界里，有的事情，经不起再一次。

我突然意识到自己的处境变得有些难堪，一边是急需悬崖勒马、回头是岸的多年的兄弟，一边是梅子和惜悦两个女人的重托。我根本不知道该如何去面对，更不知道究竟该怎么做才能帮他们赢得一些缓冲的时间。

而且，这件事我还只能藏在心里自行消化，根本不敢去跟惜悦商量。再加上公司目前残酷的现状，全部压上心头，真的感到很憋屈。

这事怎么整得比我自己有外遇还痛苦啊？

车窗外，霓虹闪烁，五彩斑斓，繁华非常。这个城市处处躺着诱惑、生机、陷阱、梦幻和希望。而我，再一次陷入不知所措的迷茫。

按响门铃的那一瞬，我深呼吸了一口气，定了定神，不想将郁闷的心情带到家里面。惜悦开门的时候，厨房的饭菜香飘了出来。

"回来了？"惜悦柔声问，"饿了吧？"

她微笑地接过我手中的包，踮起脚环着我的脖子，送上一个香吻，那模样就像是一个标准的贤妻。

我搂紧她，纠缠着她的舌，吮吸着她的香甜，半天不肯松口。直到她喘不过气来，用力推我。

"我好饿啊，"我贴在她的耳边，小声说，"能不能先吃你？"

"流氓！"惜悦愣了一下，用力推开我，"快去洗手吃饭！"

"好吧，"我恋恋不舍地吻了她的额头，坏坏地说，"那就先吃饭再吃你。"

她的脸红了，露出小姑娘般的娇羞。

总觉得惜悦在我面前，就像是一个千面娇娃。有时冷艳而又高傲，有时宁静而又理性，有时像御姐一样霸道无理，有时又如主妇一般温柔贤淑……我不知道惜悦到底有多少面，但每一面的惜悦，都是她完美的一部分，充满着魅力令我迷恋不已。

记得有谁说过，好女人就像是一本书，耐人寻味，爱不释手，需要花一辈子的时间去翻阅；同时，好女人也是一杯好茶，让男人越品越有味道，越久越觉得醇香。

惜悦就是一个这样的好女人，她身上的任何一点，都值得我去爱。

"好吃吗？"她夹了块秋葵喂进我嘴里。

"当然好吃。"我慢慢咀嚼着。

能够每天看到她的笑脸，吃着她用心做的饭菜，本身就是我理想中的生活。

"嘿嘿，亲爱的，你为什么总喜欢给我做秋葵啊？"我一边吃，一边用眼光逗她。

都说秋葵养肾，这是全国人民都知道的事。

"难道还嫌我晚上不够卖力吗？"见她没有回答我又继续追问。

"你到底想说啥？饭菜都堵不住你的嘴！"她白了我一眼。

我正打算再说些什么，没想到电话铃声突然响起，打破了这难得的温馨。

惜悦站起身拿过电话塞给我，屏幕显示：骆琳。

我示意惜悦不要出声，将身子坐起来靠在椅背上，食指略弯，轻轻一划，接通了电话。

"喂，请问你是高寒吗？"一个男人的声音传了过来。

我怀疑地再次看看手机，确定是骆琳的电话无误。

"我是。"

电话里的背景声音非常嘈杂，隐约还能听见有歌声。

"请问你认识这个号码的机主吗？"男人又问，并且提高了嗓音。

我顿时紧张起来。这是什么情况，难道骆琳出什么意外了？

"认识。她人在哪里？"我屏住了呼吸。

"我这里是彩田路的一个酒吧。"他说。

"什么？"我没有听清，或者更准确地说我没听懂。

"我这里是酒吧。"男人又提高了嗓音，"这位机主喝醉了，报出了你的名字，你能来接一下她吗？"

"请问她与什么人在一起？"我的心情更加紧张起来。

"就她一个人，我们觉得不大安全。现在将地址告诉你，过来接一下吧。"

"好的，我马上过去。"我毫不犹豫地回答，然后挂上了电话。

"惜悦，骆琳一个人在酒吧喝醉了，还不知道具体情况。我去看看啊。"我的语气有些担心。

"嗯，去吧。"惜悦说完又补充一句，"要不要我一起？"

第十八章　出轨事件

135

我看看墙上的时钟，已经不早了。

"太晚了，你劳累一天了早点睡吧。还不知道要折腾到什么时候，我尽快回来。"

我一边快速穿衣服，一边叮嘱她。

第十九章
后院起火

半小时后，我开车到达酒吧，好不容易找了个停车位，就匆匆忙忙地往里面走。

大厅内十分热闹，觥筹交错间，一桌桌喝 high 的人们，情绪高亢，充分地享受着青春和快乐。一个个妖艳美丽的女人，和他们身边的各种男人，摇摆着身体释放着那过多的荷尔蒙，在这虚幻的氛围中，身影相叠，不能自已。

我看到吧台前坐着一个穿着黑色 T 恤的短发女子，头发杂乱地遮住了一大半脸，描着半熟的眼线，没打粉底的肌肤在紫色灯光下泛着透明的光，一副晶莹剔透的样子，妖冶中透着清纯，裙摆下露出纤细的白腿，吸引着过往男人的目光。

她左手边摆着已经空了的酒瓶，侧影倒映在光洁的吧台，绒绒的睫毛投下的阴影打在唇上，看着让人心疼。

泡酒吧的男人都是来找刺激的，而女人，多半是受过刺激。

"骆琳！"我过去拍了下她的肩膀。

她扭过头看着我的眼神有些恍惚，灯光摇曳着打在她的脸上，忽明忽暗，平添了一股妩媚的风韵。

"哇，高寒，你来了！"

骆琳的眼睛里突然闪烁着光芒，兴奋地冲上来一个熊抱，将猝不及防的我扑得站立不稳，差点倒到椅子上。

我很尴尬，试图站起来将两人分开坐好。没想到醉酒的女人反应竟然如此灵敏，而且力大无穷。

"你来了，我太……太高兴了。"

骆琳已经喝得舌头都捋不直了，口齿含糊不清，却像八爪鱼一样吊着我。她穿着一条深色短裙，一双雪白的大腿没有任何遮挡地横在我面前。

我的天啊，幸好没让惜悦来，不然，让她看到这一幕，我就死定了。

旁边的服务生凑了过来，对我说道："她已经喝得意识不清了，我们准备叫她的家人或朋友来接她，向她索要电话号码时，她说不上来，但重复了两次高寒陪我喝酒这句话，后来我们一查通信录，果然有一个高寒。"

我终于明白了，骆琳肯定是已经醉得迷糊，印象中还有着上一次跟我在海边喝酒的记忆。

"骆琳，咱们走吧，你喝太多了。"

我试了一下，想分开她的胳膊，但越掰她却抱得越紧。

"你别又想骗我……我才不跳下去，跳下去就死了。"骆琳仰起脸，醉眼蒙眬地看着我。昏暗的灯光映衬下，那张脸显得娇艳欲滴。

我的心一紧，又不禁哑然失笑。

"不跳海，咱们回家睡觉去。"我一边哄着她，一边架着她往外走。

"睡觉？你要跟我睡觉？"

她歪着头，眯缝着眼睛，略嘟着嘴唇，像是在思考。此时的她面若桃花，嘴唇鲜艳，仿佛一个俏皮又任性的小姑娘，蛊惑众生。

"是我带你回家睡觉。"她的眼中闪出一丝狡黠。

我懒得跟她争辩什么，扶着她的身子向外加快脚步。

"哈哈，张思伟要……跟我睡觉，你……也要跟我睡觉。你们这些男人都只是想要睡觉。"她开心又认真的样子，像是终于窥探到了一个天大的秘密。

"我终……于明白了，"她突然捧住我的脸，认真地说，"张思伟说今天要送我一件神秘的礼物。原来这个礼物就是你！是你……"

我哭笑不得，快要疯了。

"骆琳，你能不能别说话了，眼睛看着点路。"

"有你背着我，我还要看什么路？"她跟没事人一样，紧紧地吊着我的脖子，几乎把全身的重量都压在了我身上。

"我的礼物……别想逃！"

她像是在仰着脸示威一般，紧紧贴在我身上，那饱满而温润的唇，攫住了我的喉结。

我一下子慌了，急忙推开她的脑袋，连走带扛地加快速度往停车场方向移动。

好不容易回到车上，我打开车门把她从身上扒了下来，累都几乎快要虚脱了，像是刚参加了长跑比赛一样，心脏跳得十分狂乱。

这女人喝了酒也太恐怖了！

我坐在驾驶室狠狠地做了几个深呼吸之后，才让身体缓过来，赶紧逃也似的开车离开。

车子刚转上深南大道，这下我才发现，新的问题又来了。

我连续问了几次，骆琳却神志不清地根本说不清楚自己住哪里，虽然上次我听秦浩说过具体小区，但她现在连个门牌号都说不清楚。在兜转了几圈后，我最终决定直接开个房间把她扔酒店省事一些。

我没有去翻骆琳的皮包，用自己的身份证开了房，然后将她抱进房间后，又一番拉拉扯扯，终于挣脱了她的怀抱。迅速给她脱了鞋子，盖好，不敢再多看一眼那副诱人的媚态，也不敢再多停留一秒，逃也似的跑出酒店。

直到坐到车里，还惊魂未定。

这算是哪门子事儿啊！

等我终于稳定了情绪，拉下遮光板，打开镜子，想整理一下身上的衣服和头发时，却被吓了一大跳。

我的白衬衫衣领口上，还有脖子和喉结上，都赫然印着清晰的口红印，像是一个个鲜艳的红盖章。

我拿出纸巾，拼命去擦，除了喉结上的口红可以擦掉，衣领上的却是越擦越明显，红彤彤的一大片。

我，离死不远了！

都这个点了，商店早已经关门。我到哪儿去变出一件干净的衬衫可以蒙混过关？如果惜悦还没睡着怎么办？

凌晨一点零五分，我惊慌失措地敲响了秦浩家的门。

秦浩穿着睡衣，哈欠连天，一脸狐疑地将门闪出一条缝。看到我狼狈的样子后，突然就来了精神，像是发现了新大陆一样，两眼放光。

"快进来快进来。"他把门彻底打开，将我迎进了客厅。

然后不断地上下打量着我，语气中透着兴奋："敢问兄台这是从何而来啊？"

"洗衣机借我用用，我把衣服洗一下，然后甩干穿走。"我尽量压低着声音，怕吵醒梅子。

"哦。"秦浩抱着双臂，看着我有些凌乱的头发和脖子衣服上挂的彩，似笑非笑，意味悠长，幸灾乐祸的眼中带着讥讽。然后，他说了一句让我觉得非常耳熟的话："我就想问问，你这样做考虑过惜悦的感受吗？"

"你什么意思？"这鸟人竟然报复心这么强，把上午我说他的话还回来给我。

"要想人不知，除非己莫为啊。不要以为只有女人外遇才明显……"他越说越解气，我越听越恼火。

"嘘，"我把食指落在唇上，"你小声点，别把梅子吵醒了。"

"大晚上的干吗呀？"这人要是倒霉了，真是怕什么就来什么。还没等我话音落地，梅子就睡眼惺忪地走出来了。只看了我一眼，她就双目圆睁，然后摇了摇头，脸上露出鄙夷的表情。

"梅子，千万……你……别误会，我今晚遇到问题了，回头我再给你解释。先借你家洗衣机用用，我要洗一下衣服，麻烦你把熨斗也给我拿出来。"看着她的表情，我真的急了。

梅子看看墙上的挂钟，看看我，又看看秦浩，脸上的鄙夷越来越深，然后转身离开，过了一会儿转回来，把手里的熨斗重重地杵在桌上，寒着一张脸，回房间睡觉去了。

完蛋了，她这很显然是把我跟秦浩视为一丘之貉了。

秦浩走过来拍拍我的肩膀，轻声说道："哥们没事，不用跟女人一般见识，咱们先洗衣服。"

他的笑容灿烂，仿佛遇到了知音一样快乐。

我恨不能一巴掌拍死他。

"你有病啊！梅子不相信我，你也不相信我？"我已经有些恼羞成怒了。

"相信，相信。你先忙活啊，哥们儿哄老婆睡觉去了。你走的时候记得把门儿带上。"

他再次拍拍我的肩膀，轻快地消失在客厅，留下我一个人独自凌乱。

直到这时，我才发现自己好像犯了一个严重的错误，万一梅子跟惜悦说可怎么办？我这不是自投罗网吗？

但愿梅子是一个沉得住气的人，但愿秦浩能够做通她的思想工作。

我希望。

回到家的时候已经两点多了，我蹑手蹑脚地走进去，关门、放钥匙、开灯、换鞋，几乎踮着脚走路，跟做贼一样。走到卧室门口，先探头往里看看。

只一眼，心就要化了。

床头柜上的灯亮着，橘色的灯光照在惜悦的脸上，泛起一层柔和的光晕，她睡得像婴儿一般香甜，不知道梦见什么了，嘴角微微上翘，露出一抹浅笑，那幸福满足的样子看上去是那么美好。这一刻的安宁，让我的心生出了一种感动，鼻子竟有些发酸。一时间竟不愿再挪动一下脚步，不忍让这画面有一丝的零乱。

这就是我要的生活！

为了守住这样一幅画面和眼前这个女人脸上幸福的神态，我愿意尽我所能去奋斗。

我平复了一下心情，轻手轻脚地溜进卧室，小心翼翼地上床，生怕惊动了惜悦。不巧，刚要躺下去，惜悦翻了个身，吓得我大气不敢出。幸好她没醒，只是顺势窝进了我的怀里。

房间里很安静，我听到自己心脏怦怦跳动的声音。

我的内心久久不能平静，像是经历了一场大战一般，竟有一种体力透支的感觉。

但愿，明天还能像现在一样美好。

我轻轻地叹息一声。

第二天上班的路上，等红灯的间隙，惜悦跟我说签证已经拿到，现在就要准备订香港飞旧金山的机票，一直埋着头用手机查机票信息。

"这么快？"

"嗯。"她应了一声，"早去早回，以免节外生枝。"

她说得很有道理，只是我还没有做好这个思想准备，心里总是有些担心，不放心她一个人去那么远的地方。

"好了，搞定了。"只一会儿，就听到她说，"后天的机票。"随即抬头，灿烂一笑。

在公司楼下等电梯的时候，惜悦的手机突然响了，在她掏出来的那一瞬间，我瞄到了来电显示的名字：梅子。

我的心猛然一紧。

惜悦正准备接听，这时候，电梯终于来了。

"里面没信号。"她按了静音键，冲着我微微一笑说道，然后将手机放进了口袋。

"是啊，其实出了电梯信号也不一定就会有。"我咧咧嘴，心虚地回答，却发现自己言不由衷。

第十九章　后院起火

"你说什么?"她有些意外地看了我一眼。

"没什么。"我赶紧侧着身子挤进电梯,掩饰着自己的慌乱。

电梯在上升,可我的心却在往下沉。

随着一声"叮"的开门声,我们朝各自的办公室走去,我掏出电话,叫秦浩马上来我办公室。

"梅子刚才给惜悦打电话了,会不会把昨晚的事情跟她说啊。你到底有没有给她交代清楚?现在真的好被动!"

我是真的慌了,见秦浩一进门,就迫不及待地追问。

"交代?交代什么?"他一脸的茫然,装模作样地掩饰着内心的幸灾乐祸。

"快想想办法啊。"我急促地说道。

"到底发生什么事了?我怎么听不明白?对了,昨晚你到底是怎么回事,好像还没跟我说啊,我不了解情况怎么帮你想办法?"

"昨晚骆琳在酒吧喝醉了,我去接她,然后送去了酒店,在路上的时候她的口红弄到了我的身上,就这么回事。"我实事求是地说道。

"噢,这没什么啊,你就如实跟惜悦说不就行了,她又不是蛮不讲理的人。"

"你猪脑子啊,这么说她会信吗?"看着他那一副事不关己、高高挂起的样子,我就不由得想骂人。

"你自己也知道啊?就你刚才那几句,别说惜悦了,连我都不会信。你说大家都是成年人了,做事情得有点担当对吧,这男女之间你情我愿的事情,有什么说不出口的?你能不能向我学习,做人真诚点?"他一副过来人的神态,开始语重心长地教育我。

"少废话,我跟你能一样吗?"我真的想抽他了。

"正因为我知道不一样,"他的身子向我凑了过来,话锋突然一转,"所以才想听听骆琳到底是怎么和你快活的嘛,你不好意思说细节,讲个大概也行。"

"秦经理,作为 HY 公司的一名员工,我希望你能端正自己的工作态度。"我变了脸色,严厉地看着他,"在做好产品销售的同时,应该要有能力应对一些可能影响公司稳定的突发事件,尽一切努力对家属进行有效的安抚工作,不给上司添麻烦……"

"哎哟,都上升到职业的高度来了。高总,不是我工作态度有问题,主要是我想要安抚家属也得先了解具体情况是吧?"他说话间脸上露出猥琐的笑容，凑过身子小声说道，"哎，你要真不好意思那说个大概也行，昨晚……"

"高寒！"他的话还没说完，惜悦就推门急匆匆走了进来，声音吓了我一跳。

我和秦浩同时转头，表情瞬间被定格，心里大叫不好。

一切都晚了。

"要不，你们先商量着，我一会儿再进来？"惜悦看着我和秦浩鬼鬼祟祟的样子，那双晶亮的眼中俨然乌云密布，转身就想走。

我知道坏了，梅子肯定全告诉她了。

"惜悦，你先别走。"我的反应很快，腾地跳起来，就去追她。

惜悦站住身子，回头看看我，又看看秦浩。

"你们先商量吧，我不急。"她的声音冷冷的，脸上没有什么表情，但明显话中有话。

第二十章
有嘴说不清

我知道惜悦并不想当着秦浩的面来跟我说这事，她的教养令她在任何情况下都不会给我难堪。

"惜悦，我们在说昨晚的事。"我觉得没什么好隐瞒的了，决定实话实说。

"噢？昨晚怎么了？"她的表情有些玩味，眸光冰冷，像是有一把把小飞刀嗖嗖地飞过来。

"你后天要去美国了，我不想让你带着怀疑出远门。"我走过去搂着她的肩膀，把她按到我刚才的座位上，我自己换到旁边。

"你听我说，听完了再决定是否要相信我。"接下来我从出门去酒吧开始讲，具体过程就是如何将烂醉如泥的骆琳装进车里，如何在街上乱窜，如何找了家酒店，最终用我的名字开了房，将她安顿下来。

"离开后我发现自己衬衣领子上有口红印，怕回家你看到会不开心，于是就开车去了秦浩家洗衣服。"说到这里，我抬头看着惜悦。

"我错了，我其实应该直接回家向你说明情况，而不应该这样弄巧成拙。"惜悦没有说话，很认真地看着我的眼睛。

"你一定要相信我，我真的什么都没干啊。"我在她目光的紧逼下，心里有些发毛。

我转头看了一眼秦浩，他却根本没有半点想帮我说话的意思，一直在独自暗笑。

这个时候，我的手机响了，有微信消息的提示音，我扫了一眼，是骆琳。

我像是遇到了救星，一下子欣喜若狂，长长地吁了口气，将手机拿起来递给惜悦："你自己看，她肯定是为昨晚的事向我道谢的。"

惜悦微微皱起眉头，接过手机轻触按键，看了一眼屏幕，冷笑了一声，却什么都没说，直接将手机递到了我面前。

　　"你昨晚在酒店对我做什么了？"骆琳的微信像是一颗重磅炸弹，炸得我晕头转向，不知所措。

　　"这是什么意思？"我竟然慌慌张张地问惜悦。

　　"这得问你啊，高总。"她看着我反问，嘴角不自觉地露出一丝嘲笑。

　　我的难堪僵在了脸上。

　　还没等我从惊愕中回过神来，骆琳的第二颗炸弹又扔了过来。

　　"你什么时候离开的？"

　　"惜悦……我……我真的什么都没做啊。"此时的我张口结舌，语无伦次。

　　我气急败坏地抢过手机，迅速回了一条。

　　"你别胡说八道行吗？"颤抖着手指，气愤地点了发送。

　　只一瞬间的工夫，她的消息秒回过来。

　　"行了，少忸怩了。我会对你负责的！"

　　一个惊叹号，石破天惊，粉碎了我所有的侥幸和企图的解释，将我和惜悦的关系推向了深渊，一切化为泡影。

　　我举着手机，完全石化。

　　惜悦什么时候走的，我不知道。

　　我脑子里乱哄哄的，只有一条清晰的意识，那就是自己这回真的是跳进黄河都洗不清了，恐怕要比孟姜女还要冤了。

　　"这娘们儿……太……狠了。"秦浩已经笑得上气不接下气，"笑……笑死老子了。哈哈哈哈……"

　　小艳推开门，探头探脑。

　　"哥，我怎么看见惜悦姐脸色不好？发生什么事了？"她莫名其妙地看着狂笑中的秦浩。

　　我快被气死了。

　　这一天，我过得惶惶不可终日。快下班的时候，打惜悦电话，她没接。我只好直接去敲她办公室的门。

　　"进来。"

　　"惜悦，咱们回家吧。"我没精打采，脸上又不得不堆着笑。

　　惜悦抬头看了我一眼，没什么多余的表情，缓缓说道："你先走吧，我还有事没处理完。"

第二十章　有嘴说不清

"要不你还是先回家处理我吧。"我一屁股坐到她的办公桌上,"不然我心里憋得慌。"

惜悦依然不说话,只管忙她的,完全把我当成了空气。

"我真的是清白的啊。"我再次郑重地说道。

"办公室里,能不扯这些事吗?"她看着手中的资料,连眼皮都没抬一下。

"那咱们回家好不好,我饿了,你听听,肚子都咕咕叫了。"说完又嬉笑着补充了一句,"要不晚上我做秋葵给你吃?"

"无事献殷勤,非奸即盗。"她冷冽的眼光扫了我一眼。但还是关上了抽屉,站起身,拎上包往外走。

我赶紧屁颠屁颠地在后面跟上,给她开门,按电梯钮,系安全带,小心翼翼地一路呵护着。

回到家后,惜悦一把抓着我奉上的苹果,一边大口地啃着,一边靠在沙发上看电视。直到吃完饭,都没有正眼看过我。

洗完澡后,趁着她坐在躺椅上看书的工夫,我又端了盆切好的木瓜走过去。

"来吃点,木瓜可是好东西啊,美颜又丰胸。"我使劲地讨好。

她抬起头来看了我一眼,嘴角略微上扬,然后抽根牙签,插在一小块木瓜上面,开始往嘴里塞。

"唉,我的姑奶奶啊,你都生气这么久了,就算是充气的,也早就没气了。"

"噗——"她被我的话逗得扑哧一笑,瞬间又一本正经,及时收回了笑脸。

"我现在问你三个问题,每个问题你只有一次回答的机会,希望你能好好把握。"她终于开了口,但神情严肃。

"遵命!"我老老实实地在惜悦面前坐下,双膝靠拢,两手分别垂落在膝盖上,像个小学生似的。

"第一,骆琳喝醉了酒,为什么给你打电话?"

这个问题指向很明确,答案直接决定到我跟骆琳之间关系的定位。

"不是她打的,是酒吧的经理打的,因此电话里是个男人的声音。"我回答完提醒道。

"我想知道的是,他们为什么偏偏给你打。"惜悦放慢了语速,侧了侧头,眼睛认真地盯着我。

我有些慌乱地眨眨眼，心里一阵紧张，这个问题涉及我跟骆琳第一次在海边喝酒的内容，虽然那个时候我和她不熟，完全是处于工作方面的正常联络，但大晚上的孤男寡女一起喝酒看日出，怎么都有点说不出口。

　　"还用回忆吗？"

　　惜悦肯定是从我的眼睛中敏感地捕捉到了我内心的变化，轻轻问了一句。

　　说还是不说呢？

　　犹豫了一下，我决定还是实话实说。于是将那晚在KTV遇到骆琳，再到两人一起去海边喝酒，从而了解到她的隐私，最后让她帮忙争取竞标资格和盘托出。只不过在描述的这个过程中，我将重心和动机有意地偏移到了工作方面。

　　惜悦听完点点头，并没有深究，算是接受了。

　　"第二个问题，领口上的口红印怎么来的？"

　　"是啊，怎……怎么来的？"我心里又慌了，不由自主地重复着她的话。

　　"你问我？"她的脸上露出一丝愠怒。

　　"噢，不是，我是在想到底怎么来的。"

　　"还要重新想？"这下她彻底怒了。

　　"不是……是这么回事，"我理了理头绪，接着说道，"她喝醉了，醉得根本不省人事，精神恍惚，嘴里还一直叫着一个男人的名字，估计她可能把我当成她的前男友了。"

　　我说完摊开双手，表示有点无可奈何。

　　这本来也是实话。

　　可惜悦不是一般的女人，她深谙心理学，聪慧冷静，面对这种事情不吵不闹，但思路无比清晰，问题让人猝不及防，一针见血。

　　我看着惜悦那张冷冷的脸，心里发毛。

　　"第三个问题，你对她做什么了？"她的语气不紧不慢，眼睛直直地盯着我，不放过任何一个表情，可自己脸上却是一副云淡风轻的样子。

　　"什么都没做。"听到这个问题，我毫不犹豫地回答起来。

　　"我根本就是逃出来的。"我继续补充具体的细节，"当时好不容易把她弄进房间，谁知她抓着我不让走，嘴里说还要喝，力气大得很。我费了九牛二虎之力才把她扔到床上，然后狼狈逃窜。走的时候还被她抓了一把头发，可疼了。"

　　"等我逃进车里，我才打量自己，发现了口红印。心里非常害怕，怕跟你解释不清楚，那时候商场已经关门了，只好去秦浩家洗干净衣服。要早知道如此，我何苦这样多此一举啊。"我一口气说完，觉得窝囊和委屈。

"那你怎么不就势被强奸了呢？"惜悦冰冷的表情终于开了一道缝，像是有一缕阳光透了进来，脸上的霜雪渐渐融化了。

"那怎么行？我可是有老婆的人！"我故意提高了音量。

"你老婆是谁？我认识吗？"惜悦装模作样地问道。

"我现在就告诉你我老婆是谁。"我不顾她的反抗，伸手抱起了她的身子，直接往卧室走去。

此处省略一万字……

当我们从全球最普及又最激烈的体育运动中渐渐平息下来，我搂着她的腰，用手抚摸着微卷的秀发，看着她红潮未退的娇嫩脸蛋说：

"亲爱的，你已经原谅我了吧？"

"原谅？你又没做错什么，有什么好原谅的？"她白皙的身子，往我的怀里靠了靠。

"那你还生那么大的气！吓死我了。"我突然有一种被人捉弄的感觉。

"我只是简单分析了一下，如果说你在酒店真跟她上床了，穿衣服时不可能发现不了衬衫的口红印，更不会深夜跑去秦浩家里，因为你有足够的时间在酒店把衣服处理好再回家。"她淡淡地笑着说道。

"你……不去当犯罪心理专家太屈才了。"我对她简直无可奈何。

"哼，你少跟我玩心眼。骆琳为什么会发那三条微信？因为她喜欢你。别以为我看不出来，我只是不想追究。"

我听到她这样说，不禁打了个寒战。

跟一个聪明的女人在一起生活，是一种乐趣，是一门学问，更是一种挑战。

但是该死的，我就是喜欢。

"那你真的一点都不生气吗？"我低头看着怀里的惜悦。

"我为什么要生气？自己的男人有人喜欢不是好事吗？至少从另一个角度证明了自己的眼光和魅力，你觉得我连这点自信都没有吗？"

"有，当然有。那咱们可说好了，以后可不许为这种事情吃醋了啊。"我点着头，带着一丝坏笑地说道。

"想得美。我告诉你，男人虽然不能圈养，要放养，但是你在外面也要给我控制好一个度，不然我绝不轻饶你！"

……

"不聊了，睡觉。"我转身关灯。

两天后的上午，我在皇岗口岸和惜悦相拥，依依不舍地道别，目送着她渐渐消失在关闸的尽头，然后一个人有些落寞地回到公司。

到了中午时分，秦浩跟我一起在办公室吃着盒饭，两人天马行空地吹牛正起劲时，他的手机却不适时地响了起来。

他看了一眼来电显示，皱了下眉头，然后按了接听："骆组长，干吗呀？我都不泡你了，你又何苦再来泡我？"

说完他就将手机拿开耳边，电话里瞬间传来了骆琳熟悉的骂声。

"好了好了，我错了，你就说啥事吧？"他又嬉皮笑脸地问道。

"什么？高寒不接你电话？不会吧，他有那个狗胆？哦对了，他的手机放那儿充电呢，我们正聊天没听到。"秦浩说完就将手机递给了我。

"高寒，我是骆琳。"

"什么事？"一听到她的声音，我的气就不打一处来。

"晚上一起吃个饭？"她直奔主题地问道。

"吃饭？不用了吧，我怕吃了不消化。"我暗自在心里问候着她，可是再咬牙切齿也不敢得罪这位姑奶奶。

"哈哈，你就说来不来吧？"

我敢说不吗？

挂了电话后，秦浩眯着眼看我一脸的坏笑，阴阳怪气地说："我觉得这个骆琳啊，有时就像一朵盛开的花一样漂亮。"

"什么花？"

"向日葵，找日。"

……

餐厅是骆琳选的，新洲路上的一家环境幽雅的西餐厅。厚厚的地毯，穿戴整洁的男服务生中规中矩地在前面引路，音量适中的钢琴声流水般漫过整个大厅。

长相英俊的服务生将我引到临窗的角落，已经坐在那儿的骆琳冲我挥了下手。

待我走到桌前，她伸出右手，做出请坐的手势。回头就招呼小帅哥给我上菜单。

我在她对面坐下，环顾四周，打量了一下。

第二十章　有嘴说不清

她用汤匙搅动着眼前的咖啡，然后端起来用嘴巴抿了一小口，吐了吐舌头，将杯子放在桌上，神情淡定自若，看不出什么异常，反倒是我觉得有些尴尬。

　　"可以先透露一下吗，召我来有何指示？"我想先打探清楚，实在是有点怕了这个女人了。

　　"吃饭。"她抬起脸，语气很平淡，表情却有些奇怪，眼光刚一落到我身上就本能地弹开了。

　　我敏锐地捕捉到了那道快速的闪过，心里知道她是不好意思的，毕竟前天晚上的那些事情，谁都不可能当作什么都没发生过，何况她还是个女孩子。

　　不知道她今天约我来，葫芦里究竟卖的什么药。

　　菜单很快递到我手上，很厚很夸张，印刷精美，一道道菜品看上去很诱人。

　　"这家的鹅肝酱不错。"她一边看，一边推荐，声音感觉有点别扭。

　　"有蛋炒饭吗？来一份。"我侧过脸问服务生。

　　"这……"服务生一脸难堪，但还是很有礼貌地看着我回答，"先生您稍等，我去问一下。"

　　"你干吗啊？来这么高档的地方吃蛋炒饭？是担心我没钱埋单吗？"她很意外地看着我，仰起清秀的脸蛋。

　　"我不爱吃西餐。"我翻翻菜单说道，"这上面的菜吃不习惯。"

　　我说的是实话，菜单上那一堆东西，看上去精美，但真心没有合我胃口的。这种场所说白了也就吃个档次，饭菜往往华而不实，还没小菜馆一碗蛋炒饭来得实在，吃得舒心。

　　骆琳放下手中的菜单，看了我两秒："要不，咱们换一家？"

　　"不用了，谈事要紧。"我看着菜单，又翻了翻。

　　骆琳却扑哧笑出了声："哎呀，就是简单地请你吃个饭，哪有什么事要谈？你搞得那么正式干吗，随意点，放松点。"

第二十一章
旧情复燃

我们点的东西一会儿就上来了，我端起蛋炒饭，开始用勺子舀着吃。

"我是不是像个土鳖呀？"我对她自嘲地笑笑。

"这叫原生态。"她也拿起了刀叉，开始切盘子里的牛排。

"哎，对了，那个……谢谢你啊。"

"什么？"我抬起了头，故意当作听不懂她的意思。

"唉，那晚……谢谢你去酒吧接我。"她昂着头，语气突然变得豪迈起来。

想起那晚的事，我现在还憋着一肚子气，但看她主动提起，一副大大咧咧的模样，我反倒有些不好意思跟她计较了。

"你酒品太差了！"我叹了口气。

其实我想说的是差点被她害死了，话到嘴边转了个向。

"我没把你怎么样吧？"她挠挠头，疑惑且有点不好意思地问。

"我逃得比较快，手脚再慢点就不好说了。"

"我就说嘛，我穿戴……房间里没有任何打斗痕迹，应该没发生什么问题。"骆琳率直地笑了起来，好像是终于放下心。看来她第二天早上起来后，已经冷静分析过周边环境。发那两条微信，可能是在试探我，也顺便确认下自己的推测。

但她这个举动，差点把我害死了。

"你真不适合喝酒。"我忽略了她的话，又补充道，"一个女孩子独自晚上喝这么多，很不安全，以后要注意。"

"是很不安全。"她点头承认。

"我是说，周围的男人很不安全，太不安全了。"我嘴上强调着。

"嗯?"骆琳这才转过弯来,"你什么意思啊?"

"你说呢?有些人啊,喝完酒整个一个女色狼啊。"我不动声色地说。

"你!"骆琳刚想发作,但又马上压低了声音,有些不好意思地笑笑,"让你见笑了,其实我也是头一次喝这么多。"

我沉默着没有说话,喝了口水,淡淡地看着她。

"那天是我生日,我想一个人 high 一下,向自己的过去告个别,搞个难忘的仪式。然后就问那小帅哥,有什么特别一点的酒或者喝法。然后他就教我喝 Tequila pop,我觉得挺好玩,喝了一杯又一杯,却不知道后劲这么大。"骆琳摇摇头,像是还没从宿醉中彻底醒来。

"啥?特啥?"

"Tequila pop。"她说,"墨西哥烈酒,类似鸡尾酒的一种,而且喝法很讲究,每杯必须一口灌完,你真的没有喝过?"她比画着,做了个扬起手往下的姿势。

"我书读得少,请你不要跟我说洋文,OK?"

"哈哈,OK。"骆琳的脸上浮起了从内心深处漾出来的笑容,那种笑,很纯粹,很有感染力。

说句真心话,她其实是个长得非常好看的女孩,性格率真、热情、可爱。更难得可贵的是,她表面直爽大方,内心又很单纯,跟她打交道根本不需用多么复杂的心思去对待,即便她的职位和身份摆在那儿,也可以当个朋友来相处。

"改天带你去喝。"

"你就饶了老衲吧,师太!"我拼命地摇头。

她听到后笑得更欢了,开心地端起了桌上的茶杯,然后伸向我,脸上突然多了一丝凝重。

"高寒,咱们交个朋友吧。"

我赶紧端起杯来跟她碰一下:"咱们不早就是朋友了吗?"

"嗯,谢谢你对我的坦诚。我跟你说实话别生气啊,那天早上醒来的时候,我有点晕头转向,精神恍惚,迷糊中以为跟你发生了什么,然后拼命回忆整个过程,发现根本记不清细节了,只依稀有个大体的印象。"骆琳的嘴角扯出一丝狡黠的笑意,"所以就想发微信找你证实一下,没有给你带来什么麻烦吧?"

"没有吧。"我摇摇头,硬着头皮说道,心里却是郁闷得不行,但又不好发作。

"总之，虽然跟你打交道不多，但发现你挺靠谱的，是个正人君子。"骆琳总结道。

"谢谢。"

这一餐饭，吃得时间并不算长，但宾主尽欢，我心里的一块石头也总算是落了地。否则，如果因为那晚的事而让我和骆琳产生隔阂，而令双方感觉别扭或者躲避，那样就真的不知道下一步该如何打交道了。

回家的路上，车子又在拥塞的长龙中慢慢前移。我看了一眼时间，这时候惜悦正在飞往旧金山的飞机上。此去美国，希望她一切顺利，能够将那个专利拿下。倘若这一技术用在了我们的产品上，那么，产品的优势将毋庸置疑地大大提高，而最终取得竞标的成功，才是一次让 HY 公司起死回生的最好机会。

此刻惜悦在干什么呢？睡觉？看书？听音乐？

我轻轻舒了口气，仿佛看到她微闭双眼，将那双晶莹潋滟的眸子藏在浓密的睫毛下面，安安静静地靠在座椅上，小巧的鼻子微翘，腮边一缕柔顺又卷曲的头发，落在她妩媚的脸庞上，长长的睫毛不时颤动一下……

不过是才分开几个小时，我就已经开始想她了。惜悦就是这样一个女人，宁静的时候，如一泓清水，清澈透明、宁静淡泊，坐在她身边，似乎都能够感到有一道涓涓细流，漫过内心的浮躁，让人回归初心。

忙乱的时候，她却又有着罕见的与年龄不相符的理性与淡定，在那双幽深的目光注视下，似乎总可以透过所有的慌乱而看透问题的本质。

这样一个可以集军师、执行者、助手、贤妻各种角色于一身的女人，聪明中却绝不强势，温柔而又不缺乏敏锐。不管在什么时候，都是一道亮丽的风景。

时间很紧迫，我不能再等待下去了，她这次从美国回来，我就要准备向她求婚。

想到这些，我的嘴角情不自禁地悄悄上扬。

我伸手去打开 CD，想放首音乐提提神，可里面的歌声还没来得及传出来，秦浩打来的电话就先响起来了。

"陪我去喝一杯吧。"

没有查岗式的询问，没有平常的嚣张，他直接开口，声音喑哑。

"去哪？"

"老地方。"

我调头往深南大道方向开去，半小时后，赶到了夜色酒吧，停好车往里走。

微风轻拂，天空飘起了毛毛细雨，湿润的空气让人心情有些感伤，这正是泡吧的好时候，此时已经挤满了形形色色的客人。夜晚的酒吧，就像是一个高耸在夜空中的宏伟教堂，长盛不衰地屹立在深圳灯红酒绿的街头，让那些迷失而到处游荡的灵魂有了一个短暂的归宿。

透过密密麻麻的人群，昏暗的灯光下，我远远地看见秦浩缩在一个角落。

我侧身穿过人堆，朝他走去。拍拍他的肩，在对面坐下。

昔日那个在泡妞界游刃有余、名声远扬的少女杀手秦浩，此时正奄拉着脑袋，盯着眼前的酒杯，郁郁寡欢，一副落魄的模样。

看到我来了，他把酒瓶往我这边推了推，算是打了招呼。

我拿起酒瓶，倒满一杯跟他碰杯，喝完后眯缝着眼睛看向他问："今天一天都没见人影，发生什么事了？"

他却摇了摇头，打着酒嗝，沉默着不吭声。

"又被何娜踹了？"如果真是这样也好，问题就彻底解决了。

"梅子……最近越来越不对劲了。"他表情凝重，停了半晌才说道。

"吵架了？"我挑高了眉毛。

"嗯。"

"你被她捉奸在床了？"我猜测道。

"没有。"他摇着头否认，随后又皱起了眉头，像是回忆了一下说，"你说这女人真是奇怪，她根本就没有我出轨的证据，怎么就不能像以前一样好好过日子呢？而且，今天找我吵架就是为了一件鸡毛蒜皮的小事，她明明是在借题发挥，不知道是啥意思。"

"她也许全都知道了。"我想了下说。

"不可能啊，我老婆平时就是个路痴，她是不可能找到那么偏僻的宾馆的。"秦浩说完可能自己都觉得不好意思，又傻笑了一下，试图解释，"我的意思是如果她真的知道了，为什么不直接找我对质？"

"唉，我都不知道怎么说你才好，说你懂女人吧，但有时最基本的道理都想不明白。"我喝了口酒，看着他不解的眼神，继续说道，"女人有时候并不是不知道你在外面有女人，她选择放在心里而不揭穿你，只是害怕摊牌后给了你一个离开她的借口。懂吗？"

"你的意思是她知道而故意不说，我真的可能已经东窗事发了？"他喝光了杯里的酒，又倒上一杯，神情沮丧。

"嗯，既然她没有质问你，那就说明还想给你机会，你现在到底怎么打算的啊？"我想了解清楚他的内心想法。

"唉，"秦浩重重地叹了口气，"肯定是想跟梅子好好过日子啊，从来没想过不要她。至于何娜嘛……"

他抬眼看了我一眼，眼光有点躲闪，随即又埋下头去。

"至于何娜，也是不想断的。"我替他说了出来。

"嘿嘿，"他尴尬地笑笑，"你也知道，对何娜，我以前是动了真感情的……死心之后，我也是打算跟梅子认真过日子的，现在……"

秦浩开始絮絮叨叨，自言自语。

我明白了，他这是典型的既想家里红旗不倒，又想让死胖子头上绿帽子飘飘。

真想踹他一脚。

"你说说，我这样是不是不太好啊？"他厚颜无耻地问道。

"我眼睛有点痛，你帮我看看是不是有个渣子啊？"我用手指着右眼，装作很痛苦的样子。

他的身子凑了过来，睁着蒙眬的酒眼："没有啊。"

"你看看，是不是有个人渣？"

"滚，你大爷的。"他坐了回去，自己却也忍不住哈哈大笑。

等了好一会儿，他终于笑完了，苦涩地抿抿嘴，眼中却露出一丝惆怅。

"你知道吗？有一个我从来都不知道的事实，那就是对何娜的那份爱好像从来都没有消失过，以前只是把它埋进了心里深处，一个我自己都不知道的地方。可当她再次出现时，一按开关，她就在那里，从未走远。"

这是我第一次听到秦浩对他这段感情最清楚的表述，最真实的定位，虽然之前何娜伤他那么深，但哪怕是在最颓废的时候，他都死扛着从来没有提起过。

我的心里有些不是滋味。

爱情这东西，从来都是很难用道德标准去评判的。

"我两个都想要，可两个都不想伤害。你说说我现在该怎么办？"他带着一脸的苦恼，向我求救。

"我想到一个办法。"

第二十一章　旧情复燃

"快说。"

"你可以移民去阿联酋。两个都一起带去，去了那边还能再娶两个，凑成一桌麻将。你谁的心都不用伤，全都好好呵护着。"我表情认真地说。

"靠！"愣了五秒，秦浩才反应过来，"你能不能说个靠谱的，容易实现的。"

"那就只能挥刀自宫了，这才是万恶之源。"

"滚。"他大声地骂道，随后表情纠结，捂着脑袋，"我怎么这么命苦啊。"

其实，道德和感情有时就像是一个天平的两端，对于秦浩来说，一边是可怜兮兮的前任，一边是怒火中烧的妻子，他心里最大的希望就是能保持两边平衡，持续现状。而我作为他的兄弟，站在天平的中间，还真的有些为难，既不能违心地替他摇旗呐喊，又不忍心残忍地叫他一刀两断。

世界上最大的痛苦，是抉择。

秦浩保持着沉默，用手托住沉重的头颅，脸上写满了犹豫不决的神态，开始一杯接一杯地喝酒。

我想起了他口中描述何娜的样子，突然发现自己忽略了一个问题。那就是男人生来都是同情弱者的，如果何娜真有他所说的那么惨，那么先不管他体内的荷尔蒙有没有在作怪，至少就有可能首先激活男人固有的保护欲望。在梅子和何娜之间，他很有可能会不顾道德和责任，本能地去选择温暖何娜。

他心中的天平也许很快就要倾斜了。

解铃还须系铃人，我决定去见一下何娜。

第二天上午，我跟何娜约好了时间，定在机场附近的一家咖啡厅见面。路上的交通状况良好，我提前半个小时就到达了，于是找个位子坐着等她。

我点了一杯咖啡，正有些无聊地喝着，这时收到了惜悦的微信。

"亲爱的，我到了。"

随即，一张在机场的自拍照发了过来。

"脸色不太好啊，赶快回酒店休息。"我立刻回复。

"嗯，我同学来接机了，现在往外走。"

"那你注意安全，多喝点水。"

"好。Bye。"

"哎，注意男女有别啊，防火，防盗，防同学。"我又叮嘱一句。

惜悦先是发了把小刀，然后又扔了个白眼的表情过来，没有再回话了。

我放下手机，又看看手表，距离约定的时间已经过了五分钟了。

我想要约见何娜的事情，昨晚在酒吧是征求过秦浩意见的。他先是赞同，随后又拼命地摇头。不同意的原因很简单，怕我对何娜说什么难听的话，对她造成心灵上的伤害。最后还很仗义地对我说："你有什么冲我来，这事跟她没啥关系。"

　　这种事上，他倒是显得像个爷们儿，但总感觉男人的责任和担当此时用错了地方。

　　他越是心里护着何娜，我就觉得越有必要深入了解下何娜的想法。否则，以秦浩的态度来看，事态很有可能会朝着我们都不希望看到的方向发展。

　　事情到现在，既然梅子已经察觉到端倪，那么压是肯定压不住了，时间总是拖下去，问题得不到解决，只会持续发酵，最后产生更加严重的后果。

　　我对秦浩晓之以情，动之以理，再三保证只是简单聊聊，他才勉强答应。

第二十二章
再遇小花

　　何娜姗姗来迟，好一会儿过后才看到她那颇有风韵的身影，确实是消瘦了很多。

　　可万万没有想到的是，何娜并不是一个人来的，紧随在她身边的，却是另外一道熟悉而又亮丽的身影，闪花了我的眼，我一下子怔住了。

　　小花！

　　我的声音噎在了喉咙，情不自禁地站起身来。

　　小花看到我站起来后，往前紧走几步，又好像觉得不妥，随后刻意放慢了脚步。短裤下露出的一双白色嫩腿，仿佛有些无所适从的样子，一步步，走得拘谨而又犹豫。

　　我的目光好像在她身上完全定住，根本没法离开了。

　　精神突然有些恍惚，仿佛又回到一年多前，我第一次看见她时的模样……她像树上的嫩叶一样清新，浑身带着阳光的味道，蹦蹦跳跳之中，到处散发着一股温暖的气息。

　　而一年多前的那个阳光女孩，此刻却迈着拘谨而又犹豫的步伐，缓缓向我走来。两个不同的影子在我脑中不断地交叠，让我的心狠狠地抽搐了一下。

　　她那双曾经充满笑意、洋溢着快乐和灵动的大眼睛中，现在却布满了忧伤与雾气。曾经像是刻在脸上的清纯笑容，正被一丝浅浅的尴尬所取代。

　　改变这一切的，好像并不是飞逝的时光，而是我。

　　我心中所有的愧疚，在这一刻强烈的视觉冲击面前，像是火山一样喷薄而出，渐渐地被满满的忏悔和感伤所替代。

　　虽然过去这么长时间，但小花当年那个倔强、强颜欢笑的忧伤身影，还一直深深地刻在我的脑海中，不忍心去触碰。

这一瞬间，我觉得世界在我眼中黯然失色。

真想狠狠地扇自己一巴掌！

"高寒。"

她的声音怯怯的，那道怯懦，再次灼痛了我的心。

虽然她看上去依然青春、依然漂亮、依然是一道亮丽的风景、依然引人注目，只是，这所有的一切都变味了。她已不是原来那个小花，我们也不可能再回到从前了。

我不禁非常难过，倘若，人生若只如初见，那该有多好。

"小花，你回来了？"我尽量使声音听起来平静。

"嗯。"

"你好，何娜。"

"你好，高寒，好久不见。"何娜大大方方地打着招呼。

大概是有了爱情的滋润，眼前的何娜，好像并没有秦浩所描述的那个憔悴状，反倒是面若桃花，性感妩媚，依然婀娜多姿。

这样的何娜与小花走在一起，形成了巨大的反差。

我很想问问小花过得好不好。

可是，却张不开口。

何娜拉拉小花，让她坐在了我对面的位置，她却在我的旁边坐下。

我招呼服务生的时候，发现她俩的身影在偌大的厅里引来了很多人的注目，我环顾了一下四周，他们才有些恋恋不舍地收回自己的目光。

"你们喝点什么？"我平复着心情，开口问道。

何娜却意味深长地笑了。

"小花喝什么你还用问啊？"她说得那么理所当然，明媚的笑容仿佛能破开心中的阴霾。

小花的脸一红，看向我的目光有些复杂，张了张口又闭上，没说什么。

我一时有些尴尬。

我看了一下单，帮小花点了杯橙汁，帮何娜点了杯奶茶。

接下来，大家开始有一句没一句地闲聊。

"听秦浩说，你现在都当总经理了，而且他还在给你打工。你很牛啊。"何娜提起秦浩的语气，根本没有丝毫的隐晦，就像是在说着自家男人一样。

"呵呵，被赶鸭子上架而已。"我笑笑。

"说到鸭子，我倒想起来一件事情。"何娜故意看看小花，"我听秦浩后来主动坦白，说那次你们带我俩去北海，是专门为了去煮鸭子的。"

我差点被一口咖啡给呛着。这秦浩怎么这么有当汉奸的基因，在女人面前什么都敢招？

"煮什么鸭子？那次好像没有吃过鸭子呀？"小花一脸的茫然。

何娜满目生辉，泛着光彩，浅浅的笑意在脸上荡漾成了一朵花。

"小花，你还记得咱们一起去北海那次吗？"她突然问道，脸上带着一丝狡猾。

"当然记得，那是我一辈子最美好的回忆。"小花由衷地说，还悄悄看了我一眼，露出一抹回味的笑，那神情像是在羡慕着过去的自己。

也许是被小花感染了心情，我的脑海里也不由自主地浮现起四个人在北海恣意欢笑的情景。

那个时候的小花，外表纯真无瑕，笑容清澈见底，宛如一个洁白的天使，在温暖的阳光下，汹涌的海浪声中，像条小尾巴似的，追在我的后面，拼命地摇着我的手臂，嘴里呼喊着：高寒，等等我。

然而，此情可待成追忆。

我看到小花微微地叹了口气，何娜喝了口奶茶，嘴角隐约地浮起一丝笑意。

她就这么不着痕迹地让我们想起那些曾经的美好，重新穿越到四人在一起的快乐时光。

"何娜，其实……"我从回忆中缓过神来，正想开口提起她和秦浩的事情。

"不好意思，我去下洗手间。"何娜突然出声打断我，歉意地笑笑。站起身来，婀娜多姿地摆着水蛇腰，离开了。

这下又只剩下我和小花两人独自坐着了，空气中瞬间又多了一丝尴尬的气息。

"小花，这半年你过得还好吗？"虽然这是最没有意义的问题，但我还是问了。

"还好吧。"她讷讷地说。

"你呢？"她又问我。

"我也还好。"我回答完，想了想又问道，"听说你结婚了？"

小花的脸阴沉了下来，立马就变了色。

"你听谁说的？"她脸上的愠色越来越明显，洁白的贝齿轻咬着唇瓣，"我跟谁结婚了？"

她的眼睛直直地盯着我，脸一下子变得通红。

我傻了。

"到底听谁说的？"她继续追问。

"秦浩说的，还说你嫁给了一个高富帅……"

"他简直是在胡说八道！"小花打断了我的话，有些生气。

这下我终于明白了，原来是秦浩故意说这些来刺激我的，太可恶了！

"小花，对不起。"我似乎是在心里酝酿了很久，但最终还是只说出了这句早就该对她说的话。

"什么？"她听到后错愕了一下，像是一时没有反应过来，然后低头看看眼前的橙汁，像是顿悟了一般，轻轻叹了口气，抬头看我，"高寒，没什么对不起的，其实，一开始我就知道，爱上你，本身就是一场慢性的失恋。"

她的话像冰锥一般刺入我心底，让我突然觉得无比的难受，看着她脸上那苦涩的神情，我的鼻子慢慢地开始发酸。

当何娜笑眯眯地重新回到座位上，看看我，又看看小花时，我才突然意识到，自己好像被何娜耍了。

这个女人远比我预料的要聪明、老到许多，或许她一开始就猜到我找她的目的，毫无征兆地将小花带来，不过是当个挡箭牌，交谈中更是有意无意地把我们的曾经拉到眼前，让我们沉浸回忆之中，寓意深刻，打了我一个措手不及。

毫无疑问，从某种角度来说，小花和我，如同她与秦浩，两个形同姐妹的人，面对两个形同兄弟的人，遭遇相似。或许她就想让我试试，在自己曾经爱过的女人面前，能不能做到无动于衷。她更想用事实说服我，有一些感情，有一种处境，不是当事人，根本没有发言权。

看来，她已经摆明了自己的态度，存在的就是合理的。或者说，她的潜台词就是："你都对小花硬不起心肠来，凭什么要求别人？"

我彻底失算了，因为我发现之前那些在心里准备好的话，现在当着小花的面根本不方便说出口了。

而且，看着眼前无辜的小花，回想着我现在跟惜悦的幸福和甜蜜，我的心里竟然生出一种莫名的罪恶感。

正聊着天，我的手机忽然响起，我拿出来看了一下是惜悦，心里有些发虚，赶紧条件反射般的挂断，继续跟她们说着话。可刚挂完还没三分钟，手机再次响起，这次却是小艳打来的。

我意识到公司可能有急事，于是只好跟何娜和小花告别。但是最后，我还是大大方方地对着小花说："改天咱们一起吃个饭吧。"

小花听完眼里闪过一道光彩，没有任何话语，毫不犹豫地点了点头。

这时候，我看到何娜嘴角噙着一丝笑意，清凉的眸子里弥漫着得意，带着几分得逗的意味。

我刚走到停车场时，小艳的电话又打了过来，我赶紧接听，原来是惜悦在美国那边正在跟同学商谈新技术，需要公司这边提供产品的整套技术参数和资料，以方便进行更进一步的评估。惜悦肯定是打我电话没人接，所以才直接找的小艳。

我给惜悦回了条微信说马上处理，然后发动车子，迅速地赶回公司，安排相关的技术人员开会整理资料。

等我开完会从会议室出来，手机上显示有两个骆琳的未接电话。

我走到走廊尽头，回拨过去。

"高寒？等一下。"电话几乎是秒接，然后那边传来她在办公室里跟人讲话的声音。

我一边通话等待着，一边走回到了自己办公室。

"高寒，你周末干吗？"过了一会儿，骆琳的声音终于传了出来。

"你周末安排下，陪我去办点事。"

"有何指示？"

我尽量问得小心翼翼，生怕一不小心得罪了这位大神。

"没什么大事，就借你两天用用。"她大大咧咧地说。

"啊？你……你到底要干吗？"

"你紧张个毛啊，又不要你卖身！"骆琳的语气满不在乎，"好了，就这么定了，你自己安排一下，我去开会了。"

说完直接挂断了电话。

这……

我无语了。

没过多久，就收到一条骆琳的短信。

"地址发我，周六上午九点准时去接你。"

"姑奶奶，我可以问问到哪儿、去干吗？"

短信泥牛入海，连个泡都不见冒。

我叹息一声，只好把地址发过去。

"收到。"这次她回复得却很快。

周六上午9点，骆琳的电话急促地响起，简直比闹钟还要准时。

"人呢？"

"进电梯了，马上就到门口。"我回答道。

她也不提前打个电话过来，幸好我今天醒得早。

"换洗衣服带了吧？"她又加了一句。

"嗯，带了。"

我出了电梯，快步走到小区门口，看到骆琳正靠在一辆白色的路虎车上，一副很大的墨镜，遮住了大半边脸，明星范十足。一条热裤搭配着宽吊带短上衣，大腿笔直修长，晃得人眼晕，整个人散发着时尚、热辣、性感的气质，门口那个保安大哥看着她口水都快流到地上了。

见我快步出来，她冲我招招手，嘴角向上扬起，模样十分冷艳。

"这么酷？"我跟她打着招呼。

"长见识了吧。"骆琳翘着大拇指，同时歪了下头，指向副驾驶那一边，"上车。"

我将旅行背包取下来，扔到后座，然后上车，系好安全带。

车子调了个头，随即发出油门的怒吼声，直接冲出了小区大门。

我看到平常坐在那儿昏昏欲睡的保安，这次却破天荒地给我们敬了个标准的礼，目送着我们的车子离开。

"骆小姐，请注意安全。"

我坐上来后才发现，这妞开车不是一般的猛，疯狂地打转向变道，加速超车，动作一气呵成，干练潇洒，真怀疑她是不是《速度与激情》看多了。

"放心吧。"她一脸的平静，胸有成竹地说，"我在国外受过专门培训的。"

"可这是在中国啊，这样的大街上，最容易发生交通事故，万一有个老太太出来碰瓷，你就倒霉了。"我紧拉着安全带，有些担心地劝道。

"哈哈，你想得真多。"她大声地笑了一下，转头看着我，问道，"怎么样？发现我的魅力了吧？"

虽然她长得确实很好看，无论是五官身材还是整体气质。但是从她自己嘴里说出来，总觉得有些自恋。

"你到底要带我去哪儿？"我问了一个非常重要的问题。

第二十二章　再遇小花

163

"去了不就知道了。"骆琳说。

"要是劫财的话，我钱包好像带了两千元，如果只是劫色，那就简单多了，咱们根本没有必要开去那么远，直接找个偏僻的地方，就地解决……"

"闭嘴！你想得真美。"她稳稳地打着方向盘，狠踩油门，飞快地加速，车子直接驶上了广深高速。

"不会是要把我卖了吧？"我表现得忧心忡忡。

骆琳这次转了下头，侧着脸，上下打量了我一眼："切，就你那几斤排骨？卖了还不抵油钱。"

这女人的嘴巴真是够毒的。

我瞄了一眼指示牌，分明看到她在往通往东莞和广州的方向开。

"哇塞，咱们这是要去东莞呀，太好了，世上最贴心的女人就是她永远知道男人的真正需求是什么，而且还能投其所好地帮他满足……"

"你少意淫了，待会儿就怕你想笑都笑不出来了。"她冷冷地说道，墨镜下面的半张脸上，浮出了一丝阴险的笑容。

"那咱们到底去哪里？你再不说我就跳车了。"我故意装作解开安全带的样子。

"跟我去趟广州，陪我回趟家。"她说得非常轻松，好像只是去菜市场买几根黄瓜那么简单。

"这玩笑不好笑啊，换一个。"我拿起座位上的一瓶矿泉水，拧开喝了一口。

"谁跟你开玩笑了，陪我回家，冒充一次我男朋友。"她根本不理会我，理直气壮地说。

"什么？咳……"我差点把自己给呛死，一口气上不来。

"你紧张什么呀？不就见个岳父岳母吗？礼物我都替你买好了，你跟着在后面负责演就行了。"她安慰我说。

我瞪大了眼睛看着她，张着嘴，竟然说不出话来了。

"骆……骆……骆大小姐，这样不好玩吧？"我结结巴巴地说。

"你不必这么惊慌，"骆琳揶揄地一笑，"你看看后座，真的都买好了。"

我回头一看，果真大大小小的礼物在后排座上码了一堆。

"停车！"我急急地吼道。

车子正在快速车道上行驶，骆琳听到我的喊声，毫不犹豫地打右转向灯，猛打方向盘急速地变道，然后一个急刹车，稳稳地停在了路肩上。

我双手本能地抓紧安全带，看着前方按着喇叭飞速而过的车辆，脸都吓白了。

"你疯了！"我大吼，"这是在高速上！你要干吗？"

"你不是要停车吗？"骆琳转向我，将墨镜往上抬到额头，看着我甜甜一笑，语气体贴地问道，"高总，你是要下车吗？"

我回头看了看这前后根本没有尽头的高速公路，咽了下口水，无奈地说道："快开车吧，停这里太危险了。"

她点了点头，语气突然变得很邪魅，眼中却满是真诚："今天是我爸的生日，我把张思伟甩了，不想让他们为我的事操心，你就当是朋友有难，拔刀相助一下，怎么样？"

"行，行吧。"我稍稍平定了心情，只希望她能赶紧把车从路肩开走。

"那咱们这算是达成共识了？"她开心地笑了起来，向左打转向灯，重新起步。

"骆小姐，"我强压着怒火，语气温和，"一般来说，这种事情是不是应该先征得我的同意呢？"

"当然啊，你不同意怎么会坐在这里呢？"她奇怪地说。

"我说的是一开始！你当时只说周末陪你办点事……"说到这里，我还真说不出口她的原话，什么叫借她两天用用，"你应该在电话里明确好你的需求范围。"

"嗯，没错，现在明确了，办的就是这事。再说了，既然这两天都归我了，愿意怎么用应该由我定吧？"她若无其事的样子，真的让我很恼火。

"骆小姐……姑奶奶，"我咬牙切齿，"你不是海归吗？你不知道海外最常识性的问题就是尊重人权吗？"

"知道啊，那你说说吧，周末两天要多少钱，开个价，我买断。"骆琳嫣然一笑，"其实我这人一向都很民主的。"

我再次被她噎得说不出话来，气得拼命地往嘴里灌水。

这个女人的思维方式和行为习惯怎么跟正常人根本不一样啊？

简直是个奇葩。

我闷闷不乐地坐在车里，索性以沉默来抗议她的霸道。

"喜欢听什么音乐？"

骆琳好像根本没发现我的异常，手握方向盘开着车，兴致勃勃地问。

"骆琳，你不觉得找人冒充男朋友这种事太狗血了吗？"想了半天，我还是觉得需要表明一下我的立场，"陪你回家可以，但冒充男朋友不行。"

这是一个最起码的原则性问题。

"狗血是狗血了点，但肯定管用。"她满不在乎地说。

"我连你父母见都没见过就让我去骗人家，这种事，我做不来。"

"那你的意思是来真的？"骆琳歪着脑袋，像是在思考，"这个提议不错，我考虑一下。"

……

我觉得我还是闭嘴比较好。

第二十三章
冒牌男友

一个小时后，汽车下了高速，开始驶入广州市区，骆琳娴熟地绕过一些立交桥，在并不是很宽阔的街道上东拐西弯，好像从繁华的地方一穿而过，然后渐渐向安静的郊区驶去，直到最后进入了一个警卫森严的院子。

院里的环境很好，偏僻而又安静，与刚经过的城市喧嚣形成了强烈的对比。我们穿过一个大花园和一些建筑密度很低的建筑，又进入到一个有门岗的院子，便看到一幢幢小洋房隐在绿荫之间。

"到了。"骆琳将车停在其中一幢洋房前。熄火后解开安全带。转身看了我一眼，努努嘴："后面这些东西你拿着。"

"这就是你家？"我挑眉问道。

"对。"骆琳伸了个懒腰，准备下车。

"你们家人干吗的啊？"一看这架势，我觉得骆琳家里好像有点背景。

"哦，我爸啊，估计你可能见过。"她没有再多说，好像什么都顺理成章。

"不会吧？"我心中很疑惑，平时都几乎不来广州，我怎么可能会见过骆琳的父亲？

"下车。"

"先说好啊，我演戏真的不行，万一演砸了你可别怪我。"

我想先给自己把后路留好，不然到时候真出了问题，她又翻脸不认人埋怨我，那可真是惹不起。

"凑合着来吧，我要是叫我那些哥们儿，那就更假了，回头我妈再赖上人家逼着娶我，就会更麻烦。现在至少，他们都不认识你。"

这好像算是今天到目前为止，唯一的一个像样点的解释。

进了大门，在门口迎接我们的，不是骆琳的父母，是一个中年的保姆。

"小琳回来了？都等着你呢。"她满面笑容地迎上来。

"张姨好，我给你带了盒好吃的，在……"骆琳埋头翻找我手上大大小小的袋子，"来，这个给你。"

"谢谢小琳。"她接过袋子，看向了我，"这位是……"

"介绍一下，张姨，我男朋友高寒。"骆琳大大方方地说。

张姨的眼睛一下子亮了，笑眯眯地点头："真好真好。快进去吧。"

"妈，我们回来了。"骆琳大叫着进了客厅。

我只好硬着头皮跟在她后面，脚步缓慢，像是怕踩到地雷。

骆琳的父亲果然是见过的，只不过是在电视上，一个著名的企业家、慈善家，名字也是响当当的。他本人好像也跟在电视上的样子差不多：儒雅、亲切、风度翩翩，让人印象最深刻的就是他的眼睛了。不只是炯炯有神，而且目光睿智、深邃、洞悉人心。

我甚至有一种感觉，他只一眼就看穿了我是个冒牌货。

但他却没有拆穿我，反而脸上露出了亲切的笑意，目光温和，像是一股暖流，宽慰人心。我突然觉得，有些人的地位是注定的，他好像生来就有一种王者风范，举手投足贵气十足。

当骆琳将我介绍给他时，他并不像骆琳妈妈那样上下打量，而是专注地看着我，主动伸出手握向我。他的手，宽大而有力，然后拍拍我的肩膀，用男人的简单方式接纳了我。

骆琳的妈妈，就像所有关心女儿婚事的母亲一样，恨不得马上将我的一切了解清楚。只是碍着家里还有客人，多少还是有顾忌的。不过，看得出来，骆琳的性格像妈妈，比较开朗外向。

直到晚饭开席，我才知道今天真的是骆伯父的生日。骆琳之所以拉着我赶回来，是因为骆琳妈妈发了狠话：要么把那个张思伟带回来，要么就带一个新的男朋友回来，算是送她父亲的生日礼物。所以，当我还有些懊恼没有事先准备一份礼物而有些失礼时，很快就明白了，其实我自己就是一份礼物。

不知道骆琳是真的对前男友彻底死心，还是有什么别的原因，总之，她选择了带我回家。

我心里对她的先斩后奏，一下子没有了之前的埋怨，反而多了一份理解。

只要是能够让自己父母开心的事，不管出于什么来考虑，至少动机是好的。

"小高今年多少岁？"骆琳的妈妈问我。

"三十岁。"

"在哪里工作呀？"

"伯母，我在深圳。离骆……小琳不是太远。"我被骆琳横了一眼，赶紧改口。

"做什么工作的呀？"

"在手机通信行业，做技术的。"

"有意思。"骆母兴致很高，又好奇地问道，"那你们是怎么相识的呀？"

"我们……"我能说是骆琳踹她前男友的时候，被人推到怀里认识的吗？

我求救般地看了一眼骆琳，担心事先没有和她统一好，口径对不上而穿了帮。

"妈，高寒的情况我回头再向您汇报。您能让他先吃饭吗？别吓到了人家。"骆琳说完亲昵地挽着我，甜蜜地靠在我肩上，另一只手还拍打着我的后背。

我的身体顿时就僵硬起来，动都不敢动一下。

"放松点，我妈不会吃了你的。"她笑得很是妩媚，"有我呢。"

骆父看了一眼我们，带着笑意对骆母说："你先招呼人家吃东西呀。"

骆母这才恍然大悟般地对我说："哎呀，来来来，小高，多吃点这个，这是小琳最爱吃的……这个……"

接下来，骆琳父亲和坐在身边的几个人谈些他们关注的事情，话题涉及面很广，关乎政治、时势、军事、资源，还有他们曾经的经历和故事，更有意思的是，那些过往中还包含着他和骆母的相识过程，大家听得津津有味，骆母的注意力牢牢地被吸引住了，脸上不时露出幸福的笑容。

事业如此成功的骆伯父，就这样慢慢地述说着，没有一句亲昵的话与动作，却处处透出对骆母深深的爱意。而他所谈论的话题，哪怕平时不是特别关注，听起来都觉得别有滋味，长了好多见识。这是一个有着智慧和能量的男人，让我不由得心生敬佩。

吃完晚饭后，还有一个小型的生日 Party，但是参加的人不是很多，看他们之间的亲密程度，应该是骆家的一些亲戚。还有一部分人，从称呼上可以判断，大多数都是骆伯父公司曾经的部下和世交。

唱完生日歌后，厅里响起了柔和的音乐，大家开始端着红酒杯，自由地走动和交谈。

第二十三章　冒牌男友

我端了一杯红酒，站在骆琳的身边，慢慢地饮着，感觉有些拘谨。

"不用紧张，放松点，自然点。"骆琳凑过头来小声对我说。

"我怎么放松得下来，这一大屋子的人，没一个认识的。"我回答道。

"没关系，我给你介绍认识一下就行了。"她端起了手里的酒杯，然后身子往我这边靠了靠，压低声音说，"你搂着我的腰跟我一起过去，样子装得亲密点。"

"哦，好吧。"我将酒杯替换到左手，然后有些心虚地将右手朝她身后伸了过去，不愧是酷爱运动的女人，那滑腻的肌肤透过那层薄纱清楚地传到我手中，手感强烈，弹性十足，令人有些陶醉。

"高总，我说的是腰，不是屁股。"她看着我，不温不火地提醒道。

"啊？哦。"我这才意识到手好像放错了位置，迅速往腰部上移，有些尴尬地笑笑。

这时，有个戴着眼镜的斯文男人，走到我们面前，举起了手里的酒杯。

"骆琳，你回来啦，早知道我们应该一起结伴嘛，路程都是一样的。"

"梁叔，您好。"骆琳语气非常恭敬，然后转头对我说，"梁叔和我们一样，也是从深圳过来的，在检察院工作。"

"您好。"我打了个招呼。

"这小伙子是你男朋友吧？"他看着我开口问骆琳。

"是的，梁叔。"

"对了，骆琳。"他用手推了一下鼻梁上的眼镜，继续说道，"上次那个HY公司的案子，我打过招呼了，后面有结果了吗？"

"呀，这个，"骆琳的脸色明显地变了一下，有丝轻微的慌乱一闪而过，随即看着梁叔笑了笑，回答道，"有结果了，谢谢您帮忙啊。"

他们的对话让我心里大吃一惊。

这是什么意思？难道吴律师当时说上面有人过问案子是真的？原来是骆琳在暗中帮助我，而且惜悦的提前释放也是多亏了她？

我脑子里一下子乱哄哄的，心里不是滋味，像是有股浪潮在奔腾，久久不能平息。

这个事实确实太让人意外了，骆琳和我萍水相逢，并没有任何亲密的关系，在深圳这种现实的城市，充其量只能说是彼此投缘的朋友，可她却帮我救出了惜悦，还瞒着没有告诉我，这么大的恩情，我该用什么方式才能报答她？

我这一辈子，最怕的就是欠人情。

聚会在 10 点结束，骆琳妈妈送走了客人，张罗着给我收拾房间，我陪骆琳父亲坐在书房聊天。

骆父的书房"古味"十足，从陈设到规划，从色调到材质，再搭配上古风的装修，一切都显现出典雅的气息，书架上摆满了各式各样的书，书桌上纤尘不染，给人一种宁静、沉稳的感觉，人在其中一点都不觉得心浮气躁。

我们坐在里面的一套小沙发上，骆伯父坐在我的另一面，摆弄着茶几上的茶具，开始泡工夫茶。

"小琳很任性，当她男朋友不容易吧。"他很快就沏好，端了一小杯递到我面前。随后又从小抽屉拿出一盒烟，伸过来问我，"吸烟吗？"

"我不吸，伯父。"我作了个手势。

然后他把烟盒收回去，重新放进抽屉，原来他也不是烟民。

"伯父，其实我并不是骆琳的男朋友。"我犹豫了一下，还是老老实实地说了。

他听到后却一丝讶异的表情都没有，继续保持着脸上的微笑，在等我说下文。

原来，这一切早被他察觉了。

"对不起，伯父。"我确实感到抱歉，无论我是不是有意，这件事本质上都是属于欺骗，"我也是今天被骆琳拉上车的时候才知道的。"

"要是早点知道，就不会来了？"他饶有兴致地问。

"那倒也不是。"我尴尬地笑笑，"只是觉得这种事情还是预先沟通清楚比较好。"

"嗯。"骆伯父点点头。

"感谢你们今天对我的款待，我其实心里一直很紧张，一方面觉得欺骗你们心里愧疚，过意不去，但是又怕露出马脚穿了帮被骆琳责备。"

我抹了一把额头渗出的冷汗，心里总算踏实了。

"哈哈……"骆伯父笑出了声，"嗯，不错，我喜欢你的坦诚。"

我却又有一些惶恐，这样直接坦白，算不算是把骆琳给卖了？

"我替小琳给你道个歉。"他非常自然地说，一点架子都没有。

"不用不用，伯父。"我赶紧摆手。

"看得出来，小琳是喜欢你的。那你是否考虑跟她有进一步的发展？"骆伯父直接问道。我能够感觉到，他对我的印象应该还是蛮不错的。

第二十三章　冒牌男友

"伯父，我已经有心仪的女孩了。"我将欲脱口而出的我有女朋友改了一下，婉转地说道。

这么说，既是顾及骆伯父的面子，也同样是考虑到骆琳的感受。倘若骆伯父认为骆琳明知我有女朋友还这样做，恐怕会感觉有些荒唐。更何况，骆琳只是救出了惜悦，她是真不知道我与惜悦发展的状况。

"噢？小琳知道吗？"他有些意外。

"她应该不清楚吧，也许她清楚一些，但不是完全清楚，其实我也不清楚她清楚不清楚。"我这几句话像是绕口令似的，一下子把他逗笑了。

"噢，那真是遗憾了。"骆伯父点点头，又看着我继续说道，"不过也没有关系，你们做个朋友也不错嘛，年轻人在外面应该要多交朋友。"

"伯父，很对不起，你们都对我这么热情，我都不知道该怎么对伯母解释了。"

"没关系，我会跟她妈妈说的。"他站起身来，拍拍我肩膀，宽慰道，"那你早点去休息吧。"

第二天上午，我跟骆琳父母告别，启程回深圳。

骆琳驾驶着车子平稳地在高速上面飞驰，昨天我还有些奇怪她从哪儿弄来了这辆路虎，现在倒觉得以她的家世背景，别说是辆车，就算是她突然搞来一架直升机，我都不应该再觉得意外了。

"高寒，昨晚你没有在我爸面前出卖我吧？"她突然扭头，用带着怀疑的语气问我。

温暖的阳光，透过玻璃照在她的脸上，她的脸明亮光洁，宛如一朵在秋阳下盛开的白山菊。

"你爸找你谈话了？"我有些心虚。

"那倒没有，我只是想问问，看看你有没有那么大的胆子。"她的笑容中带着一丝得意。

"骆琳，有个问题我希望你能老实回答我……"我调整了一下情绪，表情严肃。

"什么事？"她没转头，眼睛看着前方。

"你为什么要动用关系帮我过问公司的案子，而且还不告诉我？"我直接问道。

"哦，这件事呀。"她嘴角扬了一下，语气洒脱，"举手之劳而已，你不用有什么负担，大家都是朋友嘛。"

"可是这么大的一个人情，我该用什么来还你？"我心里非常过意不去。

"你这次不是也帮了我一个忙吗？抵消了，互不相欠。"

"可是……"

"哎呀，你有完没完呀？是男人就爽快些，这点事有什么好计较的？"她开始不耐烦了，转头狠狠地瞪了我一眼，我只好保持沉默。

"对了，关于我的家庭情况，你就没有什么想问我的吗？"她的视线匆匆从我脸上滑过，又转回去盯着前方。

"没有。"我很干脆地回答，其实这也是我的心里话，首先我和她的关系目前还只是朋友阶段，就得遵守做朋友的底线；其次我的性格并不八卦，对他人的隐私完全没有打探的欲望。也就是说，不管她是什么样的家庭背景，好像对于我来说，都搭不上什么关系。

"哦。"她点了下头，好像对这个答案并不太满意，原本兴奋的脸上有些失落，略微思索了一下，又继续说道，"我给你讲讲当初参加工作的经历吧。"

"好呀。"我高兴地应允，这个倒是有点兴趣。

"那时啊，我刚结束了学业，从美国赶回来，带着满腔的热血和梦想，满怀激情地想着一定要为祖国、为人民做点什么，于是创立了一家科技公司，着力于一些新型的科技产品开发，本着造福于人类的宏伟理想，不辞劳苦，兢兢业业，终于在坚持了两年后倒闭了。"她的脸上露出一丝自嘲，有些不好意思地说。

"哈哈，后来呢？"我追问道。

"后来认识到自己学识的短浅，经验的贫乏，于是又回学校充电，再后来就回深圳参加工作，面试进了灵动公司，从物资采购部的一名普通员工做起，慢慢地一步一步走到今天。话说，你有没有觉得我的经历很传奇很励志啊？"她歪着脑袋，表情有些沾沾自喜。

"呵呵，"我没有回答，只是淡淡地笑了笑，附和着她说，"确实很传奇的，我都能隐约猜到当时你参加面试时的情景。"

"啊？你这么厉害？说来听听。"她非常意外。

我想了一下说道："当时面试的考官应该在刚开始就问了你一个非常专业的问题，而且这也是整场面试唯一的问题。"

"什么？"

"骆琳，你父亲他老人家身体还好吗？"

"哈哈，你胡说！"她愣了一下，瞬间反应过来，忍不住扑哧笑出了声。

随后又补充道："我说你这人怎么这么瞧不起人啊，我难道就不能凭自己的能力吗？"

"好吧。"我把额前的遮阳板打了下来，准备小睡一会儿。

谁知道她却伸手过来钩住我的下巴，学着古装戏里的说话口吻："小高子，本宫开车甚感疲惫，你说个笑话来听听。"

我特意转了个身，把头偏向窗外，她却根本不罢休，小动作没完没了。

我只好将那顶旅行帽戴上，帽檐压低挡住眼睛安心睡觉，无论她怎么调戏我，都不搭理她。

大概过了半小时，车子终于驶入了小区门口，我拿着旅行包下车，跟她说再见。

等我朝小区里面走了几步后，她突然按了一下喇叭，叫了一声我的名字，我回头看到她把头伸出窗外，对我说道："谢谢你，这两天跟你在一起真的很开心。"

我笑了笑，朝她挥手告别。

第二十四章
惜悦回国

回到家里，我蒙头就睡，像是要补回这两天缺掉的懒觉。等到一觉醒来，发现天都黑了。

我拿起手机，算了下时差，开始给惜悦发微信。

"亲爱的，在干吗？"

"你怎么不问问事情办得怎么样了？"

"嘿嘿，事情办得怎么样了？"

"你猜猜。"

"肯定谈得差不多了，今天会有结果吗？"

"嗯，基本上谈妥了，他们已经开始在安排相关的技术人员，打算从深圳分公司调两个工程师配合咱们这次新技术的研发。"

"太好了，那你啥时候能回来啊？"

"打算订明天回程的机票。"

"真好，我老婆太能干了！"

"谁是你老婆？不害臊。"

"嘿嘿，等你回来就是了，订好机票告诉我啊。"

"嗯。想我没？"

"想也没用啊，远水解不了近渴，鞭长莫及。"

"讨厌，流氓。"

两天后，我去皇岗口岸接惜悦。一眼就看到她从关口走出来，我高高挥舞着手臂，用力朝她招手。

她拉着行李箱，长长的裙摆伴着脖子上那条蓝色的丝巾，迎风飞舞。那鲜艳的蓝色像是浓缩了天空的色彩，在阴沉的天气中非常显眼，它点缀着主人成为一道亮丽的风景，更象征着我们的爱情，见证了我们一路走来的艰辛。

她看着我款款走来，脸上灿烂的笑容像是一道阳光穿透乌云，看得我心都要醉了。

我冲上去紧紧抱住惜悦，埋怨道："你怎么才出来？你到底想要让我等多久？你要让我美好的青春，在这漫长的等待中度过吗？你看我的眼睛！望穿秋水都是对你的真情；你看街头那块石板！那深深的凹陷是我等你时踩出的脚印……"

"说人话！"

"想死我了，老婆。"我附在她的耳边轻声说。

"快松手！"惜悦有些害羞，"那么多人，讨厌。"

"我抱自己的老婆，关别人什么事啊？"

"谁是你老婆。快把爪子拿开！"惜悦不安地轻轻推我。

"那咱们结婚吧，反正我都等不及了。"

我把头深深地埋在她的颈窝，她头发散出的馨香萦绕在鼻尖，我感觉到一股清新透彻的空气流过肺腑，十分舒爽、令人陶醉。

"谁要跟你结婚啊，快松手。"

惜悦有点急了。

我看着她满脸羞红的样子，觉得可爱又可笑。这个留洋多年的海归女，好歹也是见过世面的人，怎么比我这土鳖还要保守呢？

我拉着她的手，穿过熙熙攘攘的人流，朝停车场走去。一边护着她往前走，一边陪她聊着天。

"坐了十三个小时吧，累不累啊，亲爱的？"

"嗯，还好。"

我将行李扔到后备箱，一坐进去就立马关上车门，将她紧紧地搂在怀里。

"俗话说得好，小别胜新婚啊，这下可是没人看见了。"

"这几天想我没？"她抬头问我。

"当然啊，没有你的日子，我一秒一秒数着过。"

"就知道挑好的说。"

她的话音刚落，我就迫不及待地捧着她的头，吻住了她的嘴唇，一股电流传遍了我的全身，麻酥酥，令人颤抖和疯狂。惜悦用她舌尖的轻柔回应着我的激情，令我大脑一片空白，完全沉醉在这入骨的温柔和激情中，车内的空气已经全部凝固。

直到惜悦用力推我，我才恋恋不舍地松开，目光却锁在她激滟的眸子上。

"快被你憋死了。"她娇喘着，脸上飘着一朵红晕。

"对不起，亲爱的。"

惜悦突然环顾四周，猛推了我一把。

"赶紧走，外面这么多人，搞得跟偷情似的，丢死人了。"

果然，停车场不时有人走过，可能是看到了车子的动静，正在鬼鬼祟祟地偷窥着我们。

"那我们回家吧，先让你好好休息一下。"我看着她体贴地说道。

她可能是发现了我灼热的目光，白了我一眼，没答应。

"得了吧，回家还能休息？就你那……"她戛然而止，突然换了口气，"去公司。"

"嘿嘿，好吧。"我讪笑。

惜悦的美国之行收获之大，像是一枚定海神针，让我的心里一下子变得非常踏实。

我还在路上的时候，就打通了小艳的电话，让她通知公司内部竞标组的成员准备开会。

哪怕是刚经过了长途飞行，还有十几个小时的时差，惜悦却还是精神良好，只去了趟洗手间洗把脸，便神采奕奕地走进了会议室。

有些意外的是，合作公司派驻的两位工程师，竟然比我们还先到了，这样的办事效率，正是此时的 HY 最需要的东西。

这一次的紧急会议，没有任何预兆，也没事先通报主题。当我进去的时候，看到不少人一脸担忧，面色沉重。在公司现今的状态下，估计他们都以为又发生了什么突发的坏事件。

秦浩远远地跟惜悦打了个招呼，然后特意坐到离我较远的位置。自打我见过何娜之后，这家伙就一直躲着我，找了他几次都没找到，不知道他整天在搞什么鬼。

会议由我亲自主持，我宣布了将要组建团队开发新技术的消息，一下子沸腾了大家的神经，所有人都欢欣鼓舞。

因为都知道，这项技术一旦开发成功，那么这次的竞标工作将会有很大的保障。

接下来，是韩星和周工以及几个工程师进行技术上的基本对接，随后我还让行政部特意安排了一间办公室，专门用作技术开发室，里面安装了无线信号干扰器，外网监控，专人看守，保密工作非常到位。

花了一下午时间忙完这些，我心里终于呀了一口气。

惜悦说梅子约她逛街，下班后就直接走了。

我留在公司加班到九点，肚子饿得咕咕叫，于是随手拨了惜悦的电话。

"吃饭了吗？亲爱的。"

"刚吃完呢。"惜悦的声音柔和，又问我，"你呢？吃了没？"

"没有啊，饿死了。"我摸着肚子说，"你们什么时候完事，要我去接你吗？"

惜悦停顿了一下，好像是跟梅子交流着什么。

"这样吧，我帮你点一份餐，然后在微信上把位置发给你，你现在过来就正好可以吃了。"

"好的。马上出发。"我说着，开始收拾桌面。

"我给你点个清淡点的吧？"她征求我的意见。

"你定就行。"听到她的这句话，我心里顿时觉得很甜蜜，有一种被关心和疼爱的幸福。

这两人过日子就是比一个人强。

我到的时候，梅子正跟惜悦说着话，眼前的桌子上，已经摆好了一份苦瓜炒蛋饭，还有一杯热气腾腾的牛奶，她俩却在悠闲地喝着奶茶。

我跟她们打过招呼，就坐下来开始埋头吃饭。

"唉，你说的都对，可我就是心里咽不下这口气。"梅子突然的一句话，把我吓了一跳。

"这夫妻过日子啊，有时难免会有些事情发生，看淡点就过去了。关键是要自己过得开心，你说对吧？"

"嗯，听你说了这么多，心里是没有那么堵得慌了，只是还是会有个结，一碰就痛的结。"我终于听明白她们在说什么了，原来梅子又是来找惜悦诉苦的。

"夫妻嘛，吵吵架也没什么的，不用太介意。不过，从今天开始你可要改变一下自己了。你看看，你都被气成什么样子了？最近是不是很少照镜子呀？"惜悦的话，包含着心疼和体贴，像是淙淙流水，柔和得让人的心情无比舒畅。

"你再不顾及自己的形象啊，只会让人看到你的种种不是，反倒觉得出轨是理所当然的事。你说是不是这个理儿?"惜悦再次对她循循善诱。

"那你说我该怎么办?"梅子有点急了。

"女人嘛,别整天只知道围着老公转,那样会迷失了自己,该打扮的时候就打扮,该享受的时候就享受,不管那些男人如何对你,首先你得学会爱自己。你说对不对?"

听到她们说这些,我头也不敢抬,拼命地往嘴里扒着饭,这话题有点瘆人。

"嗯。那……那个事情就这样妥协了吗?"梅子说得不情不愿。

"不是妥协,只是暂时缓一缓,你首先要冷静下来,好好调整一下情绪,后面再作打算。"

"可是,我见到他就来气,想想他在外面做的事情就恶心,但是又不想离婚。你说这可怎么办?"眼角的余光中,我看到梅子愣愣地看着惜悦。

"先缓缓再说吧。"惜悦叹了口气,转头看着我说,"你也要去劝劝你的好兄弟,让他及时醒悟,洗心革面,重新做人。"

"你们在说什么呀?我这正吃饭呢。"我扒拉着筷子,继续装傻。

"别装了,再吃就只能舔盘子了。"惜悦鄙夷地对我说。

我这才突然明白惜悦叫我来的目的。

心里有些郁闷,这秦浩搞外遇,关我什么事呀?凭什么我要负连带责任?我在心里默默地问候着秦大爷,自己偷腥把我带坑里去了,弄得我里外不是人。

眼下,看着眼前这两人同仇敌忾的目光,我连话都不敢说,生怕不小心就得罪了哪一位。

"我尽量去找他说说。"我硬着头皮,放下手里的筷子说。

"不是尽量,是一定。"惜悦狠狠地瞪了我一眼,再次强调。

"好吧,那就一定。"我心里不情不愿,但嘴上不敢说。

我知道,这事肯定还没完,暂时还只是个前奏。

果然,晚上回到家,我洗完澡躺在沙发上看电视的时候,惜悦端了杯菊花茶,优哉游哉地走了过来。

"来,先喝杯茶。"

"喝完茶之后呢?"我知道她还想谈秦浩的事情,心里不免打起了小算盘。

"然后跟我说说,到底是什么情况?"

惜悦将茶放在我面前的茶几上,又端来了一盘刚洗过,还泛着水珠的提子。在我身边坐下来，伸了个懒腰，舒舒服服地靠在沙发的扶手上，把两条腿压到我的腿上。

这是要开始审问的节奏啊，但我看着她那双白皙的大腿，心里竟然有些心猿意马。

"亲爱的，你都累了一天了，再加上旅途劳顿，我强烈建议，要不咱们到床上去谈？"我看着她，非常体贴地征求她的意见。

谁知道她却白了我一眼，悠悠地开口："我不接受你的建议。"

"为什么呀？"我用手指摩挲着她娇嫩的大腿，继续诱导，"床上还可以躺着聊天，多舒服啊。"

"少来这一套，把爪子收回去。"她一把掀开我的手，根本不上当，"少蒙我了，躺着还能……好好说话吗？"

"肯定能啊。"我还是坚持。

"就这样聊吧。"她说话间掉了个头，将身体塞入我的怀抱，头却枕在我的大腿上，睡衣的下摆随着姿势掉了下来，露出了雪白的小肚腩。

我使劲地咽了下口水。

"高总，你可以开始坦白了。"她缓缓开口。

我还能怎么坦白啊，本来秦浩搞外遇就不关我什么事，只因为他外遇的对象是何娜，而何娜的姐妹又是小花，这样一来事情却变成了我的雷区，根本不敢去触碰，生怕一个不小心把小花炸了出来。

"亲爱的，先吃颗葡萄，营养可丰富了。"我摘下一粒提子，送到惜悦口中。

她张口接住，却还是不依不饶，眼睛看着我："葡萄可是堵不住我的嘴哦。"

"这个该怎么说呢？一时还真不知道该从何说起呢。"我自言自语。

"不用着急，咱们时间很充足呢，你可以慢慢地说，我又不催你，要不就从他们如何相识说起吧。"惜悦又吃了一颗葡萄。

"这个……时间有点久了，具体的我都记不太清了，当时他们好像是通过朋友介绍的吧。"我心里有点慌乱了。

突然发现，好像跟他们有关的内容什么都说不了啊，几乎每一个细节都会牵扯到小花，这可怎么办？

"嗯，原来是这样啊，那当时你是不是也在场啊？"惜悦若无其事的一句话，吓了我一跳。

"好像……等我想想啊。"我装作努力回忆的神情。

"秦浩当了那么多年的风尘浪子，一直游走于各色女人之间，却唯独对何娜动了真情……"惜悦见我岔开了话题，却没有阻止，而是认真地听我述说，"但那个女人当时嫌秦浩太穷，满足不了自己的虚荣和败金，最终和他分手，嫁了个有钱人。秦浩伤心了好一段时间才遇到梅子，收心结婚。没想到现在又与那女人重逢，得知她过得并不好，被老公家暴打得流产，于是不知道是抱着同情还是旧情复燃，总之两人又苟且到一起了。"

我简单地叙述了整个过程，终于把惜悦的注意力引开。

"那秦浩现在是什么态度呢？"

"很矛盾吧。估计脑子也是不太清醒。"我又补充一句，"当局者迷嘛。"

"你找他谈过吗？"

"当然，但没达到预期的效果。"我张张嘴，差点不小心说出找何娜的事情，幸好忍住了。

惜悦点了点头，总结道："那说明秦浩又动心了，比我想象中的要麻烦。"

"是啊，道理其实他都懂，只是心收不回来，还有，他也不想跟梅子离婚，就想这么维持着。"

"你说这是什么想法啊？简直是自私，不负责任！你说你们男人怎么都这样啊？"惜悦脸上浮起一丝怒意，看着我出神。

"他是他，我是我好不好？你别一竿子打翻一船人。"我大声地抗议。

惜悦伸手往嘴里塞了一颗葡萄，大口咀嚼着，将头往我怀里挪了挪，看着我的表情若有所思，又问道："我都有点好奇了，那个何娜到底长什么样呢？竟然让秦浩如此着迷。"

"她呀……那是一个有着大波浪长头发的女人。"我想着何娜的样子描述道。

"噢，就只有这一个特征吗？"惜悦听到后继续追问。

"亲爱的，刚才我所说的那可是三个特征啊。"我笑着回答道。

"什么？你……"惜悦一下子就反应过来，从沙发上坐起，眼含怒意，伸手过来要揪我的耳朵，嘴里骂道，"我叫你大波，叫你浪，早就想收拾你了，整天没个正经，就知道耍流氓……"

"冤枉啊。"我大声喊道，躲避着她的手，"我说的可都是实情，不信你去问……"

她在激烈的打闹中，一个不小心摔到了我的身上，我顺势将她抱紧，压到了沙发上，轻车熟路地解开了她的睡衣，双手情不自禁地在她身上游走……

第二十四章　惜悦回国
181

第二十五章
不知所措

一个星期后，躲了我多日的秦浩在门口探着脑袋，终于主动露面了。

"高兄，在忙吗?"

他一脸谄笑，见我摇了摇头，便大大方方地走了进来。

"哟，稀客啊。"我从黑色的大班台后面抬起头，有些好奇地看着他问，"今天怎么有空登门了?"

"嘿嘿，最近忙着跑客户，好几天没找领导来汇报工作了。"他嬉皮笑脸地回应着，直接走到沙发上坐下，自顾自地泡茶喝。

"哦，最近辛苦了啊!"我附和着他说。

"不敢不敢，领导才辛苦!"他的语气毕恭毕敬，我猜他找我肯定有事。

"有事就直说吧。"我懒得跟他斗嘴。

"也没什么大事，就是跟领导汇报汇报思想和工作。"

"哦，没事就好，一会儿就该吃午饭了吧。"我看了看表，伸手按下桌上的内线电话，朝里面喊道，"小艳，订四份盒饭，秦浩说中午要请客。"

秦浩听到后坐在沙发上无动于衷，看到他那么沉得住气的样子，我估计他肯定又有重要的事要找我商量了。

他站起身来，迈着有力的步子走到我面前："咱们聊点私事?"

"行，给你半小时时间。"我懒洋洋地站起身，朝沙发走去。

"高兄，你说这女人的心思怎么就这么难以琢磨呢?"他看我在沙发上坐下来，就迫不及待地开口。

"何娜又要跟你分手了?"我漫不经心地问。

"不是，何娜那里倒是没什么变化，"他略有些不好意思，"就是梅子的变化太大了，简直天翻地覆啊。"

"怎么了？"我问。

"之前天天拉着个脸，动不动就恶声恶气，要不然就吵架，这几天突然像是变了个人似的。"秦浩面带疑惑，表情有些苦恼。

"难道变成男人身了？"我明知故问。

"去！"秦浩并不在意我的嘲讽，继续说道，"也不知道受什么刺激了，这几天不吵不闹，也不按时做饭，每天还开始化妆，镜子前左照右照的，打扮得漂漂亮亮的才愿意出门。"

我看着他，不说话，心里不由得佩服惜悦的洗脑功夫，这么快就达到了效果，真是太厉害了。

"你说说，她这状态会不会是外面有人了？"秦浩小心翼翼地问，脸上显出一丝担忧。

我差点忍不住爆笑出声，却只能锁住眉头，硬生生地憋着。

"还有什么异常？"我好奇地问。

"有，她这几天不仅经常在外面吃饭，而且连我每天的行程都不关心了。更严重的是，昨天我竟然发现她包里有两张电影票。"秦浩显得有些恼火。

"哦，这样啊，那是不正常。"我心里其实知道那是跟惜悦一起看电影的存根，但却不想此时对他说出来。

"你快给我分析分析啊，高兄。"秦浩的表情急迫而恳切。

"嗯，俗话说，女为悦己者容。梅子本来就长得不差，遇到外面欣赏她的人也不奇怪。再说了……"我若有所思地点点头，继续分析，"你现在跟何娜苟且，梅子再在外面找个人相好，这不是典型的夫唱妇随嘛，挺利于家庭和谐的啊。"

"和谐个屁！"秦浩顿时就怒了，"她肯定是在外面有人了，这娘儿们怎么这么不守妇道。"他的表情有点扭曲，"你说，她怎么能这样对我？"

"我去！亏你还说得出口，真是脸皮够厚的，你都跟人家滚床单了，凭什么来要求梅子呢？"我冷冷地说，"礼尚往来而已嘛。"

"这能一样吗？"秦浩愣了一下，脸上竟然没有丝毫愧疚。

看来，他还需要时间仔细反省。

"会不会是这段时间因为何娜的事情，你太冷落梅子了，所以她才想着出去再找一个呢？"我盯着他，慢慢地引导。

秦浩点点头："有这种可能。"

第二十五章　不知所措

"所以呢，这个时候的梅子，其实内心是非常脆弱的，也特别容易上当受骗。"

"那怎么办啊？"秦浩果然急了，"你快帮我出出主意，怎么样才能不让梅子出轨？"

"很简单啊，"我帮他想办法，"你在家不让她洗头，不让她化妆，教她打游戏，让她沉溺其中无可救药每天宅在家里，只吃泡面和零食，不爱洗澡，并且让她患得患失，精神时好时坏……"

"别说了！那他妈我得出轨！"他打断道。

"你不是已经出轨了嘛。"我嘲笑着他。

"别开玩笑了，说正经的。"他开始变得着急起来。

"嗯，我觉得呢，梅子现在还只是在给你打个小样，如果你再执迷不悟，怕是好戏还在后头呢。"我吓唬道。

"这么严重？"他脸都变了色。

"当然，自己回去好好想想吧，苦海无边，回头是岸。"我劝道。

"嗯。"他点了点头，默默思索着，站起身来往外走。

"饭马上就来了，你不吃饭了啊？"我问。

"不吃了，老婆都要出轨了，哪还有心情吃饭。"秦浩扔下一句话，打开门就走。

说得也是，我看着他的背影想道，要是这曾经叱咤风云的少女杀手自己老婆都有外遇，那岂不是让他晚节不保。

晚上下班有点晚，再加上交通如往常一般的缓慢，我和惜悦直到8点才到家。

我停好车子，正准备上楼，下意识地摸了一把口袋，然后转身抱住惜悦，一脸的感伤："亲爱的，你说我们经历了这么多的磨难，好不容易才终于在一起，可是到了现在，我却突然发现，我们好像……回不去了。"

"又没带钥匙吧？"她看了我一眼，很淡定地说道。

"哈哈，这你都能猜到。"我不禁感叹她的机智。

"又不是一回两回了，整天丢三落四的，熊样。"

为了庆祝惜悦能如此懂我，我们决定不在家做饭，去小区附近的饭店吃了些东西，然后两人牵着手散步回家。

此时的街道已经灯火通明，但路上除了偶尔有几对散步的情侣，大多数都是刚下班急匆匆往家赶的人。这是个快节奏的城市，每个人在这里生活都有着一定的艰辛。

我在脑海里整理着公司工作上的思绪，不紧不慢地往前走着。

惜悦走在我的前面，沿着人行道地砖的盲道，双腿交叉地走着直线。她像个小姑娘一样灵巧地在上面扭来扭去，身上的印花裙左右摆动，就像一只振翅欲飞的花蝴蝶，快乐又无忧。我跟在她后面，静静地欣赏着，心里充溢着宁静的幸福。

有时候，真佩服女人保持平衡的本事，穿着那么细的高跟鞋，竟然也能走得那么稳稳当当。

正这样感叹着，她突然歪了下身子，我的心跟着一下子悬空。可她只是那么晃了一下就随即站定，突然转过身看我。路灯下，那一回眸的笑颜，璀璨、明媚，就像划过夜空的流星一般炫目，又像是这黑夜中盛开的昙花一般绚烂，那一刹那的美丽，定格在了我的脑海里，融进了我最深的青春记忆。

"愣着干吗，快走啊。"

她的声音从不远处传来，像是惊扰了我的梦境。

我回了下神，快走几步赶上去，伸手拉住了她的手。

"惜悦，你知道你有多美吗?"我的目光有些迷离。

"喝多了吧，花痴。"

"我说真的。"我把她紧紧地拥在了怀里，情不自禁地用力抱紧。

一个女人的魅力，不单单取决于她是否有着美丽漂亮的外表，更取决于她的气质和自信。我想这应该是惜悦征服我的最大原因吧。

一丝夜风迎面吹来，掠过两旁道路的树梢，亲吻着我们的脸颊。我们就这样手拉着手，披着城市夜晚柔和又温情的灯光，沉浸在此刻令人陶醉的美好里，一步步朝着温馨的家走去。

却全然不知一场风暴即将来临。

电话铃声在我口袋突然响起，把我从恍惚中拉回现实。

我掏出手机看了一眼：骆琳。

"高寒，在干吗?"她那边传过来的声音特别大。

"在散步。"我看了一眼惜悦，继续抱着她的肩膀，用口型说了两个字：骆琳。

"挺惬意的嘛。"骆琳说，"在哪儿呢?"

"就在小区附近啊。"

"好，等着，马上到。"骆琳说完，挂断电话。

"骆琳马上要过来。"我老老实实地对惜悦说。

惜悦听到后脸上露出了一丝意外的神色，用审视的目光看了我一眼。

"她怎么会知道你住哪里？"

"是的，我跟她说过。"这话一说出来，我就有些后悔了，心里开始打着鼓。

等我们走到小区门口，远远地就看到骆琳的白色路虎快速开了过来。

"我回避一下？"惜悦问。

"不，不用啊。"我拉住惜悦，硬着头皮迎上去。

惜悦也没有推脱，只不过，当我朝骆琳的车走去时，她的身影明显落在了我身后。

骆琳停好车，随即打开车门，大步走向我。

"嘿，高寒，你落了一件衣服在我家。"她说着，手里举着个塑料袋，"我已经顺手帮你洗了。"

才听到她的第一句话，我就像是下雨天被一道响雷劈到，当场就愣在了原地。

她好像没有注意到我的表情，笑眯眯地把塑料袋推到了我面前，好像还期待着我说声谢谢。

我身体好像已经失去了意识，木讷地接过来，像是接过了一枚 TNT 炸弹。

"咦，你脸色不大好，哪儿不舒服吗？"她关切地凑到我眼前，这才抬头看我，然后看到了身后的惜悦。

"没有。"我有些慌乱地说，然后转身拉过惜悦，拥着她的肩膀："那个……我跟你介绍一下。"

"是骆小姐，骆琳吧？"惜悦先开了口，"我是 HY 的王惜悦。你好！"

惜悦微笑着主动伸出了手。

"噢，你好你好。久仰大名！"骆琳怔了一下，马上反应过来，伸出了手，"果然名不虚传啊，美女 CEO，又漂亮又有气质。"

"过奖了，高寒经常跟我提起您，说您一直对我们公司很照顾。非常感谢！"惜悦继续说。

"哪里哪里，客气了。"骆琳笑了，"那什么，我就是来给高寒……总送个东西，没有打扰到你们吧？"

"没有没有，"惜悦看了我一眼，顺势邀请道，"要不上我们家一起喝杯茶？"

"不用了。我刚健完身，正要回家呢。先走啦，再见！"

骆琳挥挥手，转身上车，在车里还朝我们做了再见的手势，然后踩着厚重的油门，绝尘而去。

而我，从头到尾只说了一句话，既没有我插话的机会，也不知道该说啥。

惜悦目送着她的离去，淡淡地扫了我一眼，转头就往小区里面走。

我急忙跟了上去。

进了家门，她并不看我，也不说话，直接进了洗手间洗澡，撇下我一人不知所措。

这事我从来没跟惜悦报备过，就是怕引起不必要的猜测和怀疑。结果，现在果然惹麻烦了。

而且，这事正好发生在她去美国的那段时间，连我自己都觉得有些说不清了。

这下可怎么办呢？我六神无主地在洗手间外来回走动着，那沐浴的哗哗流水声，像是砸在我心上的瀑布，泛着壮阔的波澜，撞击着我的心灵。

我觉得自己的运气真的很背，口红事件若算得上是无妄之灾，那这次的事该如何来定罪？惜悦会饶过我吗？这样想一想，好像真的有点严重了。

她表面上很平淡，可说不准心里早已经是惊涛骇浪了。

骆琳啊骆琳，这衣服你早不送晚不送，偏偏在我们散步的时候送，叫我怎么说你好。

终于，惜悦披着一头湿漉漉的头发走了出来。

我殷勤地跑进洗手间，拿出浴巾，就想帮她擦。

她却伸手接过浴巾，不动声色地看着我问道："干吗呢？"

"帮你擦头发呀。"我屁颠屁颠地跟在她后面。

"不敢有劳了，高总可是大忙人啊。"

惜悦的话，没有什么特别的情绪，然而，却十分刺耳，我分明看到她眼中积聚着乌云。

要变天了。

"惜悦，这事有点复杂。我……"

"那你就挑简单的说吧。"她打断我，"你就说说你的脏衣服为什么会落在骆琳那里？"

"我……我去她家了。"我心里很慌，头上开始冒汗。

这件事情我到底怎么才能解释清楚啊，这样说出来连我自己都要怀疑干了什么坏事了。

"这是哪天发生的事情？"惜悦接着问。

"上周末……"我结结巴巴地说，"上周末，我跟她去了一趟广州，然后……在广州住了一晚。我换洗的衣服……可能当时收拾的时候落下了，回来就……一直找不到……"

我突然很想抽自己一巴掌，这像是在解释吗？

"惜悦，你听我说，不是你想的那样，我跟你从头说起……不是……"

"你们一起住她家？"惜悦直接跳开我的话。

"是的。"我非常沮丧。

"很好。"

"不是你想的那样，我们……是分开住的。"

惜悦短暂地沉默着，定定地看了我一眼，一双明亮的眸子泛着冰霜，令人不寒而栗。

"我前脚刚去美国为公司跑技术的事情，你后脚就住到她家去了。"惜悦突然被气笑了，"这次，你不会告诉我她又喝醉了，让你跑到广州她家里去救她吧？"

"不是那样的，完全不是你想的那样，惜悦，你相信我。"

我真急了。更着急的是，我现在完全没有了思路，都不知道该怎么样才能把这个问题解释清楚。

"你该干吗干吗去吧，我想静一静。"惜悦说着，放下浴巾，就去穿鞋。

我慌忙跑去拉她。

"你要去哪里？"

"我出去走走，静一静。"

"不行，你不能走。"

"高寒，你可以跟人家去广州家里住，我连出门走走都不行吗？"

惜悦的脸上阴云密布，看得出来已经处于恼怒的边缘，她在努力克制着。

"你先听我把整个事情讲完，好吗？"事情都还没有说清楚，我说什么都不能放她出门。这种失去理智的情况下，万一产生什么严重的后果就惨了。

我就这样抓住她的手僵持着。

"你松手！"她生气地喊道，然后甩开我的手，并没有马上出门，而是转身去房间里拿她的包和车钥匙。

"惜悦，你现在情绪不好，不能开车。"我跟在她身后，劝慰道。

"拜托你闪开，我想回自己家好好静一下，请你不要跟着我。好吗?"她的言语已经没有刚才的怒气，但这样的表情反倒让我更担心。

"惜悦，你就不能听我把事情讲完再决定吗?"我拉紧了她的衣角。

"不好意思，我现在没有心情听。而且，我觉得我们都应该冷静下来想想，你不认为你应该反省一下自己吗?"惜悦的态度异常坚决。

我横在门前，想了又想，只好放软姿态，企图做最后的努力。

"惜悦，我知道你很生气。要不然这样，你如果一定要走，我就开车送你。不然你一个人开车我不放心。"

"行，高总真是体贴入微啊，对骆琳也这样吗?"她的话里都是刺儿。

"说什么呢? 她又不是我的女人，我凭什么对她那么好。"我一把抢过她手里的钥匙，然后冲进卧室拿了几件衣服，又去洗手间收拾了洗漱用品。

"你这是要干吗?"惜悦奇怪地问我，表情冷冷的。

"换洗衣服和咱俩的牙具呀，不然我住你那边穿什么?"我一本正经地说道。

"你……"惜悦气结，停了一会儿才摇着头说道，"你脸皮怎么这么厚?"

"咱们早就说好了，永远也不会再分开。所以，你去哪儿我去哪儿，天经地义。"我喃喃说道，"这哪能叫脸皮厚啊?"

惜悦胸口起伏着，突然气咻咻地把包往鞋柜上一扔，坐在餐桌旁生闷气。

第二十五章　不知所措

189

第二十六章
掉进醋缸

我倒了杯水，递过去。

"老婆，你先喝杯水，消消气啊。我去给你洗点水果。"

"谁是你老婆？别乱叫！"惜悦恼怒地说。

我把苹果递给惜悦，她不接。我直接送到她嘴边，她一把推开了。

"王总，我有个问题想请教下你……"

惜悦瞪了我一眼，不接话，但是明显已经没那么生气了。

"我觉得吧，咱们现在好歹也是法制社会，凡事都得讲个程序，就算是定罪也得给个辩白的机会，你说是吧？"

她扭过头，还是沉默着不说话。

"您先消消气，别气坏了身子。等什么时候心情好了，给个机会让我把自己的罪行坦白交代一下呗。"

惜悦哼了一声，站起来换鞋，直接进卧室关上了门，咔嚓一声反锁了。

我跟过去敲门，装可怜地求饶，一分钟后，门突然被打开，在我还没来得及窃喜的同时，一床被子扔了出来，我的希望彻底破灭了。

在冷战了一天后，惜悦还没跟我和好，我心里不免有些着急，把秦浩叫到办公室，可怜兮兮地找他诉苦。

"秦老师，以你的经验来看，我要怎样才能解除目前的冷战状态啊？"我诚恳地向他取经。

"什么事情引起的？"他坐在沙发上跷起了二郎腿，一副高高在上的样子。

"还不是因为骆琳。"我心里想到就来气。

"哦，原来如此。呵呵。"他听到后又露出一丝幸灾乐祸的神情，好像终于找到了心理平衡似的。

"早上竟然不坐我的车，晚上回家也不说话，这女人也太不理性了。"我一副无可奈何的表情。

"高兄，这话你就说错了。"他打断了我的埋怨，一副过来人的样子，"不管是什么女人，在面对感情时，都免不了入乡随俗，因为爱情本来就是自私的，即使是内心强大的惜悦，也不可能在这种事上大度起来，所以你千万不要和女人谈理性，如果哪个女人理性，那么就是我们的判断不理性。"

"嗯，好像有点道理啊。"看来最近的出轨让他经验值暴增，对于女人，他是了解得越来越透彻了。

"那我应该怎么办呢？秦老师，指点下迷津。"我语气诚恳。

"还能怎么办？别磨叽了，赶紧想尽一切办法找惜悦道歉去。"他说完又语重心长地补充了一句，"我跟你说，跟女朋友道歉这件事，迟一分钟难度至少增加一倍。"

"有没有那么夸张啊？"他的话吓了我一跳。

"当然了，别怪我没提醒你啊，这好听的话到时得省着点说，不然说着说着你就编不下去了。"

"哈哈，看来最近的婚外情没白搞啊，这御妻攻略是一套又一套的。"我取笑道。

"你不也有很多攻略吗？对了，你说的那个生气就拉床上啪啪的方法难道不管用了？"他一脸的疑惑。

"唉，别提了，我怀疑之前就是这个方法用得太多了，导致惜悦现在动不动就爱生气！"我有些委屈地说。

"你就吹吧。"他大笑了起来。

正说话间，周工敲门走了进来，脸上带着掩饰不住的欣喜笑容。

"两位老总，特大好消息，刚刚接到了通知，咱们兼容了新技术的产品，已经正式通过运营商的入库测试了！"

"太好了。"我高兴地说道，随后就接到了陈战的电话，他也在第一时间知道了消息，我们约好紧急召开最后一次的竞标讨论会。

下午两点，与会人员准时到场。

大概是为了摆明自己的态度，惜悦故意坐在离我有几张椅子的远处。尽管她脸上看不出任何特别，跟所有人都挺热情，却有意回避着我。

只是，这样一来，她就刚好坐在了陈战的对面。而且从她坐下开始，陈战就很热情地跟她打着招呼,两人有说有笑。

我感觉陈战应该是敏感地捕捉到了惜悦今天的异常,所以眼中流露出一丝意外,神情也比平时更热情了一些,而惜悦好像丝毫没有介意的意思。

我看着他们两人不时用言语交流,用表情互动,心里很不是滋味。

难道我是在吃醋吗?会不会是我太敏感了?

会议正式开始,秦浩介绍完此次的会议主题后,陈战的助理小慧将计算机连接上投影仪,缓缓开口:

"大家好,马上就要到投标截止日期了,今天是咱们最后一次的竞标讨论会,非常庆幸也值得高兴的是,我们的新技术终于通过测试了,这会成为我们此次中标的最大保障。接下来,我给大家介绍一下此次竞标的具体情况。"

话音刚落,小慧迅速移动着手里的鼠标,打开了计算机上的 PPT 文档,大家一齐将目光投向了墙上的投影仪幕布。

"关于此次竞标的方向,运营商更偏向于国产品牌,这个陈总在上次开会时已经给大家分析过了,我今天就不重复了,下面我要说的是竞标规则这一块。以目前招标书上的程序条款、技术条款、商务条款的规定来看,运营商的政策较以往有了很大的调整。首先是产品招标中的价格因素占比,这次降低了很多,由以前最低价得分最高分的评分方式,变为了商务占比只占三十分。而技术指标上升了很多,权重竟然达三十分,与商务齐平,其次各占二十分的是企业规模和生产能力,以及产品质量与售后保障。这说明招标方已经充分认识到了技术创新和优先配置的重要性,而不像以往的低价第一策略。更值得关注的是,根据运营商最新的资本开支计划,今年的终端补贴将从去年的一百七十二亿元人民币提升至两百亿元人民币,而且其中大部分补贴资金都用于智能手机。因此可以看出,此次招标政策确实发生了质的变化。"

小慧继续拨动着鼠标,给大家介绍:"第二,是针对咱们的竞争对手的资料分析,此次入围的厂家品牌一共有六家,其中华为海思和中×已经针对TD-LTE 和运营商网络特点推出了五模十频的芯片方案,这是目前为止国内最先进的产品,但是由于成本过高、芯片技术处于前沿、出货量还不稳定等原因,在这次的中低端产品竞标中反而比较吃力,相对来说并没有优势,因此我们的真正对手是念想集团、鼎新公司,还有一家后来居上的新兴品牌 K米,由于大家都使用的是联发科刚推出了的 4G 八核方案,所以在成本、技术、质量等方面大同小异,咱们的延长电池续航里程的新技术就显得尤其重要了。"

"这个念想集团啊，在智能手机领域，近几年算得上是市场上最大的黑马了。"陈战接过小慧的话，补充道，"在 2010 年，他们在国内的市场份额仅为1%，但目前竟然已经达到 15% 左右，这两年以产品组合的方式抢夺细分市场，并且与电信运营商合作深耕中低端，据说现在出货量仅次于三星、苹果品牌，已经成为中国市场上的三大智能手机厂商之一。至于鼎新，这个是 HY的老对手了，具体情况可能大家比我们还清楚，值得一提的是，他们针对此次的竞标，特意优化了产品配置，在用户体验这一块也有很大的突破，所以我们不能掉以轻心。关于另外一家的 K 米品牌，这个好像暂时没发现有什么特色，总之大家一定要打起精神，严阵以待，齐心协力，满怀信心地拿下这个订单！"

会议室里爆发出一阵欢呼声和热烈的掌声，接下来的内容是继续商讨制定最终标书的细节。气氛非常好，大家情绪都很高涨。

晚上，我请全体投标工作组的成员吃饭，算是对大家这期间的辛苦工作表示谢意。地点定在离公司不远的一家粤菜馆，价格适中，包厢挺大，能够坐下我们全部的人。特别方便的是不用开车，只需十分钟步行的距离。不需要大队人马找停车位，这在市区是一件多么不容易的事情。

出门的时候周工跟我说了下样机的事情，小慧收拾计算机落在最后。等我们说完，一转眼的工夫，惜悦已经出门了。我到公司外面时，秦浩在门口打完电话正好收线，走到我身边。我看到惜悦正跟陈战有说有笑地随着公司的人往前走，小慧跟周工落在了最后。不知小慧问了周工什么，周工正在解说，我回头的时候，刚好看到小慧目不转睛地看着他，笑容中含着深意。

不知怎么回事，当看到周工面色微红、表情略有些兴奋的时候，我突然觉得心里有点不对劲，但具体又说不上来。

秦浩在我旁边跟我讲的什么，我有点走神儿了，根本没听进去。

等我走进餐厅的时候，惜悦已经和陈战坐在一起，惜悦身边坐着小艳，这明显是惜悦故意的。陈战的身边坐着韩星，见我过来，韩星要起来让座，我伸手制止了。这本来就是一个随意的晚餐，不用这么正式，也不必讲究那么多了，便和秦浩坐到了他们对面。小慧在这种场合特别注意身份，直接和周工一起坐到了另一张桌子旁。

我率先端起了酒杯，感谢大家的付出，这两个多月的努力，今天终于有了一个让人满意的成果。

平心而论，为了这次竞标，整个团队付出的都是非常多的，虽然公司出了这么严重的状况，但还是很庆幸背后有这个团队的力量一直在支撑着我。

有了酒和满桌子的菜，再加上都是年轻人，气氛一下就变得热烈了。大家吃得生龙活虎，谈得热火朝天。

这次聚会，是这两个多月来最轻松的一次。从之前的局势不明朗，到 HY 险些失去资格，再到今天拥有了一项明显领先的技术，无疑在这次投标中对我们是非常有利的。

我跟大家一一碰杯，包厢里传来朗朗的笑声。

从大家兴奋的表情中，我看到的是期待和自信。看到这样的场景，我觉得落在自己肩上的责任和使命感更强了。而我绝不能够让大家的期待落空。

谈得兴致勃勃的，不光是大家，还有惜悦和陈战。

我发现陈战跟惜悦说话时的表情是不一样的，跟惜悦说话时，表情明显地柔和、生动，始终面带微笑，不光是有手势，也会有像吃惊、夸张的表情。略低头、扬眉毛、点头、端详……十分丰富，虽然他也会照顾到身旁的韩星，但绝大多数的时候，都在跟惜悦讲话。

这会儿不知道他们说到了什么，聊天改用了英文，一大串说完，惜悦居然高兴地站起来与陈战碰杯。

我最讨厌别人在我面前说洋文了。

惜悦却兴奋得满面红光，举着酒杯说道："这一杯必须喝完，真没想到我们居然是校友！"

陈战也开怀大笑，高兴地跟她碰了下杯，打趣地问道："那我得叫你师妹了，王总？"

"哈哈，cheers。"

随后俩人交换了自己的英文名字，又聊起了母校的那些事，彼此都沉浸在回忆当中，越聊越投机。

惜悦不知道是不是在故意气我，交谈中笑得灿烂无比，聊得那么兴高采烈，根本都不理睬我注视着她的颇为不满的目光。

虽然惜悦是个漂亮的女人，平时跟她走到哪儿都能看到男人倾慕的眼光，但是，陈战的眼神特别让我不舒服，深邃迷离而又专注，恨不得把惜悦整个魂都吸纳进去。

我不知道自己神色变了没有，但脸上还是勉强挂着笑，心里却有一阵阵的怒火在升腾。

自己太在乎的东西，别人碰一下都会觉得是在抢。

面对这样的情景，我能有不吃醋的理由吗？

为了掩饰自己的不快，我故意大声招呼大家吃喝，再次跑到另一桌去敬酒。才一站起来，就触碰到小慧看向惜悦和陈战不安的目光。

那目光，很冷，与其说是嫉妒，不如说是像刀片一样锋利地射向惜悦，一片寒芒。

这让我不由得打了个冷战。

她对惜悦这种不友好的目光，让我本能地产生警觉。

小慧不断地跟周工和颜悦色地说着话，眼睛却总是在间隔中有意无意地扫向陈战与惜悦这边。

在看向陈战时，她的眼中满是哀怨与不舍，她爱陈战，这点我已确信无疑。而让陈战挪不开视线的惜悦，此时却成了她眼中的一颗钉子。

"高兄，今晚这顿饭真是吃得很有意思啊！"秦浩突然在边上意味深长地说道，一副看热闹不嫌事儿大的表情。

我喝完杯里的酒，沉默着没有答他的话。

可更气人的还在后面：惜悦和陈战竟然不知怎么聊到电影，扯到宫崎骏了。两人的兴致越来越高，什么《龙猫》《千与千寻》《天空之城》这些我一部都没看过。

这让我情何以堪？突然就觉得面子上有些挂不住了，我深爱着惜悦，却并不知道她有着这么多的爱好，这是多么失败的一件事。

兴奋的陈战此时居然跟事先预谋好了一样，突然从包里变出几张音乐会的票，说是明晚刚好有个深圳音乐厅演出的"千与千寻——久石让·宫崎骏经典动漫视听"大型交响音乐会，由于票源紧张，他很早前就订好了，献媚似的拿出一张票，问惜悦有没有兴趣，惜悦二话没说，毫不犹豫地接了过去。

我简直快要被她气死了，她当我是死人吗？

秦浩可能是看到了我黑着的脸孔，掏出烟盒朝我说道："要不要出去抽一根？"

"行。"我点点头，和他一起走了出去。

我们站在窄小的过道里，一人点了一支烟，看着缥缈的烟雾从手中缠绵缭绕，这个时候，周工也在后面跟了出来，秦浩递了一根烟给他。

"周工，你跟小慧很熟吗？"我很随意地问道。

"不熟，但是她好像对我很热情，我也不知道怎么回事。"周工喝了酒，脸上红红的。

"嗯，凡事多留个心眼儿，你现在可是掌握着 HY 的核心技术呢。"我提醒道。

"高总，你放心吧，我心里有数，不会让公司蒙受损失的。"他吸了一口烟回答道。

"周工找女朋友了没有？"秦浩在一边好奇地问。

"还没有呢。"周工不好意思地点了点头。

我笑了笑说道："那可要赶紧了。"

"拜托，现在这世道能找个女的都不错了好吗？"秦浩又把话接了过去。

周工正吸着一口烟，一下子被呛得咳嗽个不停，眼泪都出来了，摇着头看了我们一眼，灰溜溜地进去了。

"你这样子是在教坏年轻人。"我狠狠地瞪着他说道。

"嘿嘿，做技术的果然性格要内敛很多，对了，我不是叫你去找惜悦道歉吗？看刚才这情形，你还磨叽着一直没去？"他看着我满脸疑问。

"哪有时间啊，准备晚上回去再说。"

"嗯，抓紧吧，其实咱们男人生气就和放炮差不多，一点就着，炸完扫扫地就没事了，可是女人……"他吸了一口烟，欲言又止。

"女人怎么了？"我追问。

"唉，这个女人生气啊，就和会员卡积分一样，一次加个几分，没多大事，但是等积分满一百了，就会给你兑换顶绿帽子。"

"你……"

他笑了笑，若无其事地把烟头扔到地上，然后猛踩一脚，大摇大摆地走进了包厢。

我看着他的背影，竟然无言以对。

第二十七章
温柔的陷阱

　　聚完餐后，大家开始告别回家，惜悦坐我的车，却在回到小区停车场后自己先坐电梯上楼了。

　　我酝酿一晚上的怒火，终于要轰轰烈烈地爆发，准备找惜悦秋后算账！

　　我用力地关上车门，大步流星地穿过车库，胸中的怒火熊熊燃烧着。我憋足了劲，准备跟惜悦大吵一架，一切蓄势待发。这将是我第一次向她大发雷霆，我要让她知道男人都是有脾气的！

　　脱鞋进门的时候，我听到惜悦在厨房的声音。于是走了进去，按照自己设计好的台词，铿锵激昂地开始：

　　"惜悦，你到底是什么意思？"

　　"怎么了？"她头也不抬，若无其事地洗着手里的苹果。

　　"你一晚上跟别的男人腻在一起，当着我的面那么亲热地说话，到底是什么意思？"我怒气冲冲地质问。

　　惜悦没有马上接我的话，而是拿起一把水果刀，飞快地在苹果上转着，果皮宛如一只轻轻点过水面的燕子，时而向下，时而朝上，绕着苹果自由地飞舞。

　　"我在大庭广众之下跟人说了几句话，有什么问题吗？"

　　她斜了我一眼，话说得不疾不徐，态度不卑不亢，轻松而又自然。

　　"你……你那是只说了几句话吗？"我的语气有些激动。

　　"噢，对了，"她漫不经心地说，"我还向他要了一张音乐会的票，不过如果你要是能买到，我可以马上还给他。"

　　她轻轻地抬起头，淡然地看着我，一双灵动的大眼睛中带着几丝询问，这等于是把刚才的话一下子变成了疑问句：你能买到票吗？

"我……"

我语无伦次，乱了阵脚。

但是仔细一想又发现不对劲，明明是我在质问她，怎么搞得她还占了上风了？

"你，你，你还有理了？"我很不服气，急促地说道。

"那你说说我怎么没理了？"惜悦盯着我，一脸的疑惑，随即嘴角勾起一丝嘲讽的微笑，"我是单独跟他回家了还是让他给我洗衣服了啊？"

我一下子被噎得说不出话来。

"这……根本就不是一回事啊？"我有些沉不住气了。

"是吗？"

惜悦把刀收好，咬了一口苹果，悠然自得地边吃边往外走。

"你的意思是，一定要我也去广州跟他睡一晚，就是一回事了？"

我快要被她气死了。她这话虽然歪曲了我的意思，但又好像符合逻辑，我发现我根本说不过她，可这一晚上她对陈战的那眉眼、那笑靥总在我眼前晃着，想想就要发疯。

我狠狠地把自己甩到沙发上，郁闷得说不出话来。

惜悦啃着苹果，坐下来打开电视，舒服地靠在沙发上，像是什么事情都没有发生一样。

而且，不知道电视在播什么肥皂剧，她竟然还跟着笑出了声。

这也太不把我当一回事了！

我腾地一下从沙发上站起来，惜悦的笑容还没散去，本能地转过头来，有些意外地打量着我。那柔软而卷曲的发丝垂在肩膀的两侧，一双眸子若繁星般璀璨，纯净得像没有一丝污染的夜空，嘴唇上泛着润泽的光，似乎还染着苹果的甘甜。

这模样太迷人了。

在这个祥和的夜晚，她就像是童话故事里享受着幸福安宁生活的甜蜜女孩，而我此时却好比一头暴怒的狮子，杀气腾腾的样子与她无辜的表情显得十分不和谐。

"你这是怎么了？"她说话的同时眯着眼睛笑，笑容里带着一丝魅态，像是一个魅惑众生的妖精。

我越发激动的情绪，却让房间里的气氛变得十分诡异。

我突然发现自己拿惜悦没有办法，她就好像渗入到了我的身体，熟悉我全身上下的每一处细胞，随便动动手指头便能左右我的情绪。

我一屁股坐在茶几上，挡住了她看电视的视线。

"惜悦，我们好好谈谈吧。"

"好啊。"她点点头，拿过遥控器，啪的一声关掉了电视机。

"我先把那天的事情经过跟你汇报一下，咱们好好聊一下好吗？"我的情绪虽然还是有些激动，但不得不说出了软话。

接下来我便把那天的经过，详详细细地说了一遍。

但是有两点我直接省略了。一是骆琳父亲说的小琳喜欢我那句话，还有就是梁叔透露出惜悦是骆琳托关系救出来的事实。

虽然这件事说出来可能会更利于她对我的谅解，但我并不想因为这个而让惜悦有心理负担。

惜悦静静地看着我，半天没有说话，我被看得心里发毛。

"惜悦，你要相信我，我并没有做任何对不起你的事情，而且自始至终我都是被动的。"

"还敢说没有？"她张嘴问道，脸上有一丝浅浅的怒意。

"是真的没有。"

"那你知道我为什么生气了吗？"

"知道，我不该瞒着你去她家，应该提前跟你沟通的。"我赶紧点头承认错误，又补充了一句，"主要我也是怕引起误会，才没敢说。"

这本来就是事实。

"你的确不该瞒着我。"她重复着我的话。

"是的，我错了，今晚你也罚过我了，这事就过了好不好？"

"哼。"惜悦哼了一声，翻了个白眼，继续吃苹果。

我一把将她手里的苹果抢了下来："给我吃吧，晚上气得饭都没吃好。"

"活该！"

"老婆，真的很饿。"我拿着苹果猛啃。

"饿死算了，免得再到处招蜂引蝶。"

"老婆，去给我下碗面条吧，补偿一下我的脑细胞。"我脸上嬉笑着。

"谁是你老婆了？脸皮真够厚的。"

"王惜悦。"

"我才不是，自己动手，丰衣足食。"她把头扭向了一边。

第二十七章　温柔的陷阱

"去嘛。"我摇着她的手臂，软磨硬泡。

"就不去。"她嘴里还是倔强地没有答应，身子却从沙发上站了起来，慢慢走进厨房。

我屁颠屁颠地跟了过去，手臂环着她的腰，把她圈在怀里。

"高寒，为什么我每次做饭的时候你都像跟屁虫一样跟着我？"她回过头来嗔问道。

"因为我特别喜欢跟你在厨房里的感觉，这里弥漫着温暖的烟火气息，一切在热气腾腾、香气四溢中变得非常真实，这是一种触手可及的幸福，更能感觉到家的味道。"我的手包裹着她的手，下巴搭在她的肩头上，擦着柔软的鬓发，喃喃说道。

她满意地点了点头，脸上露出了开心的微笑，我们两个人四只手心不在焉地切着一把大葱。

"这样根本就不好弄呀，容易切到手。"她嘴里虽然这样说着，却又舍不得将我推开。

"那就小心点啊。"

"对了，你明晚愿意陪我去听音乐会吗？"她突然转过头来，贴着我的脸问道。

"你还好意思说，当着我的面都那么明目张胆，而且，你不是只拿了人家一张票吗？"我奇怪地问。

"嘿嘿，趁你们出去抽烟那会儿，找他再拿了一张。"她吃吃地笑着说，脸上露出调皮的表情。

"好啊，你竟然敢算计我。"我的两手忽然往上挪了位置，直接放到了她的胸部。

"你要干吗？到底吃不吃面了。"她开始不停地挣脱。

"当然要吃了，但是得先对你进行应有的惩罚。"我说话的同时，两手伸进了她的衣服。

"讨厌，你先洗澡去！"

"嗯，一起洗。"我将她抱了起来，不顾她的抗议和呼叫，直接朝浴室走去。

第二天中午，想到小慧有故意接近周工的嫌疑，我直接找到了行政部办公室，让陈姐找人调查一下小慧的背景和资料，由于公司的内奸还没有查出来，再加上又是非常时期，防范强点总不是坏事。

深圳，没有勇气再说爱 ②
200

交代完后我又去找秦浩，走到他的办公室敲门却没有任何反应。

我站在门口凑近耳朵仔细一听，里面隐约传来此起彼伏的呼噜声，于是直接推开门，走了进去。

秦浩趴在沙发上睡得正香，我急着要拿到资料，只好将他喊醒。

"啊？我是谁？我从哪里来？我的钱到哪里去了？"他仿佛从梦中惊醒，一脸惊恐地看着我。

"你的钱都泡妞花光了。"我没好气地说道。

"你干吗呀？人家正在做着美梦被你吵醒，你没看到我正在睡觉吗？"他揉着眼睛质问我，好像屁眼里都是气似的。

"别磨叽了，我找你拿点重要的资料。"我催促道。

他很不情愿地从沙发上爬起来，走过去打开计算机。手里一边操作着，一边看着我说道："对了，正好你过来了，我有事要跟你说。"

"什么事？"

"那个……"他一副难以启齿的样子。

"怎么了？还支支吾吾的！你想说啥就说嘛！咱俩谁跟谁啊？"我感到很奇怪。

"也没什么，就是那个……最近股市亏了不少，我想借点钱解套，也不多，五万元十万元的你随意给……"他犹犹豫豫地说道。

"你还没回答我的问题呢，咱俩谁跟谁？"我白了他一眼，他的口气真豪爽，把我当土豪的节奏。

"哎，高兄，江湖救急嘛，快点啦，解套了就还你。"他开始死皮赖脸地求我。

我无奈地掏出手机给他转了五万元，然后对着他咔嚓一声，拍了张照片。

"你干吗呀？"他嬉笑着问道。

"把你这副嘴脸拍下来，不然我怕今后找你还钱的时候，你就不是现在这副模样了。"我说完就走出了门。

"你大爷的！"

我刚回到办公室坐下的时候，很意外地接到了张丽丽的电话，直接约我见面。

我不知道她找我有什么事，但是竞标在即，在这个节骨眼上联系我，肯定是要给我带来重要的消息。

我犹豫了一下，爽快地答应了。

第二十七章　温柔的陷阱

下午接到她的短信，见面的地点约在维也纳酒店大堂。

我没有多想，但有了前车之鉴，我还是跟惜悦报备了这次的见面。

"这个时候约你，她有没有透露什么事？"惜悦的眼神清澈透亮，若有所思。

或许只有女人才最了解女人，她肯定察觉到了什么。

但我能说张丽丽装扮得娇艳，有诱惑我的嫌疑吗？

那样就等于是承认自己真的在招蜂引蝶了。

"我也不知道，可能是有什么关于竞标的消息吧，毕竟她对 HY 还是有感情的。"我只好含糊其词地说道。

"去看看吧，但是一定要注意点。"惜悦意味深长地看着我，最后那句话还故意加重了音量。

我到达酒店的时候是下午四点整，扫了一眼大堂和侧边的咖啡厅，都没看到张丽丽。于是就在咖啡厅找了个显眼的位子坐下，她只要进入大堂往这边扫一眼，应该就能看到我。

等了约十多分钟，我等得有些无聊的时候，张丽丽的电话打了进来。

"高寒，我是丽丽，你到了吗？"

自从上次见面张丽丽纠正过我以后，她就自称丽丽了。

"到了，丽姐。"在称呼上我做了个折中，故意将张姐改成了丽姐，和她拉开一点距离，"我在大堂咖啡厅，你一进来就能看到我。"

"我在 615 房间等你，上来吧。"

嗯？这是什么情况？她这话让我有点吃惊。

"丽姐，要不还是在咖啡厅吧，说话方便。"我犹豫了一下说。

"还是上来吧，有些重要的东西只能在这里给你，快点。"

张丽丽的语气有点奇怪，像是有些隐忍、有些忐忑，随后不等我最后一个音发完就迸出这句话，立马挂断了电话。

我不知道房间里是不是只有张丽丽一个人，或者还是有其他的人。

什么样的东西保密性那么强，必须要在酒店房间才能给我？

难道是张丽丽将公司的什么绝密文件带了出来？

可是，她这样一而再、再而三地帮我，目的到底是什么呢？

我从不相信天上有掉馅饼的事情。

去还是不去？我纠结了一会儿，还是起身上楼。

我按了下门铃，张丽丽并没有让我久等，声音刚响起，就很快开了门。

"请进。"她侧身将我迎了进去。

迎着我转身看向她探寻的目光，张丽丽笑得十分妩媚。

随即房门在我身后重重地关上。

我扫视了一下房间，里面只有张丽丽一个人。她披着一条宽大的披巾，下面是一条黑色的丝质长裙，披巾盖住了整个上半身，却挡不住胸前那片诱人的雪白。

"高寒，你坐。"张丽丽上前扶着我的胳膊。

我没有动。

"丽姐，你这是……"

这是一个单人房间，一张宽大的双人床醒目地放在正中，客房里的窗帘是拉上的，灯光调到柔和的状态。靠近窗边的茶几上摆放着水果和一瓶已经开启的红酒，两只高脚杯。

看着屋里的这些，我心里有一种不太好的感觉。

"先过来坐吧，我今天有非常重要的东西给你。"她再次上前来挽我的胳膊。

这个时候我如果转身离开，或许就不会有后面的麻烦。但是，人性都是有弱点的，我那该死的好奇心此时却占据了上风。我隐约地感觉到，她要告诉我的一定与此次投标的事情有关。

我不着痕迹地躲了一下，走到茶几边，顺手将厚重的窗帘拉开了，此时，虽然还有一层白色的纱帘，但房间已经光线大亮。

张丽丽没有反对，伸手拿过酒瓶，开始倒酒。

"喝一杯？"

她今天将自己打扮得非常漂亮。描得细细的眉毛、高挺的鼻梁、瓜子脸上红得恰到好处，闪亮的眼睛上睫毛翘得很弯，又长又密，红润的嘴唇被勾勒得极其性感。可以说，完美得就像杂志封面的女明星一样，找不到一丝破绽，妖娆而又风情万种。

第二十七章　温柔的陷阱

第二十八章
慌忙脱逃

张丽丽问完，不待我有回应，就站起身来直接将手里的红酒杯递过来给我。

她胸前的披巾随着她的身体动作而自然垂下，她却像是嫌碍事一样，直接扯了下来，顺手扔到了椅子上。

这个画面就一下子变得香艳无比了。

一条半透明的吊带低胸睡裙，完全遮不住呼之欲出的丰满，若隐若现、高耸的山峦下是深深的沟壑，不知能够埋藏多少男人迷惑的目光。那被黑色的裙子衬得雪白娇嫩的傲挺，晃得我眼睛发花。

这样的景色猛然出现在一个血气方刚的男人面前，只能令人血脉贲张。

我顿时觉得喉咙有些干渴，呼吸不够顺畅。

张丽丽再次躬身倒了一杯酒，丰硕的胸部几乎完全袒露在我面前。

她拿起酒杯，满意地看着我紧绷的表情，凑上来轻轻开口："来，高寒，喝一杯吧。"

我接过酒杯，却并没有喝，又放在了茶几上。

"高寒，我喜欢你很长时间了。"她却悠悠开口，说得坦然而又直白。

"丽姐，你刚才说有重要的东西给我，到底是……什么东西。"我紧张地问道，口齿都变得有些不清晰。

张丽丽笑了笑，妩媚如妖。

"难道我不重要吗?"她继续说，"我把自己给你，算不算是很重要的东西?"

她再次往我面前凑近了一些，说话间，还想在我的腿上坐下，我吓得赶紧站了起来。

"唉，你就是太喜欢较真了。咱们都是成年人，在这个没有任何归属感的城市里，大家心里谁都有孤独、寂寞的时候，何不互相温暖一下？我们都不是圣人，更不需要为彼此承担任何责任和义务。都是你情我愿的事，烦躁的生活中，给自己创造一些色彩和刺激，不好吗？"

她说完，把吊带往下一拉，再次朝我靠近，我退无可退，她便直接靠在了我的身上。

我更加紧张了，心几乎跳到了嗓子眼，全身早已紧绷，僵直，伴着快节奏的呼吸声，我感觉自己只剩下了最后一丝理智。

我一把将她推开，朝门口快走了几步。回过头来对她说：

"丽姐，我一直都很尊重你，所以不想破坏这层朋友的关系。"我大口呼吸着，努力让自己平静下来。

"高寒，你真的要拒绝我吗？"张丽丽脸上一片潮红，带着几丝怒气。

"是的，我觉得我们不能做这样的事。"我回答道。

"呵呵，真是清高啊。"她冷笑了一声，语气带着明显的嘲讽，眼睛看着我，昂起头继续说道，"还记得那次你被诬陷受贿的会议吗？假如当初名声毁于一旦，前程就此终止，我想你现在想清高也清高不起来了吧？"

她的话让我心里一片惊慌，我愕然地看着张丽丽，语无伦次地问："难道那次的关键视频，是你提供给惜悦的？"

"不然呢？那个时候你的最爱还在印度，你认为还有谁能救得了你？"

是的，那个时候，只有她才知道古总的阴谋。其他人即使想帮我，也没有机会下手。

我难以置信地瞪大了眼睛！原来是她！真的是她！难怪惜悦矢口否认是自己得到的。可是我仔细一想，又觉得不对，看着她疑问地道："我记得后来有问过你这件事，当时你可是亲口否认过的，对吗？"

"呵呵，我没有那么早就告诉你，是因为不想让你有太大的心理负担，可是现在看来，我完全错了，你好像并不是一个懂得感恩的男人，你觉得一个女人凭什么这样一而再、再而三地帮你？难道这些都是理所当然的吗？"她的语气渐渐变得激动，脸上写满了不甘。

我的心情一下子变得复杂，愧疚像潮水一样阵阵涌来。

"丽姐，我不知道怎么才能表达对你的感谢，只是……我不希望是用这样的方式，这样不合适。"

张丽丽缓缓地走到我的面前,伸手抚摸着我的脸:"高寒,每个男人都有七情六欲,你为什么就不能活得真实点?"

她丰盈的胸部几乎完全露在外面,随着她说话的节奏剧烈地起伏着,那简直是对男人天大的诱惑。

"其实,你也是有欲望的,你也想的,对吗?"她的手开始抚摸我的脖子,并且继续往下游走,嘴里说出来的话,既是一针见血,又是赤裸裸的挑逗,让我顿时觉得非常羞愧。

"丽姐,是我对不起你。"

我知道自己必须立刻离开,再这样待下去,随时可能在冲动之下无法回头。

"丽姐,我有自己的做人原则,以后如果有机会,我一定会用其他的方式报答你。"

我知道这样说出来对她是一种伤害,但是,人生总是有不能两全的时候。每当遇到难以取舍的抉择,我都会以遵守原则为先,这是我多年的思维习惯。

"说到报答,你一生中会遇到很多个女人,也许会有很多的性。难道只多这一次吗?或者难道只多我一人吗?你我不说,又有谁会知道?根本不会对谁造成伤害。再说了,倘若你对我毫无感觉也就罢了,你都喘成这样了,为什么就不能尊重一下身体的本能?我只要你的真诚,并不需要你任何形式的报答。我不需要!你懂吗?"

面对张丽丽的质问,我竟然张口结舌,无言以对。理智告诉自己不能再待在这个充满暧昧与诱惑的房间了,继续跟她纠缠下去,铁定会出事。

"丽姐,我先走了。下次换个时间,换个地点,你再教育我吧。"我当机立断,说完就朝门口走去。

"呵呵,下次?"她大声地冷笑,看着我的目光渐渐生冷,然后伸手从床上的包里掏出一份文件,直接飞过来给我。

"这是鼎新的标书!没有下次了!这是我最后一次帮你了!"她脸上的表情开始扭曲,声音变得歇斯底里,"高寒,如果哪一天你后悔了,别忘了我曾经像乞丐一样求过你!"

我愣了一下,羞愧地看了一眼张丽丽,却没有弯腰去捡那份标书。这份情,我还不起。

等我跑到大厅的时候,发现自己的 T 恤已经汗湿了。

我想那个可怜的柳下惠一定是个太监或者没有性能力的家伙,要不就是个同志。不然我根本不信什么坐怀不乱，是个男人就会乱。

出了酒店门口，明亮的阳光从我头顶洒下，仿佛重新给了我光明。我重重地吁了一口气，平缓着内心的激动，拿出手机拨打惜悦电话时，发现自己的手还在微微颤抖。

"惜悦，我好想你！"刚一接通我就朝里面喊，此刻的我，就像是一个刚被邻居家欺负过的小孩，急于找妈妈告状。

"你的声音不对劲，怎么了？"

"见面说吧。"

这一次，我没有瞒着惜悦，将整个情形照实说了，除了张丽丽惹火的身材和交谈的细节。

可是，我发现诚实的结果一样让人不好受。

惜悦并没见得因为我的坦白而有多开心，表面上虽然不痛不痒地夸了一句，实际上脸色并不好看，说出来的话也酸酸的，还放出话来，晚上要回家好好地跟我深入交流。

这真是应了那句话：女人都是福尔摩斯，千万别说谎，但是讲实话，就一定会死。

两天后的上午，我们赶在最后一天的投标截止日期前，由陈战作为代理方，将最终的标书正式送达运营商招标小组。接下来是紧张的评标阶段，而中标结果的公示日期，是在五天以后。

能否拿到这次的订单，直接关系到 HY 的生死存亡，因此从标书送出的那一刻起，我的心情就又变成了忐忑与焦急地等待。

特别是在这个期间，招标小组的所有成员，按照竞标规定都不能私自接见任何厂商的代表及人员，刻意避嫌。

我犹犹豫豫，想跟骆琳套套近乎，探探口风，但又怕触犯了他们的纪律，所以一直没有做出任何行动。

这天晚上，我正和秦浩一起招待东北过来的一个大客户，吃完饭后在KTV 唱歌。

骆琳的短信却不约而至。

我喜出望外地打开：现在来新洲路毛家饭店水仙包厢，救急！

这个关键时候，骆琳的行踪本来就是各家代理商公关团队削尖了脑袋都想得到的情报。而她的主动召见，更是让我趋之若鹜。我看到"救急"这一词便有些激动，这正是打探消息的大好时机啊。

第二十八章　慌忙脱逃

我跟秦浩与客户打了个招呼，就直奔目的地。

一路上，我一直在猜测，这将是个什么样的场面呢？到底发生了什么事需要救急？难道是有人在灌她喝酒吗？这简直是吃了豹子胆吧。

我在脑海里设想了一百种的可能性，却没想到等我以接近百米冲刺的速度冲进包厢时，里面却非常安静，我发现只有四个人时，就骤然收住了脚步。

骆琳的对面坐着一个有些面熟的男人，旁边是一对看上去面相朴实憨厚的中年夫妇。

这是什么情况？我暗自琢磨着。

不等我想明白，骆琳看到我后就站了起来，脸上的呆板瞬间散去，笑得像是一朵带露的玫瑰。

"你这么早就来接我了呀？"她快步朝我走来，一把挽住了我的胳膊，依在我的怀里。

那声音，带着一丝撒娇，柔得似能拧出水来。我感觉鸡皮疙瘩都要掉一地了，意外地低头看看怀中的女人，再次确认一下，这是骆琳吗？

她今天这又是要唱哪出？

我硬着头皮陪她走过去，近前一看，在座的那个男的，不就是骆琳的前任男友张思伟吗？

心里好像意识到了什么，原来骆琳今天又是找我来演戏的。她也真够胆大，每次都是突然袭击，没有任何彩排，就不怕我临场发挥失误而演砸了？

我表情"恩爱"地注视着她，抚了下她的头发。

"不好意思，好像来得太早了点，没有打扰到你们吧？"我抱歉地向他们说道，"要不，我先去外面逛一下？"

我做着准备抽身离开的样子，骆琳却拉紧了我的手臂。

"不用的，既然来了，就一起坐坐吧。"

骆琳特意靠到了我怀里，脸上荡漾着柔情蜜意的笑容，招呼着服务员加餐具。

我有点肝儿颤了。

前天是张丽丽，今天是骆琳。这都算是什么事儿啊！

"我来介绍一下。"等我的餐具摆好后，骆琳开始向面面相觑的三个人介绍我。

"这是我男朋友高寒，是一家手机公司的总经理，年轻有为，可厉害了。"骆琳说着，故意给了我一个崇拜的眼神，然后又转向另外三人。

"这位是我的前男友张思伟，这位是思伟的爸爸张伯父，这位是张伯母。"

我友好地朝他们微笑，控制着心虚，尽量不让自己的脸上露出一丝尴尬。

"寒，"骆琳接下来的这声称呼，却真的让我一下子听着心里发寒了，"不好意思，我没跟你坦白说是跟谁一起吃饭，怕你误会不让我来了。"

她一脸的愧疚，我只好装作很大度地笑笑。

"其实是这样的，本来我和思伟不是快要结婚了吗?"骆琳开始吞吞吐吐地说，"没想到跟你……那次意外，然后发现怀孕了。"她再次害羞地看着我，脸色潮红，然后又转过头去看看他们，"本来，我是想跟思伟认个错，继续过。可是，寒死活不同意我流产，认为那好歹也是一条生命，不能做这种作孽的事，说什么也要我生下这孩子……"

天雷滚滚而过……

我看着他们三人目瞪口呆的表情，也不知道他们到底相信不相信，反正我都已经快要相信了。

"所以，我刚才跟你们说的那些都是真的。伯父伯母，这事是我对不起思伟，对不起您二位。"

骆琳真诚致歉。

"寒。"她伸手捅捅我，娇嗔一声，带着责备的眼光看向我。

这意思应该是要我跟着她一起道歉吧?

"嗯，伯父伯母，实在对不起，年轻一时冲动……没把持住。"我只觉得脸上火辣辣的，说出这种话来，好像自己这一关都过不去，但我还是接着演下去了，"我们决定要对自己的行为负起责任来。"

张家父母的脸色从震惊到遗憾再到不舍，最后显得有些无可奈何。

而张思伟的表情就比较丰富了，一会儿红、一会儿白、一会儿青，轮番几次，我估计他已经气得彻底晕了，完全找不着北。

"好啊你，骆琳。难怪你跟踪我，说我外遇，不过是故意找个借口跟我分手，好去跟这个奸夫……"

"是丈夫，不是奸夫，我们马上就要结婚了。"骆琳平静地纠正了一句。

张思伟的嘴唇不断地哆嗦，已经说不出一句整话来了。

"你……你骗我! 骗了我父母，不行，我们都已经订婚了……你必须跟我结婚……你们这不算……"

我算是大概知道怎么回事了，估计是张思伟劈腿被发现后，还想抱着骆家这棵大树不放，找来了他父母想迫使骆琳回心转意。而骆琳这丫头虽然脾气大性子直，却宁愿损害自己的名声，也不忍心与他父母直接冲撞，更不愿意在他父母面前揭穿他的恶劣行径。于是招来了我，来这么一出。既照顾到了张思伟的尊严，又没对他的父母造成很大的伤害，可谓是一箭双雕。

从这件事可以看出，骆琳其实是个心细而又善良的女人。

接下来的情景，骆琳的态度很端正，无论是张思伟的恶意指责，还是张家父母表示的抱怨和遗憾，她都认真倾听，时而愧疚，时而道歉，自始至终都保持着一个小女人甜美的模样与宽厚，还插空给他们夹菜、泡茶。

等他们把心里的情绪都发泄得差不多了，她这才招手叫服务员，大方地埋单，礼貌地跟张家父母道别。

然后挽着我的胳膊，小鸟依人地紧紧贴着我，摇曳生姿地扭着小腰，高跟鞋敲打着大理石的地面，发出清脆的声音，一路高调地穿过饭店大堂，走向自己的汽车。

等我们坐进汽车里面时，那个张思伟还一脸不甘心地朝我们这边看。而这时，我从后视镜中隐约看到一个熟悉的身影，一闪而过，由于天色较暗，看不清楚，等我放下车窗想要看个究竟时，人已经消失了。

等到张思伟一步三回头地离开，骆琳就开始弯着腰，捂着肚子忍不住地狂笑。车窗外路灯透进来的柔和光线，映照着她舒缓的笑颜，分外妖娆。

"孩儿他妈，小心点啊，笑得那么厉害别动了胎气。"我故意挖苦道。

"哈哈，不……不能……再笑了……肚子抽筋了……哈哈哈哈……"她终于抬起头来时，擦了擦刚笑出来的眼泪，然后一巴掌拍到我肩上，"哥们儿不错，配合默契，够智商！"

"嘿嘿，没给你搞砸就好。"我的心终于放了下来。

"他大爷的，这口恶气总算是出来了！一个字，爽！"

骆琳的妩媚、柔情和小鸟依人状，随着那一句他大爷的立刻消失，真实的性格一下子原形毕露。

她不丑，但好像也没打算温柔。

我看着她，有些好奇地打量着，实在想不通什么样的成长环境能造就她的这种性格。

"看我干吗？被我迷住了吧？"她的言语中有几分得意。

"你学过川剧的吧？"

"嗯？"她只愣了一下，秒懂，"变脸？这个不需要学，是天赋。"

"你倒是一点都不谦虚。"

"今天是我最开心的一天，高寒，谢谢你！"她转头对我说着，然后发动了车子，起步离开。

"呵呵，你能开心就好。"其实失恋是需要漫长的时间才能走出来的，我很庆幸她并没有沉迷其中，不能自拔。

"高寒，你说说，你为什么会对我这么好呢？仅仅是因为我的招标组长身份吗？"

"因为，我敬重你是条汉子。"

"哈哈，所谓的女汉子，只不过是长得丑而已，像我这种有爷们气质的又漂亮的，应该被称为女王。"她谈笑间脸上浮起满满的自信。

"好吧，女王，我还有个应酬没有完，刚才被你临时召唤，中途跑出来的。你能送我过去 KTV 吗？"我问道。

"可以啊，你接待的什么客户？需要保密吗？"骆琳转头看着我问。

"没什么保密的，东北的一个大客户。你要是不介意，就一起去吼几嗓子呗。"我顺着她的话邀请道。

"太好了，我正有此意。知我者，孩子他爹也！"骆琳冲着我挤了挤眼睛，"这几个月来，我从来没像今天这样舒心、畅快过。今晚正好玩个尽兴！"

我们很快就回到了 KTV，骆琳停好车，跟我一起走进了包厢。

第二十九章
成功中标

可是一进门，我立马傻眼了。

里面除了秦浩和客户，竟然还坐着小花和何娜！

小花看到我也是一脸的吃惊，尤其是看到骆琳因为入戏太深，还大大咧咧地挽着我胳膊时，表情一下子就僵住了。本来还在唱歌的她，立马收了声，手里拿着话筒一动也不动地盯着我出神，像是有些不知所措。

何娜却笑得很大方，像是女主人一样热情地招呼我们落座。

秦浩早已喝得烂醉如泥，正在跟客户晕乎乎地猜拳拼酒，看见我们进来，连站起来的力气都没有了，只好挥着手向骆琳打招呼，看了一眼身旁的小花后，脸上立马显得有些担心。

骆琳却只认得秦浩，根本不知道这其中的微妙，兴奋地坐过去跟他们划拳，大方地跟客户一起点歌、喝酒。

我眼神盯着秦浩，心里不免憋着一团火，公司招待客户，他为什么还敢明目张胆地把何娜叫来？这是要带着何娜公然宣告自己对这场婚外情的态度吗？而且还带上小花，这是什么意思？

秦浩正在陪着客户喝酒，对上我的目光时，立马心虚地躲闪开。

小花的眼神却一直落在我的身上，满脸的委屈。

何娜先是看看小花，然后眼神又依次在我和骆琳身上转了一圈，一副若有所思的样子，表情显得有些意味深长。

幽暗的灯光下，包厢里的几个人，心思各异，表情不一。一时间，气氛变得有些诡异。

首先打破这个局面的人是小花，她拎起包就要走，何娜随后也跟着站了起来。

我担心造成不必要的误会，所以也紧随着她们的脚步出了包厢门。

外面走廊上安静了很多，我刚走出去，就看到何娜站在过道里，朝我喊道："高寒，小花在楼道消防出口那里，你去找她好好聊一下。"

我快步走了过去，身后的何娜自觉地留在了原地。

"小花，你怎么来了?"我大声问道。

"是啊，我怎么来了，我确实不应该来。"小花嘴里重复着我的话，脸上浮起一丝自嘲。

"小花我不是那个意思……"我想对她解释。

"不错，那个女的，长得蛮漂亮的。"小花却打断了我的话，低着头酸溜溜地说道。

"真不是你想象的那样!"我一时不知道应该怎么说她才能相信。

"高寒，你不用说那么多。"此时的小花已经完全没了空姐平时端庄的高雅气质，再抬起头时，眼睛里隐隐挂着几丝晶莹剔透的东西。

"我就想问你一句话……"她的声音突然变得哽咽起来，"是不是……是不是只要除了我，谁都可以跟你在一起? 就是我不行?"

她红润的脸上挂着泪滴，在灯光的映照下，像是清晨草叶上晶莹剔透的露珠，映着明媚的阳光和花朵的鲜艳，清纯透亮，让人不忍心去触碰，更不忍心去伤害。

"你回答我呀。"她的泪水滂沱而下。

我慌了，心里更是心疼不已，手足无措地站在那里。既想去给她擦眼泪，又想伸手去抱抱她。

"不是那样的，小花。"我叹了口气，解释道，"她是我们目前最大的一个客户，现在公司面临绝境，只有拿到这个订单才能解救困境。"

"呵呵，"小花听我说完淡淡地笑了笑，看着我的表情变得复杂，然后有些失落地说道，"高寒，想不到你现在也变得这么势利了，需要用这样的手段去达到自己的目的，真的是太可悲了。"

"小花，对不起。"我听到她说这些，突然有些心虚的惭愧，竟然一时不知道如何去反驳。

她的肩膀随着哭泣一耸一耸的，每一次的耸动都像是有根鞭子抽在我的身上，由里向外地痛。

远处包厢里隐隐约约地传来歌声，声音忽远忽近，像是夜晚幽深的大海波浪，绵绵不断又时起时落，宛如我此刻的心情。

我们就这样静静地对视着，等待着时间一点一点地剔除尴尬，彼此都沉默着没有说话。

"也许那是你们男人的世界吧，我不懂。"她渐渐停止了哭泣，情绪有些舒缓，又看着我认真地说道，"我只是觉得男女之间的爱情，应该就是单纯的感情，根本不应该掺杂任何利益的东西。"

"你说得对。"我赞同道，伸手抚着她的肩膀，看着她的脸说，"小花，我知道你给我的这份爱情就像冬天的大雪，纯真洁白，没有半点瑕疵，我一直都很感谢你给了我这样一份沉甸甸的爱，永远都无法忘记。但是，我对你已经犯下了这辈子都无法饶恕的伤害，对不起，终究是我辜负了你。"

"爱情都是心甘情愿的事，何来辜负不辜负。"小花幽幽叹了口气又洒脱地一笑，然后瘪瘪嘴，像是刚受了委屈的孩子一般，继续说道，"好了，我回去了。你进去陪客户吧。"

"我送你。"

"不用了，你还有客户在，别耽误了你的正事。"她说完就转身，走了几步又回过头来，眉头轻蹙，心疼的目光一闪而过，"我知道你有你的苦衷，刚才也只是发发牢骚，都是些气话，别往心里去。"

我点了点头，不知道说什么好。

她高挑的背影，带着一丝落寞，很快消失在我的视线里。

我心中顿时感到深深的失落，小花是那么善良而又善解人意。我真心希望她能早早遇到那个能够将她疼爱到骨子里的男人。

因为这个女孩，值得这样的疼爱。

而这种幸福，我给不了。

送走了小花，我内心久久不能平静。她是我高寒这辈子的软肋，永远也无法弥补的痛。

走进包厢后，我发现客户都已经喝得醉眼迷离了，只有骆琳还在积极地叫嚷着。

她的酒品我是见识过的，于是走过去抢过她的酒杯，无论如何也不让她再喝了。我可不想再经历一次满大街找住处，再去洗衬衫的窘态。

时间已经到了深夜一点，大家开始陆续散去。

秦浩找了代驾送客户，骆琳是我带来的，又喝了酒，所以我得开她的车送她回家。

一路上，骆琳的情绪都很兴奋，叽叽喳喳地说个不停，像个小姑娘。从幼儿园、小学讲到大学，这让我突然想起《非诚勿扰》中葛优在教堂里忏悔的那场戏，不禁暗自笑了起来。

我将车停好，就与骆琳告别。

她却说一个人不安全，要我送到小区里面去。

此时，天上挂着一轮皎洁的月亮，难得地有几颗星星隐约可见。

我们慢慢穿过安静的花园，静谧的夜色中，弥漫着若有若无的花香，不时还传来几声虫鸣。骆琳走着走着，突然站着不动了。

"累了？"我轻声问。

骆琳没有说话，就这样看着我，面无表情。然后，没有任何预兆地开口："高寒，我发现我爱上你了。"

我蓦然一惊，却本能地只想当作她的玩笑。

"张思伟都回去了，你还演。"我勾了勾嘴唇，浅浅笑道。

骆琳却像是被施了魔法，不依不饶，一字一顿，看着我无比清晰地说："高寒，我真的爱上你了。"

我已经无法再回避，只好叹了口气说道："你知道的，我已经有女朋友了。"

"那又怎样？我就是爱上你了！"她没有丝毫的退缩，盯着我的眼睛坚定而低沉地继续说，"你知道吗？这七年来，我生活中的男人除了张思伟就只有好哥们，我一直在被动地接受着他给我的爱，活在他给我定义和营造的爱情世界里。自从遇到你之后，才突然知道男人和女人在一起相处还能这么快乐，开始，我确实也是按照常态将你当作我的好哥们，但是后来渐渐发现，我对你的那根本就不是什么友情，而是操蛋的爱情。"

"你怎么能这么肯定那就是爱呢？"我有些意外地问道。

"因为，我相信自己内心的感觉。你根本不知道，上次我去给你送衣服你介绍女朋友时的那种失落，在看到她那幸福笑容时的那种羡慕，在每次想到你们在一起时那种深深的心痛。刚开始，我也以为我对你的感情充其量只能算是喜欢，但是后来我在网上看到了一句话，才明白那就是爱。"

"什么话？"

"喜欢跟爱不一样，你的玩具被别人抢走了，哭几声那代表喜欢；如果非要夺回来那就叫爱情。"

"这……"

"你不用害怕，我不会使用任何不好的手段，去破坏你和你女朋友的感情，我告诉你这件事，只是觉得一辈子很短暂，做人就该敢爱敢恨，好不容易爱上一个人如果连表白的勇气都没有，那样的人生会留下太多遗憾，换句话来说，我爱你，这是事实，但是我爱你，与你无关。"

月色下，骆琳的目光湿润如水，脸上的神情从一开始的满怀期待与向往，变成了深深的释然，整个人因为映着皓月的光芒而变得无比圣洁。

这样的骆琳，是迷人的，令人动容的。

我发现此时都不知道该对她说什么了。

恍惚中月光仿佛不见了，一切犹如瞬间消失，我茫然地望着骆琳渐渐远去的背影，耳边轰鸣着那几个字：高寒，我爱上你了。

现在正是关键的评标阶段，这个时候拒绝骆琳，会带来怎样的影响，我不知道。如果此次 HY 不能够中标，那将面临什么？

我不敢去设想。

但是，有一点我心里非常清楚，那就是绝对不能利用她的善良和宽厚，利用她对我的感情而去做对竞标有利的事情。

那么残忍又卑鄙的事，我做不出来。

都说被爱是一种幸福。可是，为什么我的心里却感觉到如此的沉重？我好像在收获这种珍贵的感情的同时，接到的都是生活给我的一张张考卷和一个个难解的结。

我不愿再背负任何的情债，我只想与一个人携手相扶到老。

周五上午十点，招标小组在运营商办公大楼举行会议，公布评标结果。

这一消息牵动着很多人的心，也引来了媒体的广泛关注。

我们 HY 竞标组的主要成员以及陈战、小慧一行人，九点四十分就赶到了会议室，早早地到了公布现场。

这时，会议室里已经坐了很多人，能看到行业内很多熟悉的面孔，非常热闹。这其实相当于一次业内的大聚会，相比起上一次的答辩会，大家这次的表情明显不一样，兴奋中夹杂着忐忑，因为不到最后一刻，终难见分晓。

辛苦了两个多月，马上就要见成果了。无论对自己的产品多有自信，此刻我的心情还是非常紧张。在这么重大的事情上，运营商的选择并不会以我们的意志为转移，没有人可以打保票一定能中标。

我坐在进门靠后的位置，在这里方便观看全场，又不显眼。人多的地方，我向来喜欢低调。

"高寒，哈哈，"才落座不久，就听到一个熟悉的声音，洪亮、高亢，却又像是阴魂不散，"坐这么远，是怕没中到标难为情方便悄悄离开吧。"古总精神抖擞地站在过道边，后面的半句话故意放低了声音。

"古总真是好眼力，明察秋毫。"我迎向他的目光，微笑着说，看着他那得意的神情，话锋一转，"不过呢，理由跟古总判断的有一点出入。我这人喜欢低调，不希望一会儿中标后大家都盯着我看，还是坐在这里比较好。"

"不错，有信心总是好的，看来最近下了不少功夫啊，一副志在必得的样子。"古总脸上的笑僵了一下，很快就调整好了。

"古总夸奖了，其实我觉得最庆幸的就是当初跟了你一阵子，不仅耳濡目染地学到了很多东西，而且你还手把手地教会了我一些，现在基本上都能用上，这对我人生的帮助太大了。"我笑着对他说道。

"那你可要好好努力啊，年轻人，有机会。"他像是一位慈祥的长者，一副语重心长的表情。

古总说完开始朝里走，目光轮流滑过我们一行人，我分明看到小慧的脸上有着一丝慌乱，陈战却面无表情，有些僵硬地微笑了一下，这个人的心理素质很不错，好像不管什么时候都是一副淡淡的样子，从未见他慌乱过。

等到大家都陆续进场坐好，这时候时间也差不多了，主席台上的灯光闪耀。骆琳率先走出来，跟她一同出场的，好像有一个是广东分公司的副总，另一个却不认识。

骆琳站定后，眼睛就往台下不断地搜索，很快就看到了我的身影，我们的目光在空中交汇时，她给了我一个安心的笑容。

她这一笑，像是给了我一颗定心丸，我一阵激动过后，心里变得无比踏实。

她的脸迅速转开，用手扶了扶嘴边的话筒。

"感谢大家的等候，我是骆琳，是此次 2015 年第三季度 4G 手机招标小组的组长。发布会现在开始。"

骆琳站在发言席前，面带微笑，落落大方，举止优雅而迷人。她的这种优雅相比于含蓄而又聪慧的惜悦，好像更多了一丝北方人的豪爽在里面，别有一番风味。

接下来是分公司的副总开始讲话，官方的套话没有任何新意，听得人昏昏欲睡。直到领导终于讲完，骆琳再次拿起话筒时，我才重新打起精神。

骆琳先是环顾了一下四周，微微笑了笑，然后才缓缓开口。

第二十九章　成功中标
217

"经过了三个月不断探讨、沟通和大家的努力，最令人期待的时刻终于到来了。在我宣布最终竞标结果之前，我想感谢每一位支持我们公司、为了这次4G手机投标付出辛勤劳动的个人、公司和集体，非常感谢每一位付出的心血！感谢你们提供的每一款精心设计的产品，而且每一款产品都有其独特的一面，这让我们在众多产品中评选得非常吃力。下面我宣布此次中标的品牌……"

骆琳看了一眼手中拿着的一张纸，抬起头来。

此时，全场鸦雀无声，全部的人屏住呼吸，紧张地盯着她。我听到自己的心跳一声高过一声，几乎要跳出来了。

"中标厂商为××代理的HY品牌，此次一共获得订单数量五十万台。"

骆琳再次抬头微笑，嘴唇轻轻张开，缓缓地宣布了中标结果。

秦浩几乎是应声跳了起来，紧接着的是韩星和周工。我双手握拳，紧紧地在胸前挥了挥，随即跟秦浩用力地击掌。似乎只有这样，才能舒出在心口那一直憋着的气。这胜利来得太不容易了。

HY终于有救了！

惜悦，我没有辜负你的期望，我一定会把HY经营成一个生机勃勃的企业！

想到惜悦，我掏出电话第一时间告诉了她这个好消息。

第三十章
事有蹊跷

会场上开始有人鼓掌，稀稀落落。中标的人喜笑颜开，未中标的人有的羡慕，有的摇头，有的叹息，有的不屑和嫉妒，有的干脆起身走向门口，扬长而去。

场面一时有点混乱。

我捕获到了古总扫过来的目光，那是一种熟悉的眼神。阴毒中闪过一道光芒，像是眼镜蛇的毒信子一闪而过，潜伏着冰凉与阴鸷。

我对他摊开双手、耸耸肩，淡淡地笑了笑，表示无可奈何。

此时的陈战终于淡定不起来了，高兴地和秦浩他们互动，脸上绽放出开心的笑容，喜悦中带着一丝欣慰，那是属于运筹帷幄的成功者的笑。

小慧却坐着没有动，默默地欣赏着陈战的举动，脸上带着内敛的温情，好像脑海里在思考着什么。

会议还没结束，我们重新坐了下来，这时前排突然转过来一个人，盯着秦浩。

秦浩好像愣了片刻，手指着对方，嘴里嚷嚷个不停："你……你是那个……强子！对吗？"

那个人用手挠了下脑袋，有些疑惑："你怎么认识我？还知道我小名。"

"哎，我是耗子啊，你的小学同学，四年级得过全校三千米长跑冠军的那个。"

"……没印象。"

"我靠，五年级的时候，咱们一起去省里参加奥数，我拿了一等奖，你不记得了？"秦浩兴奋地提醒道。

"……不记得了。"

"操，六年级的时候你让我去掀女老师裙子，结果害我被罚了一个月扫厕所……"

"哦哦哦！我想起来了，是你啊！我操！还真是你！"

我听着他们的对话，像是讲相声一样，让人忍不住就想笑。

"你现在在 HY 工作？恭喜你啊，中了这么大一个订单。"强子站起身来，高兴地向秦浩祝贺。

"嘿嘿，可不是吗？这阵子可把我累坏了，对了你后来不是转学了吗？怎么现在又来深圳了？"秦浩问道。

"一言难尽，我现在 K 米工作，负责这次的竞标，可惜只能看着你们吃肉，我汤都没有喝到半点，等会儿咱们找个时间好好叙叙旧吧。"强子脸上有些惋惜。

"好啊，一会儿就聚聚。"秦浩一脸高兴地说。

好不容易等到会议结束，我们高兴地回公司，召集了高层会议，准备搞一个小型的庆功活动，所有同事都参加。

第二天晚上，为了感谢罗总这次的雪中送炭，我决定好好地请他吃个饭，以示感谢，并且顺便叫上了秦浩。

地点还是定在了老地方明香酒家，我们找了个包厢坐下，环境安静舒适，很适合吃饭聊天。今天的海鲜大餐比较丰盛，可能是秦浩知道不用他掏钱，所以点起菜来毫不留情。

罗总始终保持着热爱运动的良好习惯，每天都脸色红润，显得精力充沛。他手里剥着龙虾，看着我问道："怎么样？最近公司效益还不错吧？"

"还可以，很快就能还你的钱了。"我的语气轻松。

"哈哈，不错，你做事情还是蛮靠谱的。你呢？最近怎么样？"他又把目光投向了秦浩。

"就那样吧，都结了婚的人了，还能咋样。"他埋头喝汤，显得有些不甘的样子。

罗总听到后白了他一眼："这是什么话啊，好像受了多大的委屈一样，你老婆不挺好的吗？"

"人啊，都是不知足，身在福中不知福。"我叹气道。

"说到这个，有人曾经把老婆分为了几个等级，你们了解吗？"秦浩的嘴巴离开了汤，终于抬起头来，看着我们期待的神情，继续解说，"当男人回到家时，三等老婆等他做饭，二等老婆共同做饭，一等老婆已做好饭。我评估了一下，罗总找的应该是一等老婆，而我好像只找了个二等老婆，而高寒这小子，找的绝对是个特等老婆。"

"哈哈，这老婆啊，永远是别人家的好，"罗总忍不住又笑着问，"话说特等老婆的定义是什么？"

"这个特等老婆啊，"秦浩故意停顿了一下，声音抑扬顿挫，"她等你刚到家，就会一手端饭碗，一手解衣扣说：老公，你是先吃奶呢还是先吃饭？"

"哈哈。"罗总被他这句话逗得哈哈大笑起来。我大声地质问："简直胡说八道，你哪只眼睛看到惜悦这样对我了？"

"这还用看吗？想都想得到。"他回答得那么理所当然。

"不要败坏人家名声啊，对了，你现在跟梅子怎么样了？"我赶紧岔开话题。

"就那样呗，不好也不坏，心里还是有些隔阂。"

"马上就到周末了，我们一起去海边散散心吧，最近忙活了那么久，大家都挺辛苦的。"我提议道。

"可以啊，罗总要不要带个妞一起去？"秦浩端起酒杯跟他碰了下杯。

"我就不去了，到时在朋友圈看看你们晒的照片就行了。"他笑着回答。

我伸筷子夹起一只田螺，放进口中轻轻在尾部吮吸，一股香甜鲜辣的汁液在舌头周围荡漾，令人回味无穷。再把田螺翻转过来，大口急促有力地一吸，肥美的田螺肉却像是嵌在里面似的，一动不动。

秦浩看着我那个囧样，在边上大声地挖苦道："瞧你那点出息，连个田螺都吸不出来，都不知道你晚上怎么能给惜悦幸福！"

罗总邪恶地笑了，我也情不自禁地笑了，欢乐洋溢着整个房间。我心里不禁感叹，人生能有几个知己好友，是多么开心的一件事。

周末的早上，第一缕阳光，透过窗帘不安分地洒在我的脸上。我翻了个身，享受着这种温暖的感觉，双手遮挡着眼睛继续赖床。

"高寒，起来了没有？"洗手间里传来惜悦的声音。

"嗯，起来一小部分了。"我半梦半醒，迷糊地嚷道。

"你个流氓，快点起床，听到没有？"她继续呼喊，打扰着我的春梦。

我无奈地从床上爬起，走到洗手间，有些奇怪地问："怎么啦，干吗一直催我？"

她的头发盘在了脑后，白色睡衣下的肌肤若隐若现，伸着手掌走到我面前调皮地说道："快点刷牙啦，我洗面奶挤多了，正好分你一半，这个好贵的。"

"我的姑奶奶啊，能不要这么勤俭持家吗。"真是服了她了，这样的主意也想得出。

我洗漱完，懒洋洋地躺在床上，等着她收拾好衣服，然后出门和秦浩他们会合，一起出发去海边。

周末的沙滩上人很多，我们找了一小块空地，租了太阳伞和躺椅，将东西放置在下面，然后就开始自由活动。

海浪涌到岸边，一次又一次地抚摸着细软的海滩，又恋恋不舍地退回，留下一片转瞬即逝的泡沫，消失在沙石之间，发出富有韵律的激溅的声音。

我牵着惜悦的手，踩着细软的沙子，漫步在秋日的阳光下，无比惬意。

我们渐渐远离了喧闹的人群，找了个人少的地方，相互依偎着，坐在海边，静静地望着宽广而又深邃的蓝天。

"高寒，最近让你辛苦了。"惜悦的目光深情，附在我的耳边，柔声细语。

"不辛苦，我说过，为了你付出什么都愿意。"我语气坚定。

"嗯，我爱你。"她趴在我的肩膀上，动情地说道，丝丝感动涌动在静谧的海风中。

"惜悦，这次有了运营商的大笔订单，公司的危机总算是能解除了，接下来你有什么打算？"我轻轻地问道。

"接下来的打算就是每天跟着你，黏着你，管着你，你会嫌我烦吗？"她调皮地问道。

"当然不嫌，你知道吗？"我停顿了一下，看着她期待的目光，再次开口，"每天早上醒来看见阳光和你都在，这就是我最想要的未来。"

"那就这样说好了，不许变卦。"惜悦脸上洋溢着幸福的微笑。

"可是你还没有向我求婚啊，怎么办？"我故意小声说道。

"什么？你个不要脸的，你还要我向你求婚？"她生气地嘟起了小嘴，开始拧我的耳朵。

我马上晃着头左右躲闪，一把将她抱在怀里，朝着她的嘴唇上便亲了过去，她没有挣扎，手渐渐停了下来。

我低头注视着她，感受着她嘴唇的温度和舌头的香甜。

她的脸上露出一抹温婉纯真的笑容，眸里的温度，给了我一种安宁的温暖。我喜欢这种看起来波澜不惊，却又可以瞬间燃烧的浪漫。

温暖，才是爱情的真谛。

此刻的我们仿佛已经与世隔绝，耳边只有幽幽的海浪声，浪花慢慢地从远处奔腾而来，划出一条条的银边，一排又一排地追逐着。

等我和惜悦回来的时候，秦浩正拿着相机给梅子拍照，嘴里大喊着："转个身，换个角度，就这样，再来一张。"

梅子乐呵呵地摆着各种造型，不断地变换姿势，配合着秦浩的动作，太阳照在她那灿烂的笑脸上，泛着金光。

不一会儿，就听秦浩大声叫道："拜托你能转好看点吗？这乍一看别人还以为土地公公出来了！"

"你才土地公公呢，敢这样说我？"梅子听了不乐意，冲上去跟秦浩拉扯着，两人嬉笑着打成一团。

我和惜悦在躺椅上静静地看着他们打闹，相视一笑。

阳光温热，岁月静好。

秦浩终于累了，走过来在我旁边的椅子上躺下，拿起一瓶矿泉水，拧开瓶盖就开始猛喝。

我看着他跟梅子嬉戏得气喘吁吁的样子，小声说道："这样不挺好的嘛，学人家搞什么婚外恋，现在有没有觉得守着老婆更踏实？"

"嘿嘿，还行。"他不好意思地笑了，那笑容比阳光下那坨狗屎还要灿烂。

"唉，看到你们这么幸福，我都想结婚了。"我不禁感叹道。

"别啊，千万别，这聪明人啊，都是未婚的，结婚的人就很难再聪明起来了。"他竟然吓唬我。

她们两个女人不知道在谈论着什么，有说有笑的，聊得非常投机，根本不理我们。阳光在我们头顶倾泻而下，照在身上暖暖的。一阵海风吹来，惜悦身上的披巾被掀开，露出了丰满而又白皙的胸脯。

秦浩目不转睛地盯着，显得非常惊讶，嘴里不由自主地念叨："玫瑰。"

"怎么了？"我看到他的反应有些奇怪。

"哦，没什么……"秦浩可能是意识到了自己的失态，恋恋不舍地将视线从惜悦身上移开，歪着头若有所思地想着什么事。

我觉得他有点不正常，但是也不好继续追问。

周一早上，惜悦在家忙活家务，我一个人先出门去公司。

停好车走到地下车库的电梯间时，正好碰到小慧也在等电梯。

"高总，你好。"她主动跟我打招呼。

"你好，今天这么早是来我们公司吗？"我有些意外。

"是的，咱们不是中标了吗？我们马上要支付产品的定金给你们，还要商讨具体的交货细节，今天过来主要是跟你们的财务先行对接一下。"她抬头看着我，认真地回答道。

"好的，那就辛苦你了。"我点了点头。

此时电梯刚到，伴随着一声叮的提示音，她的手机铃声也突然响起，她赶紧掏出来接听："不好意思，林总，我在电梯里信号不好，一会儿给你打过去。"

她说完侧身进了电梯，看着我有些尴尬地笑笑。

可是她那不经意的一句林总，却像是针尖一样，刺痛了我敏感的神经。

还记得张丽丽曾经提到过古总公司的注资人就是姓林，那小慧电话里的这个人跟那个姓林的会不会有什么关联呢？可是天下姓林的那么多，我这是不是未免也太敏感了。

我自嘲了一下，慢慢地走进自己的办公室，在椅子上坐下，可是脑子里却还在不由自主地思索着这件事。

"咚咚。"有敲门声传来，我抬头看了下，是秦浩。

"又在思考人生呢？"他走进来大摇大摆地坐下。

"嗯，什么事？"

"没事就不能来看看你？这不竞标成功了嘛，手头的事情也没那么紧张了，过来晃悠一下看看你在干吗。"他一脸的轻松。

"哦。"我淡淡地点了下头，眉头紧锁，看着窗外。

"怎么了？"他看着我关切地问，表情有些意外。

"没什么，有些事一时还想不明白。"我将头重重地靠在了椅背上。

"什么事说出来我帮你分析一下。"

我抬起头注视着他，过了片刻，自言自语道："虽说咱们费了九牛二虎之力，才终于拿到这次的订单，但是不知道怎么回事，心里总觉得这件事顺利得就像是一个陷阱。"

"那你觉得哪里不对劲呢？"秦浩问道。

"说不好，但总觉得哪里有问题，比如小慧这个女人，总给我感觉怪怪的。"

"小慧？她是陈战的助理，那你是对陈战有什么看法吗？"秦浩直接问道，见我没有回答，又沉思了一下，仿佛做了个什么决定似的，试探性地开口：

"有件事我不知道该怎么跟你说……"

我心里一惊，赶紧追问："什么事？快讲。"

他想了想，像是在整理思路，然后缓缓说道："我记得有一次，跟陈战他们一起开竞标讨论会，当时刚好坐在陈战的旁边，小慧的计算机没电了，用陈战的笔记本连接了一下投影仪，然后我不经意地看到他的计算机桌面，使用的是一个女人的艺术照，胸上有个很清晰的文身，是一朵鲜艳的玫瑰，所以……"

"所以昨天你在看到惜悦的文身时，一下子就想到了陈战的计算机桌面，对吗？"我接过他的话。

"是的，虽然当时那张照片放大了，根本看不到脸部，但是我可以肯定，玫瑰的大小位置以及模样都跟惜悦的一样。"

"原来是这样，这种私密的照片可不是随便能得到的，这说明什么问题呢？难道陈战和惜悦曾经在一起过？难道他们很早之前就认识？难道在学校的时候发生过什么交集？"我的脑海里一下子冒出很多种设想，但仔细想想又一一被推翻。

"你怎么看？"我问秦浩。

"我不知道啊，之所以当时没有告诉你这件事，就是因为现在刚拿下订单，我们还需要跟陈战保持紧密合作，才能顺利将生产出来的产品交到运营商的仓库，我担心这件事说出来会影响你的判断，造成不必要的误会。"

"嗯，容我再想想吧。"我长吁了口气，关上计算机，陷入了沉思。

第三十章　事有蹊跷

第三十一章
晴天霹雳

　　这样的一天忙碌下来，让我的身体变得疲惫不堪，我回到家后冲了个热水澡，一个人坐在阳台上，看着小区的夜景出神。

　　"怎么了？"惜悦泡了杯茶给我端过来，柔声问道。

　　"没什么，想点工作上的事。"我接过茶说。

　　"现在还有什么问题吗？"她的语气很关切。

　　"是有些问题，还得再想想，理下思路。"我嘴里回答着，脑子里却一直回想着秦浩说的那些话，HY 中标、玫瑰文身、陈战桌面、小慧电话中的林总，这些中间到底有着什么样的联系呢？

　　"惜悦，陈战他们的定金什么时候打过来？"我转头问道。

　　"按照合同约定，中标后的三个工作日就要支付，也就是说最迟明天。高寒，怎么了？"惜悦一脸疑惑地问。

　　"嗯，如果说我决定缓两天再接收定金，你会反对吗？"我盯着她问。

　　惜悦的表情显得很意外，歪着脑袋像是思索了一下，然后回答："我不反对，你是 HY 的大当家，这么做肯定有你的道理，我尊重你的一切决策。"

　　"真的吗？太好了，亲爱的，谢谢你对我的信任。"我开心地说道。

　　"高寒，从公司的角度来讲，我无条件服从你，但是私下里我想对你说几句，你如果有明确的理由，那么我一定会支持你，但是如果只是因为上次吃饭的事怀疑我跟陈战的关系，而动摇到和他的合作，那就大可不必。"惜悦一脸的认真，语气真诚。

　　"我明白，主要是这件事关系重大，我得花点时间好好想想。"

　　我正跟惜悦在阳台聊着，放在客厅的手机突然响了。

惜悦站起身走过去拿了过来，看了眼来电显示后，轻声问我："是骆琳，需要我回避吗？"

"不用。"我朝她摆手，然后接听了电话。

"高寒，出事了。"骆琳接通后的第一句话，就吓得我不轻。

"怎么了？"我心惊胆战地问，因为心里知道，她说的出事除了和中标有关，基本不会有什么其他的事。

"你要有心理准备，现在上面的决定刚刚下来，关于你们赢得此次竞标的结果，将要被取消，按废标处理。"

"什么？"我突然的一声大喊，将身旁的惜悦吓了一大跳。

"这是怎么回事，大家又不是在小孩子过家家，这种事情怎么能说取消就取消？你们到底在搞什么？"

"唉，我还想问你呢，这样吧，电话里说不清，明天一早你们来我办公室。"她说完就挂了电话。

我像是被人迎头敲了一闷棍，半天没回过神来，心中的惊涛骇浪先是呼啸而至，一波接一波后渐渐开始静默。到底是出了什么事，能够让他们直接废掉我们的标？辛苦了几个月的成果，怎么能说没就没了？

稍后又接到了陈战的电话，他也是刚接到了骆琳废标的通知，莫名其妙地问我怎么回事。我只好无可奈何地和他约好明早再去问个究竟。

这一晚上都是浑浑噩噩的，根本没有睡好，等到第二天一早，我就和陈战会合，急急忙忙地赶到了骆琳办公室。

骆琳表情淡淡的，看到我们后从抽屉里拿出一个 U 盘插在计算机上，然后将显示器转了个方向，面朝着我们。

屏幕上随着一片模糊之后的渐渐清晰，开始出现明显的画面，我和陈战都紧张地睁大了眼睛。

里面首先出现的是一只端着红酒杯的手，然后是一副火辣的身材，渐渐镜头拉近，看到了张丽丽那张艳丽的脸，还有我有些慌乱的表情，短暂的交谈过程之后，画面定格在张丽丽朝我扔标书那一刻，戛然而止。

我突然就明白了，这应该是张丽丽对我的打击报复，因为根据跳动着的显示画面来看，这一定是人为拍摄的，而当时在场的根本就没有第三个人。更阴险的是，这段视频只有画面而没有声音，完全听不到两人对话的内容，录像时间又准确地终止在标书落地的那一刻，让我百口莫辩。

真是用心良苦，天衣无缝。

第三十一章 晴天霹雳

这样的女人，就像是毒蛇，要么缠你，要么咬你。

我的额头渗出密密的一层细汗，瞠目结舌地看着骆琳和陈战，半天只说了一句话："这是诬陷！我根本没有去捡地上的标书！"

陈战沉默着没有说话，只是淡淡地苦笑了一下，骆琳却看着我幽幽开口："这个视频里的女人，据说是鼎新公司的采购总监，4G手机竞标组的核心成员，他们公司投诉你通过不正当的手段，恶意窃取竞争对手的标书资料，严重违反了竞标规则。我们在收到视频后，上面的领导非常重视，第一时间召开了紧急会议讨论，最后的结果是取消你们的中标订单，决定按废标处理。"

"那现在我们该怎么办？"我茫然地看着他们。

"我们将要进行二次招标，只是……"骆琳的目光落在我身上，像是不忍心说出口，"HY品牌怕是连继续竞标的资格都没有了。"

她轻轻的一句话，像是锤子一样敲在我的心上，砸得生疼。

竞标的资格都没了，那就是根本不可能再有翻身的机会了，可是没有了这些订单，摇摇欲坠的HY该怎么办？

我木然地跟随着陈战走出办公大楼，两腿发软地坐在大厦前的花坛上。

"不是我说你，你怎么能如此大意，给对方一个这样的可乘之机呢？这个公关和情报工作本来就是我们代理商要做的事情，你根本就不应该去插手，现在反而弄巧成拙，前功尽弃了。"陈战将公文包随手扔到旁边，右手叉着腰，一顿一顿地数落着我。

我第一次见他发这么大的火，看来人的淡定都是有限度的，没人能做到任何时候都云淡风轻。

"结果已经这样了，现在埋怨也没有意义，想想看咱们还有没有别的办法？"我难过地说道。

"他们已经废标了，那么即使你现在再去想办法澄清视频，也于事无补了，运营商不是执法单位，这将会是一个漫长的调查过程，等到你的案件水落石出，估计别家的订单都交完了。"陈战的情绪冷静了下来，叹了口气说道，"所以你还是在骆琳身上下点功夫吧，看能不能争取到后面的第二次竞标资格，那样也许还有转机。"

又是骆琳，为什么总是要我去找骆琳，事情为什么总是会按最不希望的方向去发展？

阳光从天空笼罩下来，我却像是跌进了深深的湖水，只感觉心里瓦凉瓦凉的。

我根本没有心思回公司，在外面漫无目的地晃了一天后，打电话约了秦浩，情绪低落地坐在夜色酒吧，一杯接一杯地往嘴里灌酒。

大厅里热闹非凡，歌声一浪一浪地传来，可我却心如止水，没有半点兴致。

秦浩坐在身边默默陪伴着，一副无奈的表情。

"我就搞不懂了，你说那个张丽丽为什么要害你呢？"秦浩将酒杯重重地掷到桌上，满脸不解的样子。

"不清楚，也许是我伤了她的自尊吧，也许是为了利益，谁知道呢？"我吐着酒气回答道。

"她之前不是还帮过你吗？"他又问。

"是啊，可是女人的心是分阶段的，对你好的时候可以为你付出一切，恨你的时候可以置你于死地，不然怎么会有女人如水，既能载舟，亦可覆舟的说法呢？她们的心理状态很容易从一个极端过渡到另一个极端，所以完全不能按常理去解释。"我喝完了杯里的酒，将身体重重地靠在了座位上。

"那我们现在应该怎么办啊。"秦浩眉头紧锁，一脸的担心。

"陈战叫我去找骆琳……"

"那你赶快去啊，我想这个时候好像也只有她能帮我们了。"秦浩打断我的话，着急地催促道。

"我实在是不想再欠她的人情了。"我摇了摇头，犹豫着。

"不是我说你，你有时就是死要面子活受罪，为了一家公司的存亡，去找她说几句好话怎么了？谁没有有难处的时候呢？放心吧，这是人之常情，没人会笑话你的。"他苦口婆心地劝慰道。

"唉，让我再想想吧。"

第二天，正当我左右为难，犹豫着要不要去找骆琳的时候，却接到了小花约我见面的电话。

我很爽快地答应，决定赴约。事实上，我也很想见小花一面，因为，我一直在逃避着和她的感情，从来没有大胆地面对过，有些话我需要认真地当面对她说，至少应该给她一个交代。

小花选择的地方，是一家位于南山的装修得很古典的农家乐，围墙上安放着一排排的绿色盆栽，一个镶着玻璃的木制回廊延伸到院子深处，带着几分旧日时光的幽香，隔断了喧嚣与城市的拥挤。

这个地方我们好像曾经一起来过。

第三十一章　晴天霹雳

走进庭院里，看到有棵石榴树，红色的石榴三三两两缀满枝头，几枝鲜花开得正艳，比我早到的小花此时正静静地坐在庭院中间，映着太阳的金光，仿佛也像是其中的一朵，正在静悄悄地绽放着。

看到我进来，小花的眼睛定定地，一瞬也没有从我身上移开。

仿佛意识到我的不自在，她回过神来，对着我微微一笑："今天，我请你。"

"好的。"我没跟她客套，随即拿起桌上的茶壶给她倒茶，"小花，这段时间过得好吗？"

"总体上还不错。"小花接过茶杯，有点娇羞，然后装作随意地问，"你呢？跟惜悦在一起很幸福吧？"

"我们……就那样吧。"她这一下子问得我有些尴尬。

我根本不敢说太多有关惜悦的内容，因为我觉得在小花面前说这些，是一件很残忍的事。

"别介意，我就随便问问。"她大方地笑了笑，然后喝了一口茶，再次开口，"高寒，我要出国工作了。"

"啊？要去多久？"我非常惊讶。

"不知道，应该以后就在国外了吧，至少短时间回不来了。"

"什么时候出发？秦浩知道这件事吗？"我又问道。

"过两天就走了，跟我哥说过，但是他好像现在根本没有精力顾我，他现在跟何娜姐……"她的脸上显出几丝担忧。

"这事跟你没关系，相信他会处理好的。"

"怎么能没关系呢？他们是因为我才认识的，现在我都不知道该怎么面对我嫂子，总觉得对不住她一样。"小花低着头，有些自责地说。

"唉，你咋什么事都往自己身上揽呢？当初他们相识的时候，秦浩还是单身，至于后来如何发展，那是他们自己的事，跟你没任何关系。小花，别什么事总替别人着想，这样很累的。"我轻声地开导她。

"嗯。听你这样说，我心里踏实多了。"小花若有所思地点点头。

她的表情放松了下来，一边跟我聊天，一边给我夹菜。

我看气氛差不多了，放下筷子，看着她说："小花，我对你犯下的错误，一直没有勇敢承认，更没有承担起任何相应的责任，今天，我想郑重地对你说一句，对不起！"

"我说过，爱情本来就是你情我愿的事，虽然最后我们没有在一起，但是至少给了我一段美好的回忆，让我学会了成长。所以，你不用说对不起。"

见我没有说话，小花顿了顿，拿起桌上的茶杯，又无声地放下，声音忽然低沉下来："高寒，你看过一个电影吗？叫《Love Story》，里面有一句台词，Love means never having to say you're sorry。爱，永远不用说对不起。感情的事情，本来就是强求不来的，我们都应该感谢能够相遇，然后再顺其自然，你说对吗？"

"小花……"我突然又不知道该说什么了。

小花沉默地看着我，低下头，黯然神伤。

"高寒，我要走了。"良久，她终于抬起头来，脸上有着深深的依恋和迷茫，"这一走，可能好多年都见不到你了。"

我看着一层氤氲的水汽漫进了她的眼眶，迷蒙中，她黑色的瞳仁映上了一层水晶般的光彩，让她的眼睛变得晶亮透彻，像是一泓清澈湖底的宝石，熠熠生辉。

"现在都是地球村啦，到哪里都方便，以后有机会我去看你。"我赶紧安慰着，不想她那么伤感。

小花却轻轻地摇头。

"可是，在我没有彻底把你放下之前，我不想再见到你了。"

她的话像子弹一样击中了我，我心里猛地一沉，瞬间又涌上来几丝失落与心疼。

我一时不知道说什么好，只能眼睁睁地看着她眼眶中的泪水漫漫溢出，一颗颗，像珍珠一般洒落。

"小花……"我忽然被她的情绪感染，跌进了分别前无尽的感伤，"你一定要好好保重自己，遇到那个非常非常疼爱你的人，找到属于自己的幸福。"

说到这里，我不敢再说下去了，我怕她听出我声音的哽咽，听出我的满满不舍，听出我的心有不甘。

小花看着我，眼中是无限的哀伤。

"高寒，你能抱抱我吗？"她一双明亮的大眼睛充满期待地看着我，说完，似乎又怕我拒绝，赶紧补充了一句，"最后再抱我一次。好吗？"

我毫不犹豫地站起来，将小花抱在怀里。

此时的她就像是狂风暴雨中迎风而立的花朵，身体微微颤抖着，紧紧地贴着我的胸膛。

"你，会记得我吗？一辈子？"良久，她流着眼泪在我耳边轻声问道。

第三十一章　晴天霹雳

"傻瓜！当然会！"我心里十分苦涩，特别不是滋味。用手抚着她的后背，安抚着她的不安与感伤。

"高寒……谢谢你！"小花的泪水打湿了我的衬衫。她的声音里有痛苦、疏离和一丝决然。

记得我跟惜悦失联后，是小花陪伴着我走过了那一段人生灰暗的日子，她不求回报的付出，换来的却是这样的结局。

好像从开始到现在，她都在委屈自己，成全我们。

这样的成全，需要多么强烈的爱和勇气？

她那柔弱的娇躯，要有多么宽厚和强大的内心才能支撑这些？

这个单纯、美丽的女孩，在这样的最后时刻，我能给她的只是这样一个拥抱，多么苍白无力！

可除了这个，我还能为她做什么呢？

她选择了这样一个地方，让我们在曾经的时光面前做一个正式的告别。

从此以后，天各一方，不再相见。

小花，你一定要好好的，早日找到命中注定的另一半。

在这个世界上，无论距离多远，我们都是彼此失散的亲人。

你一定要幸福！

第三十二章
众叛亲离

跟小花吃完饭，我陪她在深圳湾公园走了走，然后相互告别。回去的路上，天空下起了瓢泼大雨，像极了我失落的心情。

正在等红灯的时候，突然接到了陈姐打过来的电话。我心里莫名紧张了一下，按了接听键。

"高寒，你让我查的事情有眉目了，但是情况有点复杂。"她的语气似乎有些急促。

"不要急，你慢慢说。"我说道。

"张丽丽曾经是我们的老同事了，这你也知道。但我之前从未见过她老公，原来他们早就分开两年了，而且并不在一个城市。"

"她离婚了？"我有些意外。

"没有，属于两地分居，她的老公另外找了个女人，在另外一个城市工作和生活，确切地说，她是被抛弃了，但是不知道她为什么没有办理离婚手续。"陈姐停顿了一下，又继续说道，"我找人查了，她和老公是小学同学，一个地方出生的，而且还查到了她老公的照片，发现……"

"发现什么？"

"发现长得和你有几分相似啊。"陈姐说完又像是怕我不相信似的，急忙补充道，"一会儿我将照片发到你手机吧。"

"哦，好的。就这些内容吗？"我又问道。

"还有，张丽丽的银行账户在前天突然有一百万元的资金转入，也就是在我们中标后的第二天。更奇怪的是，你让我调查小慧后，我们查到她的银行账户也有不明资金转入，而且是由同一个账户打进去的。"

"什么？打进去的时间一样吗？"我心里一惊。

"不一样，小慧的钱是在我们中标之前就已经打进去了，比张丽丽要早很多，但资金来源确实属于同一个账户。"陈姐的话让我的心情一时有些复杂，我挂断电话一遍又一遍地在脑海中整理着这些突如其来的信息，努力想理出一条思绪。

直到我回到小区楼下，还是没有清晰的思路，想着回家跟惜悦商量一下，也许她良好的逻辑思维能力能给我些启发。于是情绪低落地停好车，迈着沉重的步子上楼，轻轻地敲了敲门，可屋里却没有声响，我再重重地敲了几下，还是没有反应，于是掏出钥匙开门。

家里漆黑一片，根本没有人影。奇怪，平时这个时候惜悦早就下班回来准备晚餐了，今天是怎么回事？

我按下墙上的开关，雪白的灯光从天花板直泻而下，房间里没有了惜悦熟悉的身影，此时显得格外的冷清。我正准备掏出手机给惜悦打电话，却发现餐桌上显眼地摆着几张照片。

我走过去拿起来，只扫了一眼，瞬间就有一种天崩地裂的感觉，像是海啸一样冲击过来。

照片上的人是我和骆琳，她正挽着我的手，亲密地依在我怀里，略微低头抬脚迈下台阶，脸上的笑容无比的甜蜜。

我一下子想了起来，这应该就是她找我去毛家饭店，在张思伟面前演戏的那个晚上，我们一起出来走向停车场时被拍到的场景。

只是这个拍照的人明显用心险恶，故意利用了拍摄的角度，以饭店旁边的酒店大堂作为背景，从照片上一眼看去，就像是我和骆琳刚从酒店开房出来时的情形。

这简直太歹毒了。

我立即拨打惜悦的手机，着急地想向她解释，可是响了很久都没人接听。

等我失魂落魄地走进卧室，才发现她的很多换洗衣服都不见了。

这时，手机提示音响起，我低头查看，是惜悦发过来的微信。

那是一张屏幕截图，上面的内容是骆琳发给我的信息：高寒，你说得对，女人身体的本能是骗不了人的。昨晚谢谢你。

然后下一条是惜悦发给我的文字：请不要再找我，给彼此留一点尊严！

我一下子就恼火了起来，这个截图是当初秦浩留下来的，怎么会出现在惜悦的手上！

情急之下立马打电话质问秦浩，限他半小时内来我家里，必须要给我讲个明白。

"说说吧，怎么回事？"我气鼓鼓地看着他问。

他低着头，老老实实地坐在沙发上，面露愧色："高兄，不好意思，这事还真不是有意的，昨晚洗澡的时候被梅子猜对了手机密码，结果里面的所有信息和图片全被查了个底朝天，不仅发现了我跟何娜还在来往，而且还拿到了罪证。至于你的那张截图，当时我一时兴起，事后忘记删了，估计是梅子看到后就发给了惜悦，这次只能说是城门失火，殃及池鱼……"

"够了！"我粗暴地打断他，"你知不知道这次把我害惨了！惜悦都已经离家出走了！"

"我真不是故意的，我也是受害者呀。"他一脸委屈的神情。

"呸！你还好意思说得出口，早就让你跟何娜一刀两断，就是不听，现在弄成这样高兴了吗？"我看到他现在还不知错的样子，就更加生气。

"我也不想这样啊，可是……"

"可是个屁！何娜跪着求你了？还是拿枪顶你脑袋了？你一个已婚男人，家里有老婆守着，在外面还整天跟人家不干不净，藕断丝连，还知不知道廉耻？"我越骂越来气。

"够了！已婚怎么了？已婚跟前女友在一起就犯了滔天罪行吗？你就知道说我，你呢？怎么不说说你自己？当初明明奋不顾身地跟惜悦好，可是回过头来却把小花给睡了，你知不知道小花被你伤害成什么样子？过的是什么样的生活？甚至还屡次动了自杀的念头！你这个禽兽，她可是我妹妹啊，但我什么时候骂过你？是的，你左一个小花，右一个骆琳，中间还抱着一个惜悦，这样乱情都是情有可原，我放不下何娜就是男盗女娼，你说你怎么那么自私啊？现在反倒还有脸过来骂我，你说你有什么资格？你配吗？"秦浩从沙发上站起来，歇斯底里地用手指着我的鼻子吼，脸上的表情变得十分扭曲。

我被他一下子骂蒙了，半天接不上话来。

心里却渐渐开始平静，理智一点一点地恢复，突然意识到自己好像有些先入为主，而忽略了事情的起因。

这次好像并不完全是因为秦浩的那个截图引起的，桌上的那几张被偷拍的照片，让人误以为我和骆琳一起去了酒店，这才是真正造成惜悦误会的根源。

拍照片的到底是什么人呢？有何居心？

第三十二章　众叛亲离

"好了，先不说这些了，到此为止吧，小花的事是我不对，我从来就没否认过，但是结果已经是这样了，也没有其他挽救的办法了。你先坐下来，咱们有话好好说。"我不想再激化秦浩的情绪，语气软了许多。

"坐个屁！"没想到他却根本不领情，大嗓门洪亮的声音继续响起，"我他妈的后院刚起火，梅子在家里大吵大闹要离婚，本来还在一心一意地苦苦跟她周旋，没想到却被你急急叫过来劈头盖脸地挨一顿臭骂！这算是什么事？从今天起，大家各扫门前雪，你自己的破事自己处理，别再找到我头上来了！

他气鼓鼓地说完，铁青着脸一把拎起了桌上的包，猛地拉开门，头也不回地走了出去。

我茫然地看着他离去的背影，坐在沙发上有些不知所措。

我到底做错了什么？一夜之间，爱情与友情都离我远去。

一晚上几乎没睡，导致我第二天很晚才起床，刚出门准备去公司就接到了骆琳的电话，约我见面说有重要的事，我于是直接赶了过去。

在西餐厅里见到骆琳时，她脸色凝重，看上去疲惫不堪，身上还穿着制服，显然是从办公室直接过来的。

"怎么了？今天很忙吗？"我在她面前坐下。

"嗯，累死了。"她点点头，身体往后靠了靠，用手挠了下额头的头发，招手把服务员叫了过来。

"给我来个牛排。"我点完餐，看着她问，"这么急叫我来是有什么消息吗？"

"没消息就不能约你吃个饭了？瞧你那双眼睛，两眼无光、布满血丝，什么事都会有解决的方法，别把自己逼得那么狠，弦绷紧了会断的。"她像是在埋怨我，语气中带着一丝心疼。

"嗯，知道了。"我点头应道。

"给我讲讲那个张丽丽呗。"她脸上表情淡淡的，像是不经意地提起。

"哦，那是以前 HY 公司的老员工，后来有个股东出去后另起炉灶，她就跟着一起跳槽了……"我详细地对她讲述着来龙去脉，她撑着下巴认真地倾听，不时插上一句询问一下，大概花了半小时，才全部说清。

"这样看来，像是因爱生恨啊。"她分析道。

"也许吧，具体我也不清楚。"

她喝了口水，然后看着我，表情严肃："我今天已经把视频提交给执法单位了，还跟着一起去酒店调看了监控录像。现在看来情况还不是很明朗，目前通过你进出房间的时间差，只能证明你们之间没有进行性交易，但是还是有窃取标书的嫌疑。"

"你相信我吗？"我抬头迎上她的目光。

"当然。"

"谢谢。"她这个时候的一句信任，在我心里占了很重的分量。

骆琳放下手中的茶杯，轻叹了一口气："领导第一时间找到我，要求彻查，为杜绝后面类似的事情再次发生，直接取消你们的竞标资格，虽然我极力为你们开脱，也提出那个视频的真伪性还有待确认，但是他们根本不听。你知道的，国企的做事风格就是这样，规章制度多，原则性强，而且没人愿意承担任何风险，都抱着多一事不如少一事的心态，大家都是明哲保身地过日子。说实在话，这一点我非常不适应。"骆琳说完这些，竟然面带愧色。

"骆琳，感谢你一直以来的照顾，这事到今天这种地步，其实是我们连累了你。"我赶紧打消了她心里的顾虑，然后又抱着一丝侥幸的心理，小心翼翼地问道，"对于这个结果，我心里也有些不甘，我们后面真的没有任何机会了吗？"。

骆琳沉吟了一下："除非，执法部门能立马调查出结果，证明那个视频是故意陷害！"

我皱紧了眉头，不禁苦笑，这谈何容易！先不说我一个平头百姓，根本没有那个实力去调动这层关系，更关键的是张丽丽收的是谁的钱，究竟是什么人在操纵，都是个未知数，说不准她也只是这庞大棋局里的一颗棋子，高手还在幕后。

唉，我忍不住摇头轻叹，从昨天开始，视频、照片、不明账户的资金、秦浩和惜悦的离开，还有我和骆琳的照片到底是什么人所拍，他这样做的目的仅仅只是为了挑拨我和惜悦的关系吗？会不会有其他更大的阴谋？这一连串的事情已经让我乱了方寸。

有一点可以确定，那就是小慧这个人一定有问题，而她又是陈战的助理，无论如何，这个代理商都靠不住了。

可是运营商的竞标规则是只接受代理商投标，如果厂商直接投标意味着我连竞标的资格都没有，而且现在事情已经到了这种地步，再去换新的代理商显然已经来不及了，我应该怎么办？

"你放心。"骆琳似乎有些觉察到了我内心的焦急，看着我目光坚定，像是在给我打气，"我一定会尽一切努力去说服领导，让他们恢复你们的第二次竞标资格，而且只要我手中的权力不被剥夺，后面就一定要让 HY 拿到这次竞标的订单，你就等我的好消息吧。"

"骆琳……我真的很感谢你!"我发自内心地说道，好像此时已经找不到更合适的词，来表达此刻的心情。

"嘿，谢什么? 这本来就是我职责范围内应该做的事啊。"她朝我摆了摆手，语气非常爽快。

"骆琳，我知道你是真心为我好。但是……"我犹豫了一下，还是说出了口，"说心里话，我非常想拿到这次的订单，因为这是目前拯救公司的唯一方法。但是，我不希望你为了 HY 的事情，而去违背太多人的意愿，万一把关系闹得很僵，那样会影响你将来的发展。如果非要拿你的前程作为代价去换取订单，我一辈子都很难安心的，所以，谋事在人，成事在天，每家公司有它自己的命运，实在不行，该怎样就怎样吧。"

说出这些话，我终于如释重负般地舒了口气。

"高寒，你不懂。"她淡淡地笑了，嘴角向上扬起一个好看的弧度，微偏着下巴像是回忆了一下，然后说道，"这七年来，我的感情生活平淡如水，如果不是发现张思伟劈腿，也许这辈子都会按部就班地这样平淡下去。所以，有时想想，老天对我还是很公平的，它让张思伟从我身边离开，却又让我遇见了你，是你让我尝过了爱情的真正滋味，是你让我第一次感受到主动去爱一个人的甜蜜和苦涩，是你让我明白，爱一个人就是简单地去爱，不计付出，不需要结果。"

我认真地听着，叹息了一声，沉默地低下头，一股感动在心里翻涌，眼眶开始湿润。

她见我没有说话，像是更加坚定了心中的决定，表情专注地看着我说:"所以你就回去好好准备第二次竞标吧，哪怕我最终被公司开除，我也一定要让 HY 获得这次机会。"

"那样你会成为众矢之的，被大家排挤和打压。也许以后的某一天，你会后悔……"

"后悔就后悔吧。"她却直接截断了我的话，朝我扬了下手，"这事就这么定了，我宁愿做过再后悔，也不愿错过而遗憾。"

有人说，明知道是悬崖，还拼命地往下跳，这就是爱情。

我张了张嘴，还想着怎么去劝说，没想到骆琳却盯着我，眼里带着一丝责备说:"高寒，不是我故意想挑拨什么，依我看你们的爱情就是少了那种主动和洒脱，多了太多的顾虑和矫情，不然怎么可以分别半年的时间相互不联系？如果是我，一天都受不了，我会想方设法，不顾一切地去化解误会，好不容易遇到了真爱，那就拼了命也要在一起！"

她的话猛烈地敲击着我的心，让我一下子无地自容，陷入了沉思当中。

第三十三章
病来如山倒

我终究没有再说什么，一是了解骆琳的性格，她决定了的事很难再改变；二来出于私心，我内心又抱着很大的希望，毕竟这是目前公司唯一的一次起死回生的机会。

只是，我这样利用她对我的感情，从而达到自己的目的，怎么对得起她那颗赤诚的心呢？

我值得她为我付出那么多吗？

我该拿什么来回报她对我的一片痴情？

我的心抽搐了，又开始了一阵一阵地纠结。

与骆琳分开的时候，天空就开始飘起了雨。雨滴很大，却不密集，稀稀落落地砸在我的挡风玻璃上，不多时便积起一片密密麻麻的水花，挡住了我的视线。我打开雨刮器，却根本扫不清越来越密的雨水，它们混成了细细的水流，纷纷乱乱，宛如我复杂的心情。

大雨，迟缓了这个城市的脚步，车子在霓彩斑斓的街道上龟速前行。

我望着城市的夜景发呆，木然地跟随着车流前进，大脑开始迟钝。

茫然中，我的心乱成了一片，不知不觉间，竟然开到了滨海大道，来到了我与惜悦相遇的地方。我陡然打了右方向灯，慢慢靠到路边停下。这个地方，我曾经无数次地路过，它是我幸福的开始，承载了我对惜悦的思念与绝望。如今，惜悦又离开了，我鬼使神差之间，又来到了这个地方。

正当我静静地看着车窗外发呆时，口袋的手机突然响起，我恍惚地拿出来接听，张口就叫着惜悦的名字。

"高寒，我不是惜悦，我是陈姐。"里面传来的声音却是另外一个女人。

"陈姐，怎么了？"我有些疑惑地问，除非有非常重要的事，不然她一般不会给我打电话。

"有件事，我犹豫了很久，最终还是觉得有必要跟你说一下。"她的语气沉重，像是做了很长时间的思想斗争才下的决定。

"你说。"我的心也跟着悬了起来。

"其实，王总这两天是住在我这里，她的房子已经卖了。"

"什么？怎么回事？"我大吃一惊。

陈姐在电话那边叹了口气，有些心疼地说道："还记得上次供应商找黑社会来收账吗？你答应人家两天后给钱，王总当时筹集的那一千万元资金，其实是她自己的个人存款以及卖房子的钱……"

"知道了，我现在就去接她回家。"

"缓两天再说吧，我看她正在气头上呢。"陈姐又对我说道。

"行，我知道了。"

我机械地挂了电话，脑子里一片混沌。心中似有一团理不清的乱麻，塞在胸口，憋得我无法呼吸。

惜悦连房子都卖了，赌上了自己的全部身家，而现在 HY 前途未卜，还要等待骆琳那边能否恢复二次竞标资格的消息，事情怎么会到了这样的地步？

我很想找个人倾诉一番，理一理我的思绪。

可是拨打惜悦的电话，拒听，再打，关机。

我只好找个人一起去酒吧喝一杯，一醉方休，可连秦浩都不再接听我的电话。

一时间，心情跌到了谷底。

我是那么爱惜悦，为了她，我可以抛弃财产、奋不顾身地为她做一切事情，甚至伤害到别的女人也不改初衷。而她为什么却不能再相信我？难道曾经的一个错误，可以成为一个终生的污点而被贴上标签吗？

这世上有多少爱情，死在了缺乏信任上。

我们有相携一生的勇气，却为什么不能在关键的时候选择相互信任？

如果是这样，那我现在一切的努力又是为了什么？

骆琳不惜用自己的职业和前程做代价，就为了给 HY 再争得一次公平竞争的机会，那样还有什么意义吗？

那么多年的好兄弟，曾经一起有过多少欢乐，经历过多少荣辱与共的关头，他甚至可以放弃已经拥有的安稳生活来帮助我，可为什么这么深厚的友情也会在一夕之间互相反目？

这都是我的问题吗？我是从什么时候起，开始变得如此不堪而令人无法容忍了？

我的爱人不相信我了，我最亲密的朋友也跟我闹翻了。

而此刻却只有骆琳，一个萍水相逢认识不过三个月的女人，始终坚定地站在我这边，不计回报地默默为我付出，这是一件多么讽刺的事。

生活果然只是梦一场，处处隐藏着捉摸不定的游戏和陷阱。

我索性打开车门，走了下去，想让倾盆大雨冲掉我内心的浮躁，让自己的头脑变得冷静和清醒。

我想找到一个答案！我要给自己找到一个继续努力下去的理由。

雨水像是迎头浇下，只在片刻间就将我淋透了。

我像是一棵刚从坛子里腌出来的泡菜，站在雨中，不知所措。任由雨水冲刷、敲打着自己的面孔，欲哭无泪。

不远处的霓虹灯闪烁着，时明时暗，光彩陆离。在这变幻莫测的光线中，一个个熟悉的面孔在我脑中像电影胶片一般闪过：惜悦、秦浩、小花、骆琳、梅子、何娜、陈战、古总、张丽丽、小慧、肖峰……还有那个神秘莫测的林总……

在这个光鲜的城市里，到底还有着多少尔虞我诈和不可告人的阴谋？

我毅然地回到这个熟悉的城市，却像是步入了一个精心设计的局，陷进了一个像谜一样的循环。

我颓然地蹲下身子，内心苍白无力，在大雨中彻底迷失了自己。

不知过了多久，我觉得一阵寒意从心底蔓延至全身，才活动了下发麻的四肢，站起了身，迈着僵硬的步子往汽车走去。

刚上车我就猝不及防地打了个喷嚏。

我发动车快速回家冲了个热水澡，却还是没有挡住生病的步伐，全身无力地躺到了床上。

我将手机选到自拍，调整着角度，尽量让自己看上去虚弱的样子，拍了一张照片发给惜悦。然后又发了条信息：我发烧了，没有力气下楼，家里还有药吗？等了很久却也没等到她的回复。

不知不觉，我昏昏沉沉地睡着了，很快就进入了梦乡，梦到自己受了很严重的伤躺在医院里，惜悦一脸担心地在床边守护着，给我端来了热气腾腾的小米粥，然后伸手触摸我的额头，手指不经意地碰到我的鼻子，有点痒痒的清凉，那衣袖间的百合清香，萦绕在鼻尖，久久不能散去。

我一把伸手去抓住，嘴里念叨："惜悦，你别走。"

"好好躺着，别乱动。"她瞪了我一眼，用命令的口吻跟我说道，声音却是那么的真切。

我努力睁开眼睛，看到惜悦真的坐在我床边，手里拿着一条湿毛巾，正要往我额头上放。

"惜悦，真的是你吗？"我有点迷糊。

"不然你以为是谁？田螺姑娘？"她冷着脸说了一句。

"你怎么回来了？"我伸手去抓她的手，"我还以为你真的不管我了！"

"打住。"惜悦把手抽了回去说，"我只是回来确认一下你是否真的生病了，谁知道是不是装可怜骗我呢？"

"是真的病了，货真价实，童叟无欺。"

"你还贫嘴，看来没有病。"她站起身，一副准备离开的样子。

"我有病，真的有病！"我只好拉住她再三强调。

她看着我急切的样子，忍不住扑哧一声笑了出来，随后问道："饿了吧？想不想吃点东西？"

"想啊，非常想。"我迫不及待地点头。

惜悦没有说话，伸手将我扶起来，然后在我身后塞了个枕头，端起了床头柜上的一碗粥，递过来给我。

"你可以喂我吗？我没力气。"我并没有伸手去接，只是看着她虚弱地问道。

惜悦狠狠地瞪着我，犹豫了一下。

"我正在发烧，是病人。"我特意强调了后面两个字。

她倔强地将头扭到一旁，然后又回头看了看我，终是狠不下心来，拿起了勺子，开始轻舀着喂我吃粥。

我浅尝了一口，一股热流围绕在舌头上，粥上飘着一层细腻、黏稠的米油，散发出小米的浓香，那正是我刚才梦中闻到的味道。惜悦虽然故意回避着我的目光，但却动作轻柔，很有耐心，一勺一勺，随着我嘴巴的动作，轻轻地送到我嘴里。她偶尔还会"啊"的一声，张嘴示范一下，那模样傻乎乎的，特别可爱。

我突然很庆幸自己这个时候生病，陶醉般地享受这份恬静的时光。

屋子里静静的，只有床头柜的一盏台灯在亮着，柔和的光线打在她的脸上，镀上了一层淡淡的橘色光晕，让她看上去更加柔美，散发出一种母性的光辉，或许这就是女人的天性和本能吧。

这样的画面，甜蜜而又温馨，看得我心都要化了，心中更加多了一种一定要跟她这样生活一辈子的渴望。

"惜悦，咱们休息吧。"我喝了一碗粥，元气渐渐恢复。

"你早点睡吧，没事我就回去了。"她说完随即放下了手中的碗。

"怎么没事啊，我还发着烧呢，一点力气都没有。"我故意坐了起来，又气喘吁吁地躺下，可怜兮兮地说，"你看我想去趟洗手间都下不了床。"

惜悦犹豫了一下说道："那我今晚不走了，在客厅沙发上将就着睡一晚，你有事就叫我。"

"那怎么行啊？怎么能让你一个弱女子去睡沙发？要睡也是我去睡呀。来，你帮我拿下被子枕头，我去睡沙发。"我做势就要下床。

"唉，行了行了，你正生着病就别瞎折腾了。我陪你睡床上总行了吧？不过事先说好，你不许碰我！"她终于不耐烦地说道，爬到床的另一边，背对着我和衣躺下。

"亲爱的，咱们聊聊天好不好？或者我给你讲故事，讲一个小蝌蚪找妈妈的故事……"我嘴里挑逗着，伸手过去想要抱她。

"我不想听，你别碰我。"她拨开我的手，侧躺着像是刀片一样立在床边。

看来想要跟她和好，还需等待时机，我只好暂时作罢。

第二天一大早，我就接到了骆琳的通知，说领导已经同意恢复 HY 的竞标资格，让我们做好一切准备，参加后面的二次招标。

我不知道骆琳到底花了多少心思和精力，冒了多大的风险才帮我们重新争取到这个资格，她肩上肯定顶着巨大的压力，才有了这个求之不易的结果，我们无论如何都不能再次让她失望，而且这也是 HY 品牌最后一次赢标机会。

我回到公司召集竞标组的所有成员开会，却没有见到秦浩来参加，这让我心里有些担忧。但我还是宣布了这个重大消息，布置了相关任务，要求大家全力以赴。

散会后，我低沉着脑袋，心事重重地走回办公室，小艳抱着文件，尾随着跟了进来。

"哥，怎么脸色那么差，生病了吗？"她一脸的关心。

"嗯，身体有点不舒服。"我重重地坐在椅子上，端起茶杯喝了口水。

"到底发生什么事了？我感觉惜悦姐这几天怪怪的，还有秦浩哥……"她问了一半就停住，试探性地看着我。

"秦浩怎么了？"

"他都好几天没来公司了，公司传言你俩吵架……"她的表情小心翼翼，欲言又止。

"别管这些了，好好工作吧。"我三言两语把她打发了出去。

然后我打开笔记本计算机，开始处理邮件，心里却总是七上八下，根本无法进入状态。我只好合上计算机，深思熟虑后，拿出手机，编辑了一条短信发给秦浩：我在公司楼顶天台等你，不见不散。

消息显示发送成功，我紧盯着手机忐忑不安地等待着，时间过了很久，却一直都没有回音。

惜悦下班后又回了陈姐那里，我苦苦地央求，她都没有答应搬回去。我再三考虑了一下，与其这样着急地和她化解误会，倒不如先集中精力筹备我们的二次竞标，等拿到订单的那个时候，再去找她冰释前嫌。打定主意后，我干脆让彼此的关系持续着一个冷战状态。

第三十四章
竞标失败

两天后，我正在办公室忙活着，陈战却突然急匆匆地走了进来，说是有重要的事情要找我谈。

这让我有些意外，他一向做事沉稳，波澜不惊，今天这是怎么了。

"我不得不郑重地跟你说一件事。"他表情严肃，一开口就是这句话。

"发生了什么事？连你都开始不淡定了。"我招呼他坐下，很疑惑地问道。

"还记得我们有个竞争对手叫 K 米品牌吗？秦浩是不是有个同学在那边？"他语气急促地问。

"对啊。"

"我们刚得到了一个消息，这个 K 米品牌竟然也拥有了一项新的技术，能够延续产品电池的续航时间，而且已提交新的样机，正在运营商进行入库测试，如果通过，那么在第二次竞标中对我们将会是一个很大的威胁。"他一连串地说出这些，条理清晰。

"他们怎么可能有这种技术？"我非常惊讶。

"那就要问问你的好兄弟了。"陈战话中有话，看着我的眼神意味深长。

"你的意思是秦浩吃里爬外，利用跟他同学的关系，出卖了我们的技术？"我沉吟了一下，有些不敢相信地看着他。

"这个我可不敢下结论，你们兄弟感情深，这是大家都清楚的事。只不过……"陈战将旁边的公文包往里推了推，身子往后靠到了沙发靠背上，再次看着我幽幽开口，像是在聊着一件无关紧要的事，"最近股市好像跌得比较厉害，听说秦浩可是投了不少啊？"

我当然知道他这句话的意思，这种事情我碍于跟秦浩多年的关系，根本不敢去做任何的猜测，陈战刚才的这番话，只不过是把我不敢面对的问题摆上了桌面罢了。

我努力使自己的心情平静下来，当着他的面，立即掏出手机打电话给秦浩，却发现根本没有人接。于是我只好打通了骆琳的手机。

"高寒，怎么了？"她接通电话就问我。

"骆琳你好，我有件事想向你打听一下。"我直接说道。

"好的，你稍等。"电话里传来椅子挪动的声音，一阵脚步声过后，她说道，"好了，什么事你说吧。"

"听说那个 K 米品牌也有跟我们一样的新技术了，有这回事吗？"我带着几分质疑，根本就顾不上陈战坐在旁边，就这样开了口。

"是的，新的样机正在测试，马上就要有结果了，不过这属于客户正常的技术更新，完全符合竞标的规则和流程，我们这边是没有异议的，你们有什么问题吗？"她有些奇怪地问道。

"没有，我也就是打听下，你忙吧，打扰了。"

我说完挂掉了电话，朝陈战点了点头，说道："已经证实了，确实是有这回事，你觉得我们该怎么办？"

"如果说 K 米品牌在第二次竞标的时候，价格跟我们不相上下，那么就应该问题不大，我担心的是他们到时会恶意降价，那样在技术指标一样的情况下，我们就失去竞争优势了。所幸的是，我们还有最后一张王牌，那是决定一切的胜算。"陈战的脸上浮起了淡淡的笑容，目光中含有深意。

我迟疑了一下，问道："你是说骆琳？"

"对。"

"可是，她是个原则性很强的女人，从来不代表任何一方的势力，办事公平公正，就跟包公一样，她会帮我们吗？"我跟他分析道。

"呵呵，是啊，她做事确实很有原则性，可那只是以前。"陈战笑着摇了摇头，又继续看着我说，"你刚才没发现吗？你问的问题其实已涉及了投标人的商业机密，作为招标方她是没有权力向你透露这些信息的，但她竟然能够不顾组织的保密规则，毫不犹豫地回答了你，这说明她已经完全偏向我们啦。"

"这个……"

"好了。"陈战张开手掌向我扬了下，脸上一副如释重负的表情，开口说道，"这样我也就放心了，有了骆琳的帮忙，他们的二次竞标啊，最终只能变成是一种形式而已。这样就对了嘛，本来就是板上钉钉的事，硬要搞得这么麻烦。"

他从沙发上站起来，伸手拍了拍我的肩膀，眼神里透着赞赏："不错，高总对付女人确实有一套，在下佩服。"

"陈总过奖了。"我目送着他离去的背影，脑海里开始不停地思考着，思维渐渐变得清晰。

这时，骆琳的微信发了过来：放心吧，一切有我呢。

我的心中顿时涌上一阵感动的潮水，心情随后又变得非常复杂，不知道为什么，骆琳的奋不顾身，总让我的内心感觉到隐隐的不安。

回到家，我一个人坐在沙发上发着呆，没有了惜悦的身影，家里仿佛没有半点温暖气息，客厅冰冷的灯光，从头顶倾泻而下，更让我的心里增加了一份落寞和凄凉，不免有些心烦意乱。

现在 HY 的处境等于是又到了悬崖边缘，好不容易中标得到的订单，却就这样夭折，更让人心焦的是连同在一条船上的合作伙伴，都不能再相互信任，再次陷入了孤军无援的境地，我该怎样找到突破口扭转这个局面？

茶几上还躺着惜悦留下的那天被偷拍的几张照片，此时骆琳脸上的笑容却让我心中充满了苦涩的味道，一个偶然的相遇让我认识了她，想不到却一次又一次地决定了 HY 公司生死存亡的关键，尤其是陈战下午那番话，等于是大家都把二次竞标的所有希望寄托在她的身上了。

突然，我脑中竟闪过一丝不好的感觉，又在脑海中回放了一遍陈战下午说的那些话，心里开始浮起深深的担忧，现在陈战是敌是友还不好下定论，但是连他都能看出骆琳在二次竞标中是最关键的那一环，那么，隐藏在小慧和张丽丽她们背后的那股强大势力，就更加不可能没有理由看不出来。他们一直在策划着整个阴谋，试图将 HY 置于死地，怎么可能会放任骆琳去一直帮我呢？这里面绝对有问题！

换句话说，骆琳肯定有危险！

如果事情继续任其发展下去，很有可能到最后订单没拿到，骆琳却在关键时刻被对手算计了！

我应该怎么办？

看着眼前的照片，我陷入了沉思当中。

日子一天一天地过着，经历了漫长的煎熬后，我们等待的日子终于来临了。

上午十点不到，我们又是早早地赶到了会场，焦急地期待着他们公布二次评标的结果。

最近这些天，秦浩明显地躲避着我，一会儿说是在外面跑客户，一会儿又说要去找渠道商收货款，总是使用着各种不同的理由，就是不想回公司，尤其是像今天这么重要的会议，都负气没有来。

为了避免 K 米品牌拥有新技术而对 HY 的威胁，我们这次特意修改了商务价格，采取了产品降价的方式，来增加中标的概率。用陈战的话来说，合理而又优惠的价格，再加上还有骆琳的暗中帮助，这次的中标应该是万无一失了。

这一次的会场比上一次低调了很多，除了运营商自己的工作人员在现场，好像并没有召集外面的媒体单位。

按理来说像我这种桃色事件本来是最吸引眼球的，但是，他们在收到视频的第一时间废标，然后再私下找我们过去了解情况，事后并没有将这个消息散播出去，只是重新安排一个二次竞标，这样的做法明显是并不希望事态的影响继续扩大，完全打算冷处理的节奏。

我不知道这是谁的决定，但是我相信骆琳一定在中间做了很大的周旋，起到了不可忽视的作用，才会有这样的结果。

所以，关于 HY 到底是如何违规被废标，现在不明不白地成了一笔糊涂账。特别是当废了标之后，又满血复活地重新出现在二次竞标的现场，这更让人有些摸不清头脑了。

于是，业内对于这件事，不可避免地传出了好多种版本，当我们出现在会议室时，全场的目光非常一致地转到了我们身上。

我没有和任何人打招呼寒暄，只是静静地坐在位子上，等待着宣布结果的时刻到来。

过了一会儿，我估摸着抬手看了下表，上面显示时间已经超过五分钟，可是主席台上却还没有任何动静。

十分钟过去了，二十分钟过去了，时间像流水一样逝去，可直到过了半个小时，骆琳还是没有出现。

大家渐渐坐不住了，纷纷开始小声议论，交头接耳的声音此起彼伏。

"招标组的人怎么还不出来啊？对了，上次那个骆琳呢？"

"这么久都见不到一个人影，会不会是出了什么事？"

"这种会议竟然都能推迟这么久，真是太莫名其妙了。"

第三十四章　竞标失败

249

我环顾了一下四周，几乎所有人都在不解地询问，一时间我的耳边全是嗡嗡的言论声。

终于，会议室的小门开了，走进来几个人，手里拿着资料，依次走向了主席台，可一行人里面却没有骆琳的身影。

走在最前面的还是上次那个副总，另外两个是答辩会时打过交道的招标组成员，还有一个男人却是新面孔，自始至终都从来没有见到过。

副总仰起头，清了清嗓子首先发言，这次却省去了很多的官方词汇，三言两语就简短地讲完。

然后那个新面孔开始说话，他用锐利的目光扫视了一下全场，表情凝重，像是调整了一下内心的情绪，才缓缓开口："大家好，我是招标小组代理组长言平，由于骆琳暂时不能出席今天的会议，所以由我代表招标小组，向大家宣布评标的结果。"

他的话音刚落，整个会议室突然间喧哗一片，大家纷纷议论起来。

"骆琳到底出什么事了？"

"这也太突然了吧！"

这些人的表情有的意外，有的八卦，有的兴奋，有的期待，只有我们的竞标组成员都面面相觑，显得有些紧张和担忧。

我看了陈战一眼，他轻轻地皱着眉头，脸上的表情有些慌乱，目光中流露出深深的忐忑和不安。

可是接下来言平并没有解释骆琳为什么不能出席会议，而是伸出右手，做着向下压的手势，示意大家保持安静，继续说道："下面由我来宣布中标结果……"

纷乱的会场顿时鸦雀无声，注意力瞬间被转移，所有人都瞪大了眼睛，全神贯注地盯着言平。

"经招标小组所有成员公正、严格地评选了所有的投标产品，在请示公司领导后，最终慎重地做出了评选决定。"他在慎重两个字上有意地加强了力量，让人感觉到，这一次竞标结果的权威性和最终性。

我控制着自己内心的激动，眼睛直视着言平的嘴巴，一秒都不敢挪开，感觉就像是一个站在被告席的犯人，在庄严地等待着法官的宣判。

"中标公司为××代理的K米品牌，总共获得订单五十万台。"

这个结果宣布完，所有人都傻了眼！像是难以置信般地看着言平，陈战的脸色唰地变白，没有一丝血色，转而露出了羞愤交加的表情。小慧则张大了嘴巴，一脸不可思议地看向我。

此时 K 米品牌的竞标团队却高兴地跳了起来，相互击掌祝贺，强子兴奋得脸上的青筋都暴出来了。

"这也太意外了，请问言组长，这次中标结果是根据什么评选的？"有人开始不解地发问。

"就是啊，太不可思议了，你们不会再搞个第三次竞标吧？"

会场又一下子变得乱哄哄起来，言平他们几人却无心恋战，扔了句"相关内容可去我公司官网自行查询"就迅速撤离。

这时有人过来拍着我的肩膀问："你们 HY 上次不是已经赢标了吗？这到底在搞什么飞机呀？"

我低下头沉思，阴沉着脸，什么话都不想说。

第三十四章　竞标失败

第三十五章
接近真相

陈战却渐渐在惊愕中恢复了常态，小声对我说："高总，我先去了解下情况，你通知所有人回 HY 开会，记住，是所有人。"

我明白他这句话强调的是什么意思，于是让小艳紧急通知秦浩，让他无论如何也要立马赶回公司，不能再有任何理由缺席。

HY 公司硕大的会议室里，大家一齐围坐在椭圆形的会议桌前，也许是都知道了二次中标失利的消息，气氛显得非常沉闷。

陈战表情严肃，目光依次扫过每个人的脸，还不时地抬手看表，脑袋略微偏着，像是在思索着什么。

"这次的竞标……"等到他终于开口准备说话，会议室的门却突然被推开，秦浩风尘仆仆地闯了进来。

大家的目光瞬间落到他的身上，内心的想法很丰富地流露了出来，表情各异，有意外、有怀疑，还有的带着深深的鄙夷。

"对不起啊，路上太塞了，没有耽误大家吧？"他说完尴尬地笑笑，有些不好意思地在周工对面坐下。

"现在人都到齐了吧？"陈战问了一声，随后嘴角扬了扬，眉毛皱成一团，看着大家缓缓开口，"今天的二次竞标，本来我们 HY 是势在必得，可是就在竞标前的一个小时，招标方的组长骆琳突然遭到举报，说在评标过程中没有公正地执行手中的权力，有意偏袒 HY，一意孤行地要让 HY 赢标。"

陈战的话一出，震惊全场，会议室一下子就哗地热闹起来，以至于他不得不停顿下来，看着大家纷纷在面前交头接耳。

等到大家对这个消息消化得差不多时，我听到惜悦沉静的声音响起："陈总，既然是举报，想必他们一定提供了相关的证据吧？"

"是的。"陈战点了点头，"据可靠的消息称，举报人提供了两张高总和骆琳相拥从酒店走出来的照片。"

他的话音刚落，会议室又沸腾了。从大家的反应来看，这个信息好像要比刚才的还要劲爆。我看到惜悦气得脸色通红，身体微微颤抖着，抿着嘴一句话都说不出来。

"相片是怎么弄到的，这个暂时我们不得而知。有可能是通过绘图软件PS的也说不准，但是现在摆在我们面前的事实是，就因为这个举报，让我们已经快要到手的订单拱手让人了，高总，您有什么看法吗？"陈战抬起头看着我，认真地问道。

我努力平复着自己的心情，让自己尽快冷静下来，看着大家，语气沉重："如果真的是因为我的原因，而让公司失去了这最后一次的机会，辜负了大家几个月来的劳动成果，更对不起陈总他们的竭力付出，我深表歉意。但在事情还没搞清楚之前，我们先要沉着冷静地一起去面对。陈总，你还有别的事要说吗？"

"当然。"陈战重重地点了点头，转过头目光看向秦浩，语气中带着几分质疑，"秦总，你能给大家解释一下为什么K米品牌会有和我们一样的专利技术吗？"

"这个我怎么知道呀？他们……"秦浩脸上红一阵，白一阵，一时接不上话来。

"秦总，那个K米的强子好像是你同学吧？"周工直接地问道，做技术的人就是心直口快。

"是呀，那又怎么样？这能说明什么问题？你们……不会都怀疑是我泄密吧？"秦浩看着大家各种疑惑和质问的眼神，终于有些招架不住。

"不然也太巧了吧，什么事情都刚好凑到一块……"

"是呀，他们又刚好是同学……"

有人开始冷言冷语地讨论和猜测，投向秦浩的目光中明显地透着鄙视和愤然。

"你们有什么证据吗？没有就不要乱下结论！"秦浩听到这些冷嘲热讽根本受不了，一下子火了，腾地站起身来，用劲踹了一脚凳子，打开门扬长而去。

"好了，大家都别吵了，有什么事情高总会出面处理的，你们不要轻易谈论。"惜悦站起身来，声音虽然不大，可目光中却透着无尽的威严。

一场会议就这样散场了，我看着秦浩离去的背影，心情非常复杂。

好事不出门，坏事传千里。HY 公司没有中标的消息，很快就传遍了业内，随之而来的，是新一轮的逼债潮。连原来表示观望的几家关系较好的供货商也不例外，打电话、发邮件催款，甚至有的还发来了限期付款的律师函，这一次，是真的很难应付了。整个 HY 公司陷入了一片山雨欲来风满楼的凄凉。

"怎么办？"两天以后，惜悦终于沉不住气了，主动过来找我询问。

"好的，一会儿见。"我挂了陈战的电话，看着她说，"陈战马上到，你一起参加吧。"

惜悦点了点头。

陈战很快到了，随同他一起来的，还有小慧。

落座后，他直入主题："高总，竞标的事情已经告一段落，我们已经无力回天了，这是一个大家不得不去面对的事实，不知道高总接下来有什么打算啊？"

"呵呵，依陈总看呢？"我没有贸然开口。

"高总，王总，咱们一起合作了这么久，也算是老朋友了，我就不绕弯子了。"陈战身体微微前倾，目光依次扫过我和惜悦，最后停留在了我脸上，说道，"HY 以目前这个情况来看，只剩下出售这一条路了。"

我看到惜悦的面色微微一惊，但是随即恢复了常态，若有所思地看向我，眼神中带着探询。

我没有回应惜悦的目光，而是一个又一个的疑团从心中升起，我发现自己越来越看不懂这个陈战了，从一开始的拼命努力帮我们赢得竞标，废标后又锲而不舍地想要帮我们夺回订单，眼下似乎一切尘埃落定，HY 大势已去，摇摇欲坠，他却又在紧急张罗着出手收购。在 HY 的事情上，他好像表现得比谁都积极，比我还像主人。他到底是在搞什么鬼呢？难道他跟惜悦真有什么说不清道不明的关系？

我低头略作沉吟，忽略惜悦直视着我的眼神，然后深吸一口气，询问道："陈总的意思是，你已经帮我们物色到有意向的东家了？"

"这个你放心，"陈战的语气诚恳，像是在给我承诺，"我在这个行业深耕了这么多年，有着丰富的人脉资源，到时一定给你找个实力雄厚的集团，也让 HY 品牌有个好的归宿。而且只要你愿意被收购的话，我有信心绝对可以帮你争取到好价钱。"

"呵呵,让我考虑一下吧。"我的心里一时乱糟糟的,根本想不出头绪。

好不容易熬到周末,我终于松了口气,这几天一直都是处于精神紧绷、思想高度集中的状态,总算能让我休息一下了。

我迷迷糊糊地一觉睡到了中午,直到惜悦打来的电话把我吵醒。

"喂。"我懒洋洋地开口

"这都几点了,你竟然还在睡觉?"惜悦的声音带着一丝恼怒。

"嗯。"我淡淡地回答,心想咱们现在可是还处于冷战状态,睡晚点你好像也管不着我吧。

"赶紧给我起来,马上到人民医院妇科……"她那边的环境很吵,好像是在跟什么人说话,"是的……确定是怀孕了……我等会儿打给你。"惜悦说完挂断电话。

什么?惜悦怀孕了?

天哪!这是真的吗?

我的心一阵狂喜,激动得差点从床上滚了下来,连鞋子都没来得及穿好就往外跑。跑到门口才发现自己身上还穿着睡衣,于是又赶紧回去换上衣服飞奔下楼。

"今天是个好日子,明天还是好日子……"我竟然也不由自主地哼起了这首歌。

外面阳光明媚,宛如我甜蜜的心情。

我一路疯狂超车,拼命按着喇叭,火急火燎地赶到医院,直接奔向妇科。

在候诊大厅的过道里,我一眼就看到了惜悦熟悉的身影,纤细柔弱的身体,在窗户投进来的阳光下,拖着长长的影子。

我立马飞奔了过去,把她抱了个满怀,情不自禁地在她耳边说:"亲爱的,我终于要当爸爸了,真的好开心!"

惜悦的身子微颤了一下,轻轻地将我推开,歪着小脑袋问道:"你的意思是,孩子是你的?"

"当然啊,不然还能是谁的?你什么意思啊?"我一下子急了。

"高寒,这孩子不……不是你的。"此时耳边却有另一个声音幽幽地响起。

我奇怪地转过身,一眼看到了手上拿着化验单的梅子,她不好意思地低下了头,躲避着我的目光,脸上还带着几分羞涩的表情。

"怎么回事?惜悦,不是你怀孕了?"我像是被一盆冷水迎头浇下,从头凉到脚。

"我啥时说过怀孕了？"惜悦脸都红了，一副莫名其妙的表情。

"你刚才……在电话里说的。"我心里非常失落，一屁股坐到了旁边的椅子上。

"我说的是梅子，你耳朵干吗去了？"她的样子又急又羞，恨不得拿腿踹我。

见我低头沉默着不说话，她在我面前蹲下来，声音冷冷地问道："你真的这么希望我怀孕？"

"嗯。"我重重地点了下头。

她淡淡地笑了下，笑容中明显带着一丝欣慰，但转瞬即逝。然后伸手拍了下我的肩膀看着我小声说道："哎，梅子和秦浩还没和好，心情不好会影响胎气的，你快打电话叫秦浩过来。"

"不打，关我屁事，孩子又不是我的。"我倔强地扭过头，拒绝道。

"你们都这么多年好兄弟了，还有必要斗气吗？"

我只好无奈地掏出手机，找到秦浩的名字拨了出去，电话响了几声后，终于接通。

"什么事？"他好像显得有些意外。

"我和惜悦陪着梅子在医院，你要不要过来？"说完我心里竟然生出几分嫉妒。

"梅子怎么了？"他的声音一下子紧张起来。

"没什么大碍，就是有点怀孕，吃点堕胎药就好了。"我无精打采地说道。

"什么？梅子怀孕了？天哪！那小孩肯定是我的呀！"他高兴得语无伦次。

"我也没说是我的呀，赶紧滚过来吧。"我有些不耐烦。

"你大爷的！嘴巴真毒，我这就过来，等我！"他激动地挂了电话。

惜悦在一边看着我，暗自掩嘴偷笑，见我打完电话后，又变得一本正经起来，用手敲了下我的脑袋，嘴角浮起一丝鄙夷："瞧你那点出息，人家怀孕你委屈成这样。"

我抬起头，看着惜悦的小腹，像是自言自语道："你说你怎么还不怀孕呢？"

"喂，我们都还没结婚好不好？叫你乱说……"她伸手拧着我的耳朵，用力地揪着拉扯，吸引了旁边人的目光。

我只好向她求饶。

大约过了半小时后，秦浩终于风风火火地来了，一见面就问我："梅子在哪？"

　　"惜悦陪着去洗手间了，你怎么一个人过来了？何娜呢？"我故意挖苦道。

　　"你……"他一下子羞愤交加，半天憋出一句话，"我老婆怀孕关何娜什么事啊？"

　　我轻笑了一下，恍然大悟的样子说："原来你还记得自己有老婆啊，怎么样？现在都要当爸爸了，那个何娜可怎么办呢？"

　　"你别说了，我已经跟她彻底分了，不会再有任何联系了。"

　　"少来了，这话我都听了八百遍了，你要真能放下，又何必等到现在？"我根本不相信他说的话。

　　"真的。这些天我一直在反思，回顾着这些年的艰辛和打拼，想了很多很多。"他低着头开始诉说，声音像是从鼻孔蹦出来似的，十分深沉。

　　"像我们这样的穷屌丝，在深圳无依无靠地闯荡了这么多年，青春不再，热血渐凉，虽然在这个城市收获了一点金钱，可却始终表面风光，内心徘徊，我们也许能在这里买车买房，但是却永远像棵海藻一样漂着，没有根。直到后来遇见了梅子，两人相互扶持，同甘共苦，才让我有了在这个城市永远驻扎下去、生根发芽的勇气和欲望，我要延续这种理想，不能亲手毁了这来之不易的幸福。"

　　"嗯，你终于醒悟过来了。"他能说出这番话，我真的替他高兴，于是顺水推舟地劝道："其实，老婆就像是米饭，必不可少，情人却是蛋糕，可有可无，你偶尔吃一顿蛋糕会觉得美味无比，可你两天不吃饭，却会饿得不行。所以你千万别为了尝一口蛋糕而丢了长期的米饭，那样只会悔不当初。现在你和梅子好不容易有了爱的结晶，是时候和她好好过日子了。"

　　"嗯，我懂。"他认真地点了点头。

　　等到惜悦她们回来走到跟前的时候，秦浩腾地一下站起来，双手抱住了梅子，深情款款的眼神里，泪水将要流出，他的声音几近哽咽："老婆，我知道错了，以后一定全心全意对你……"

　　我听着全身的鸡皮疙瘩都起来了，赶紧拉着惜悦离开。

　　"你拉我干吗呀？我觉得他说得挺好的呀。"惜悦一边不情愿地迈着步，一边小声抗议。

　　"人家小两口之间的事，你傻站在那里听什么？没觉得不合适吗？"我说道。

"怎么不合适了？我觉得挺合适的呀。而且你也应该仔细听听，学习一下出轨的男人应该怎么低头认罪，悔过自新。"她话中有话，语含讽刺，我自然不会听不出来。

"我又没出轨！"我立马纠正。

"谁知道呢？人家可是把证据都寄上门来了，你还想抵赖。"她歪着脑袋看向一边，口中仍然不依不饶。

我们站在医院门外，阳光打在我们身上，一缕卷曲的头发落在惜悦脸庞，几乎连着眉毛，将她长长的睫毛隐在下面，牵动着一眨一眨的眼帘，让她的眼睛若隐若现，像是一汪静谧的深潭。

"惜悦，我觉得咱们应该好好谈谈了。"我收回注视她的目光，认真地说道，然后拉起她的手，朝停车场走去。

她一开始极力反抗，想甩掉我的手，但终究还是耗不过我的力量，只好半推半就地跟着我到停车场，很不情愿地上了车。

"说吧，你想谈什么？"她转头朝着车窗外，根本不看我。

"那几张照片，一定是有人想故意陷害我，挑拨咱们之间的感情……"我轻声开口，看着她解释。

"呵呵，你的意思是人家用的 PS 合成技术？把你们拼在一块儿的？"她一下子打断我的话，反问道。

"那倒不是……相片确实是真的，只是那个偷拍的人，居心叵测。"我沉吟了一下，快速地在脑海里理着思路。

"什么？你真的跟她去酒店开房了？"惜悦一听就急了。

"怎么可能？绝对没有的事，我和她只是去了一下饭店。"我赶紧否认，然后将那天发生的事一五一十地全部讲述了一遍。

"你说从后视镜看到过一个熟悉的身影？男的还是女的？"惜悦听完后没有说相信还是不相信，只是扭过头来看着我若有所思地问。

"男的。"我点了下头，随即又补充了一句，"可惜没有看清楚是谁。"

"你觉得会是谁呢？"

"不知道。"我说的是实话，仅凭一个影子，还无法下任何结论，只不过自从我这次回到深圳后，就好像不知不觉地触到了一张巨大的网，很多莫名其妙的事情不断地发生，让我觉得琢磨不透。

然而，真相如同乳房，越是遮遮掩掩越能激起我揭开的欲望。

第三十六章
原来如此

惜悦没有再说什么，陷入了沉思当中，过了一会儿就下了车，任我再三劝说，都没有跟我回去的意思，只扔下了一句话：原则问题不能妥协，一切等这件事水落石出再说。

我奈何不了，只好先由着她，垂头丧气地自己回家。

第二天，我正在办公室跟周工他们开会，却意外地接到一个陌生号码打来的电话。

"高寒，我是婷。"

"啊？哦……你有什么事吗？"她的突然来电让我猝不及防，根本没有时间反应过来。

"我们能见个面吗？"她在电话里直接问道。

"……怎么这么突然？"我一下子没有心理准备。

"呵呵，我怀孕了，准备回加拿大养胎，可能短时间都不会再回来了，在我走之前，我想见你一面，好吗？"

又有人怀孕了，我心里有些不爽，这春天都还没到呢，怎么就到了播种的季节了？

"好的。"我很爽快地答应了她，然后敲响了惜悦办公室的门。

"王总，有件事要向你汇报一下。"我大摇大摆地走了进去。

惜悦白了我一眼，低头继续看文件，不说话。

我用手撑在她办公桌上，小心翼翼地问："婷约我见面，我能去吗？"

"嗯？"她惊讶地抬起头来，打量了一下我，那表情像是非常意外。

"怎么这个时候突然约你？"她向后靠到了椅背上，盯着我问。

“她要回加拿大生小孩了，想跟我告个别。”我回答道。

“哦，是这样。那你去吧。”她朝我挥了挥手，低下头继续干活。

“你这是答应了？”我有些不放心地追问，因为最近闹的误会实在是太多了，我可不想再有什么节外生枝的事情发生。

“不然呢？”她疑惑地抬起了头，故意问道，“看你这不情愿的样子，是不想去吗？那就别去了。”

“没有。那我去了啊。”我急忙退了出来。

和婷约好见面的地方，是会展中心附近的一个咖啡馆。

这个时候的交通并不拥堵，我提前十分钟就到了，找到一个靠窗的位置坐下，点了一杯咖啡，拿本杂志胡乱地翻阅着，等待婷的到来。

大厅里放着悠扬的萨克斯，温暖的阳光穿梭于微隙的气息，舒畅，漫长，把天地间的一切空虚盈满。窗外的人流来来往往，从二楼看过去，各形各色的人群，成了一片独特的风景。没多久，我的目光越过门前台阶上的招牌，看到了婷熟悉的身影。

此时她正跟一个短发的女人挥手告别，由于视角的关系，我只看到了一个清瘦的侧影，气质干练，似曾相识。

婷迈着小碎步上了楼，看到我后高兴地笑着招手。走近时，我发现她的体形较之前胖了很多，小腹已经明显隆起，穿着宽大的孕妇装，带着一丝安详的幸福感。

“好久不见啊，高寒。”她跟我打着招呼，右手轻抚着肚子慢慢坐下。

我笑了笑，回应道：“是啊，恭喜你，马上都要当妈妈了。”

“谢谢，你也要抓紧了，现在该有女朋友了吧？”她脸上挂着一抹笑容，眼里透着孕妇特有的满足。

“呵呵，对了，刚才门口那个和你说话的人是谁呀？”我回避着岔开了话题。

“哦，她叫小慧，是我老公的同学，刚和她逛完街呢。”婷不经意地回答，却让我心里猛然一惊。

“你老公最近也在深圳吗？一直没有听你跟我说起过呢。”我不动声色地问道。

“是啊，他这一年都在深圳，说是看好国内的经济和未来的发展，认为将来一定能够大展宏图，于是决定将家族集团的商业重心放在中国，目前正大举进军通信行业，前期收购了一家鼎新品牌，而且利用家族庞大的人脉，已

深圳，没有勇气再说爱 ❀

经打开了不少市场……"婷不愧是个经商的女人，说起这些来头头是道。

"你也参与管理吗？"我装作很随意地问了一句。

"现在没有啦，生意上的事主要是我老公在打理，我自从有了身孕后就乐得清闲，不过问这些了。"

"你老公姓林？"我试探着问她，其实心中已经有了答案。

"是啊，你们见过一面的，上次莲花山脚下，还记得吗？"婷微笑着提醒道。

"嗯，想起来了。你们公司在哪里啊？改天有时间了一定登门拜访。"我礼貌性地问道，心里却渐渐有了自己的想法。

"在京基一百××楼，不用客气，你有空了随时来玩。"婷开心地看着我，一点防备我的意思都没有。

这一次见到婷，好像跟上次有了完全不一样的感觉，多了一份亲切和洒脱，少了一份尴尬和疏离。

时间真是个奇怪的东西，它改变不了过去，却能改变人现在的心境。

"婷，你这一走，是不是很久都不回来了。"我心中忽然有些不舍。

"是啊，小孩要在那边出生，太小也坐不了长途飞机。所以，应该是短时间回不来了。"她看着我点了点头，声音变得有些感伤。

"哦。"我端起了咖啡，低头轻抿。

"高寒，你还记得我们的五年之约吗？"婷的话让我的思绪又一下子回到从前。

"记得。当年你临走的时候，说五年之后如果我还没结婚，你就离了婚回来找我。"我沉浸在回忆当中，耳边仿佛响起了她那坚定如铁的声音。

"是啊，当时父母的公司出了严重的危机，面临破产的危险，于是决定跟林睿家联姻，想借此机会走出困境，本来以为给我五年的时间足矣，可是后来却发现一切都回不去了，这是多么悲哀的一件事。"婷摇着头，声音中透着一丝凄凉。

"婷，不用想太多，时间总是朝前走的，过去的就让它过去吧。"我安抚道。

"高寒，对不起。"她的声音哽咽着，眼泪仿佛就要流出来。

"婷，不用说……"

"高寒，有个秘密一直藏在我的心里，今天我想必须告诉你……"她快速地打断了我的话，胸口剧烈地起伏着。

第三十六章　原来如此

261

"什么秘密？"

"当年我到了那边以后，才发现自己怀了身孕，后来被林睿发现，逼着我打掉了……"婷的眼泪终于止不住地流了下来。

我感觉到有一股气流，迅速地窜到体内的五脏六腑，嘴巴微张着，差点说不上话来："你是说，那个孩子是我的？"

"嗯，对不起。"

她也许已经知道我表面的平静下，内心早已翻腾起惊涛骇浪。

"那天在医院，当孩子剥离身体的时候，我哭得撕心裂肺，不仅仅是因为痛，还因为在那一刻，我清晰地意识到，这一次，是真的失去了生命中最重要的东西，不只是孩子，还有你……"她脸上带着难以掩饰的悲痛，喃喃自语道，"其实我很想留下来的，因为那是我们爱情的延续，那是我们的孩子！"

我控制不住地浑身颤抖，却不知道应该怎样去劝慰她，只能木然地说："婷……你受苦了。"

阳光斜斜地照进来，透过咖啡氤氲的水汽，映着婷满脸的泪水。我的脑海像胶片一样闪过几年前，那个一大早起床穿过马路去为我买早餐的娇小身影，那个和我一起共过苦难的女人……

我重重地叹了口气，拼命控制着体内的情绪，用意志消化掉她这个瞒了五年多的秘密，然后用微颤着的手，一把撕开了方糖的包装纸，方糖"啪"的一声掉入了杯中，溅起的咖啡在我白色的袖子上肆意染开。

我装作若无其事地用勺子搅拌着，心里却有种说不出的滋味，五味杂陈。

"高寒，你喝咖啡从来不加糖的。"婷的语气中带着心疼。

我轻轻地端起咖啡喝了一口，摇头说道："今天的咖啡太苦了。"

婷走了之后，我并没有立即离开，而是坐在幽静的咖啡厅里，将前前后后的事情仔细地理了一遍，思路渐渐清晰，隐藏在我背后的那张巨大的网，隐约地有了形状，一切都在慢慢地浮出水面。

本以为生命中的过往早已成为历史，却不曾想过，它却是命运扔下的一个环，很多事情看似无意与偶然发生，却是环环紧绕，彼此拉动，就像命运之轮，滚滚向前，让人渐渐模糊了源头与终点。

我走出咖啡馆，站在阳光下，深深地吸进一口气，感受着阳光气息的同时，迈着坚定的步子向停车场走去。

我要去一个地方，见一个人。

林睿仿佛对我的出现一点都没感到意外，像是约好了一个多年好友，并且自己已经等候多时。

我到达的时候，只在前台通报了自己的名字，秘书没有半点的怠慢，立刻将我引进了他的办公室。

里面的装修极尽奢华，每一个细节都体现了主人的虚荣。可我对这些没有兴趣，而是直接绕过沙发走了过去，盯着眼前的这个男人，虽然上次隐约见过一面，但是直到今天我才细致地看清了他的长相。

外表清瘦斯文，面容阴柔，一双藏在镜片后面的眼睛，目光深邃，像是隐藏着很多不可捉摸的秘密。

"我知道你早晚会来的。"他坐在豪华的办公桌后，打量了我一眼，率先开口。

这个办公室很大，光线充沛，一排落地的玻璃将深圳的风景尽收眼底。身后的幕墙全部采用深色的墙纸，衬托着主人的实力与深沉，给人一种强烈的压迫感，那是一种掌控人心的气势。

林睿戴着一副金线眼镜，薄唇微翘，表情似笑非笑。看向我的目光中，带着一副居高临下的倨傲。

"那么，是不是一切都该结束了。"我迎着他的目光，缓缓开口。

林睿挑眉，耸肩，饶有兴趣地看着我："说说看，你都知道些什么？"

他的目光中带着一丝嘲弄，没有丝毫友善的神情。作为主人，他甚至连招呼我落座的基本礼仪都没有。

我在脑中整理了一下思路，不卑不亢地迎上他的目光，缓缓开口：

"HY 这一次的突发事件，导致蔡总和惜悦被带走，我想这应该都是你的功劳吧，目的是为了把我引回深圳。至于古总，他的公司被你收购，自然成了你的一颗马前卒子，一个打击报复 HY 的工具，你安排间谍在我们的代理公司，一方面是为了能够顺利拿到此次的 4G 订单，另外也是能够直接阻止 HY 中标，而让我失去这次拯救公司的机会，失去自己的爱人。"

"哦？有点意思。"林睿竟然面带微笑地点了点头，眼神中竟流出几分赞许的神色，"我喜欢和聪明人打交道，不然会觉得是在侮辱我的智商，一切都变得毫无生趣。不过，你猜到的只是我的一半计划，后面我还给你量身定做了 B 计划呢，差一点就实施成功了，真可惜啊，不然那样会更过瘾……哈哈。"他的脸上露出几丝玩味的冷笑。

"B 计划是什么？"我不得不佩服他思维的缜密，这种人做事的特点就是将玩弄智商当作一种人生的乐趣。

第三十六章 原来如此

263

"你不是很聪明吗？你不是很轻松地就能俘获女人的芳心吗？现在怎么要来问我了？"他的语气中充满了嘲笑，然后又像是自言自语道，"哦，对，你充其量只不过是个穷屌丝罢了，哪有婷说的那么厉害。"

对于他的讥讽，我并没有发怒，因为我知道现在并不是逞口舌之快的时候，我沉思了一下，冷静地抬头看着他："你为了婷而报复我，这个我能够理解，但是我就是不明白，你有事直接冲我来就行，犯得着搞出这么多的名堂来吗？"

"哼。"林睿冷哼了一声，神情冷峻地盯着我，目光中带着一丝隐隐的愤怒，"冲你来？打你几拳，踢你几脚吗？那是地痞流氓的做法，我们是有智商有头脑的人，真正的打击是让一个人眼睁睁地失去自己的最爱却无能为力，精神在绝望中慢慢地被摧毁……"

"你变态！"我终于抑制不住心中的怒火，大声骂道。

"呵呵，我变态？你说得对，我是变态，而且从五年前得知婷怀上你孩子的那一刻，我就变态了。"他左右轻微地晃动着脑袋，脸上的表情变得扭曲，像是在回忆着当时的心情，"我和婷是青梅竹马，两小无猜，长大了本应顺理成章地走到一起。可没想到她只去了一趟深圳，就彻底像是变了一个人，为了你宁可抛弃万贯家财和我的苦苦等待，选择跟一个一穷二白的屌丝在一起。最后好不容易回到我身边时，肚子里却怀了你的孩子，你算是什么东西？敢给我这么大的耻辱？真是天大的笑话！"

他突然间爆发的愤怒，像是积郁了很多年而无处宣泄。

"我就是要让你一点一点地失去一切，也让你尝尝这种撕心裂肺的滋味。现在你明白了吗？"林睿终于失去了理智，恶狠狠地朝我吼了出来。

他的话听上去有一些恐怖，但我却能从他的愤怒中感受到对婷的深情。也许是因为这一点，我心中在气愤的同时，竟然还有一丝莫名的欣慰。

这样的感觉很奇怪。

"如果只是因为婷而报复我，那么你的目的已经达到了。"我对他说道，心里希望他能就此收手，不让事态继续恶化。

"哈哈，"他却张狂地笑了起来，眼神中闪过一丝兴奋，"你这就怕了？未免也太不堪一击了吧？"

"你还想怎样？"我不动声色地问道。

"你太高估自己了，有时候啊，我都不知道你们这种穷屌丝的自信到底是从何而来……"他看着我，目光变得阴森而又凶狠，"实话跟你说吧，我已经通过集团总部的资源布好了整个局，目标是占领国内的整个通信行业!"

"竟然用占领两个字，你是不是未免太自负了?"我冷冷地说道。

他竟然狂妄地笑了起来，像是在奚落我："自负? 好像在我林睿的字典里从来就没有过这个字眼，我们有的只是资本运作，资源整合，强强联手，弱肉强食……至于你这个可怜虫，公司都快要倒闭了，还是赶紧回去仔细想想该怎么卖个好价钱吧。"

"放心吧，我一定不会让你失望的。"我看着他的眼睛，沉默地对视着，室内一时弥漫着无声的硝烟。

从京基一百出来后，我掏出手机拨了个号码，然后在电话里说道："周工，可以收网了。"在轻声叮嘱了几句后，就挂了电话。

我抬头看着西落的太阳，深深地呼了一口气。同时在心里面暗叹：希望这些不愉快的事情很快就能随着沉落的夕阳而远去。

我带着一身疲惫回到家，掏出钥匙打开了门，耳边却传来了锅碗瓢盆的声音，满屋子鸡汤的浓香，似是将灯光都染成了暖黄。我欣喜地快步走到厨房，发现了惜悦熟悉的身影。

"亲爱的，你怎么回来了?"我瞬间喜出望外，跑过去搂住了她的细腰。

"怎么了? 不欢迎吗?"她手里忙活着，淡淡地问道。

"热烈欢迎! 天天盼着你回来呢，想不到你给了我这么大的一个惊喜。"我非常开心地回答。

"嗯，赶紧洗手吃饭吧，我有重要的事要跟你说。"她催促道。

"好啊，正好我也有事要跟你讲。"我说完进了洗手间。

饭桌上，惜悦体贴地给我夹着菜，一边吃着，一边开口："我找过陈战了。"

"哦? 了解到什么了?"我很平静地询问道，以惜悦的敏锐和智慧，她去找陈战套出一些话那是再正常不过的事。

"他向我承认酒店门口的相片是他偷拍的，目的是挑拨我们之间的关系，然后再乘虚而入。"惜悦言简意赅。

"他喜欢你?"

"是的，他说对我一见钟情，有一次还趁开会的时候，借用我计算机的机会，复制了我私藏的个人艺术照，用作他自己的计算机桌面来缓解思念之情。"惜悦说完脸都红了，露出几分淡淡的羞涩。

"他还说了什么?"我追问道。

第三十六章　原来如此

"问题就在于这里。"惜悦举着筷子轻叹一声,夹了一块排骨到我碗里,继续说道,"不管我怎么旁敲侧击,他都只承认了这些,但我从他的眼神中可以读出,他心里还藏着很多不为人知的秘密。"

"嗯,惜悦,我也要跟你说一些事。"接下来我把见婷之后跑去找林睿的过程,全部解说了一遍,然后问她,"你怎么看?"

"这样就不对了啊。"惜悦听完摇摇头,放下手里的碗筷,思索着什么。

"哪里不对了?"我的心里微微一惊,她的逻辑思维能力一直在我之上,也许能很容易地看出其中的猫腻来。

"你想想啊,这个林睿为了婷而报复你,集结了小慧和古总,设法阻止HY中标,甚至动用关系将我和蔡总送进监狱,这些都是说得过去的,但是你别忽略了一个问题,那就是陈战这个人,难道他也是这强大阵营里的一员吗?如果是那他在其中起到的作用是什么呢?我们可以假设他和林睿也是一伙的,那么他完全只需要利用自己的代理商身份,分分钟就可以让HY流标,而根本不需要那么发自内心地拼命想帮HY赢取订单,这样在逻辑上是说不通的。"

"对啊,我怎么没有想到呢。"其实关于陈战这个人,我自始至终都感觉有些奇怪,他的很多行为都觉得根本捉摸不透。

"如果真是这样的话,陈战一定还肩负着什么别的任务,以林睿的性格,他肯定早已提前布好了整个棋局,而且有着详密的打击计划,极有可能才实施了其中一部分……"

"对啊!林睿当时确实对我说过,他还为我量身定做了 B 计划,可是并没有告诉我计划的内容是什么。"我一下子被惜悦的话提醒,不得不在心里佩服她强大的推理能力。

"嗯,这样就说得通了,让我再想想……"惜悦的眉毛轻皱着,陷入了沉思。

第二天上午,我开着车赶往上班的路上,手机收到一条短信:鱼已落网。我欣慰地笑了下,刚走进公司,就得知了一个重大的消息:小慧想要从周工手上偷窃 HY 的技术资料,被保卫部抓个正着。

行政部的人将小慧带到我的办公室,关上门就走了,室内只剩下我们两人。

"怎么样?小慧,咱们聊聊吧?"我在大班椅上坐了下来,眼睛盯着她问。

"哼。"她冷哼了一声,用眼神和我对峙着。过了好一会儿,像是很不服气地开口:"高寒,你真卑鄙,竟然指使周工来陷害我。"

"呵呵，如果论卑鄙的话，恐怕我还不及你们的九牛一毛吧？"我看着她回答，然后又漫不经心地说道，"像你这样恶意窃取客户公司的商业机密，好像是违法的吧？"

"你……"她惊慌不定的眼睛眨一眨，仰了仰头，看着我问，"说吧，你想怎样？"

"很简单，要不我们做个交易吧，只要你说出 B 计划的全部内容，我就当今天这事从来没发生过，怎么样？"

"什么？你见过林睿了？"她非常惊讶。

"呵呵。"我笑了笑，并没有回答她。

她用半信半疑的目光打量着我，干练的短发拂过耳际，脑袋歪着像是在分析什么，过了几分钟后，深深地叹了口气，终于摇头叹道："我们终究还是输了。"

"说说吧。"我朝她点了点头。

她轻轻地启唇，脸上似乎还挂着一丝不甘："我和林睿是同学，曾经受过他不少的恩惠，这一次他要回国发展，我用自己在行业里的人脉帮他，本来就是天经地义的事。一开始，他们计划通过举报逃税的方法让 HY 经受重创，然后再和我里应外合，全力阻击 HY 赢标，最终由古总出面收购奄奄一息的公司。要知道，我们可是你的代理商，我有一万种方法让你们拿不到订单。在这场不对等的较量中，你们根本没有任何胜算。"

"可是后来，没料到你们竟然研发出了新的技术，在竞争对手中脱颖而出，而且还得到了竞标组长骆琳的青睐，这不得不让我刮目相看。当然，这期间你所做的一切都在林睿的严密监视当中，当他决定对你和骆琳出手的时候，我因为自己的私心，有了新的想法……"

"你的私心就是爱陈战，想帮陈战，对吗？"我插嘴问道。

"是的。"小慧点了点头，眼神中露出了一丝向往，像是在描绘着一个美好的画面，"在得知你们很有希望中标的时候，我突然改变了主意，同时去找了林睿，努力说服他答应我的请求，于是我们定下了周密的 B 计划。那就是等你们中标拿到订单后，由陈战按照合约支付 10% 的定金给你们，然后待你们将所有产品生产出来后，陈战会以各种理由拒绝提货，堵住你们产品入库运营商的渠道，再散播 HY 资不抵债将要倒闭的各种传言出去，最终再连同你们的专利技术，一块低价收购……"

"你们简直太歹毒了！"我忍不住大骂道，心里不由得万般庆幸，要是真的让他们的 B 计划得逞，后果真的是不堪设想。

"这样说来，陈战一开始根本不知情，而是中标之后才开始了跟你们的合作？"我想起他当初的激情万丈，一番想要干出大事业的神情，不由得觉得有些可笑，好像在利益面前，没有人能经得住诱惑。

"是的，第一次中标后，我才找他说这个计划，但他并不同意合作，只因为心里爱着惜悦，不忍心下这个狠手。"小慧淡淡地笑了笑，笑容中明显地多了一丝阴险，"呵呵，像陈战这么优秀的男人，你想想我怎么可能会让他从我身边溜走呢？一个女人最大的成功莫过于找到自己心爱的男人然后再成就他！所以我替他向林睿争取到了优厚的合作条件，那就是通过收购重组股权置换的资本运作方式，直接持有林睿公司股权的回报。在数以亿计的金钱面前，你觉得陈战还会犹豫吗？"

"可你们最终还是失败了。"我在心里震惊着这个女人超乎常人的心机时，不得不告诉她这个结果。

"是啊，我们最终还是输了。"小慧的眼神黯淡了起来，随即又闪出满满的不甘，"都怪古总那个蠢货！本来我们可以按部就班地执行 B 计划，一切都神不知鬼不觉地完成，偏偏他却利用那个张丽丽去举报你们，反倒让你钻了这么大的空子，暗度陈仓。如果我没猜错的话，HY 的专利技术其实是你让秦浩故意泄露给 K 米的吧？"

我不得不佩服小慧的聪明和嗅觉，点头说道："其实换作古总的角度去看，你就能明白他的动机了，因为你们的 B 计划一旦实施成功，就等于已经直接把他甩开，根本没有他们鼎新什么事了，你觉得古总会心甘情愿地放过这块肥肉吗？利益面前，人人都是自私的，这就是人性。"

我最终还是放走了小慧，一个在爱情面前，全是心机的女人。

拆穿了他们的阴谋后，我感到前所未有的轻松，晚上终于安安心心地睡了一个好觉。

第二天早上，惜悦很早就起来拖地搞卫生了，我睁开蒙眬的双眼，打着哈欠赖在床上，看着她手拿拖把在家里来回地穿梭，心里顿时感到一种稳稳的幸福。

"还早，再睡一会儿呗。"她抬头看着我说。

"嗯，你又不陪我……"我懒洋洋地翻了个身。

"我这不是要干活嘛，你说说你以前多勤快，家里收拾得妥妥当当的，现在我来了后什么都乱七八糟了，简直懒死了。"她低头埋怨着。

"这你就不懂了，不是因为我变懒了，而是……"

"而是什么？"

"从心理学的角度来说，男人不是自己不愿意干家务，而是都喜欢看女人一边替他收拾东西一边唠叨自己的邋遢，他会觉得这是一种幸福。"我学着她平常说话的口吻，班门弄斧了一下。

"噗，"她忍不住笑了起来，白了我一眼，"瞧你那德性，有时看到你那舌绽莲花的样子啊，总给我一种错觉，就像是个卖安利的……"

"去你的，你才卖安利呢。"我笑骂着，起床穿衣。

"惜悦，我穿这件白衬衫怎么样？"我在镜子面前反复照着。

"你穿那么正式干吗？今天有重要会议吗？"她有些奇怪地问。

"嗯，今天要去一趟工厂，有非常重要的事。"我点了点头，又补充道，"对了，你也跟我一起去吧，我车子给秦浩开走了，你送我去。"

"行。"她很爽快地答应了。

第三十七章
最后的胜利

十点多的样子，我们一起出门下了楼，走到地下车库，启动车子出发。

外面阳光正好，道路两旁绿意盎然的树木，点缀着我们美好的心情，打开车窗，一股清新的空气扑面而来，我大喊了一声真舒服啊，好久没有过这种感觉了。

惜悦盘着高耸的头发，手握方向盘开着车，专心致志地目视着前方，阳光映在她脸上，将她的肌肤映得红光闪闪，像天使一般美丽。

她见我不断地盯着她看，下意识地抬手摸了下脸颊，问道："你看我是不是变胖了？"

"不，一点也不胖，现在这样挺好，女人就是要丰满点才有手感。"我回答道。

"流氓……"她情不自禁地笑了，像阳光一样灿烂。

车子很快转上了滨海大道，平稳地向前行驶着。

"惜悦，还记得我们在哪里相遇的吗？"我故意问道。

"嗯，很快就要到咱们当初相识的地方了。"她转头看了我一眼，轻声说道。

我点了点头。

"时间过得真快啊，转眼间我们就认识一年多了。"她似乎沉浸在了回忆之中，脸上露出了一丝恍惚。

这时候，后面出现一个交警，骑着警用摩托车，突然就跟了上来，超越我们的车头，一边喊话一边打着手势："靠边停车！"

"怎么了？"惜悦嘴里嚷了一句，脸上闪出一丝惊慌，有些紧张地打着右方向灯，慢慢将车子靠着路边停了下来。

那个警察停好车，大摇大摆地走了过来，满脸的络腮胡子还戴着一副墨镜，相当于将脸遮挡得严严实实。

他肩头别着对讲机，手里拿着罚单，伸手过来敲打惜悦的车窗玻璃。

惜悦转头看了我一眼，和我的目光对视一下后，按下开关打开了车窗，有些莫名其妙地问道："交警同志，发生什么事了？"

"美女，你违章了，请出示驾照。"交警用手扶了扶墨镜，声音很不情愿地从嗓子里挤出来，像是被人掐住了脖子。

"我哪里违章了？"惜悦奇怪地问。

"等下会给你开罚单，现在请你配合我的工作！"交警的声音突然提高了分贝。

惜悦无奈地摇了摇头，从包里掏出驾驶证，递了过去。

交警接过去仔细地查看着，我们根本看不清他墨镜下面的表情。过了一会儿，他拿出罚单，在上面勾了几笔，撕下来递给惜悦，将证件还了回来。

惜悦狐疑地接过罚单，只看了一眼，表情就变得非常震惊，脸上满满都是意外。

那是一张用手写的"爱情罚单"，上面的内容如下：

"尊敬的车主王惜悦小姐，你于去年的一个雨夜在我市滨海大道新洲路段，发生交通事故撞上车主高寒的车，对他的精神造成了严重的影响，但根据你后来主动承认错误并自愿用爱情方式去安慰受害车主，情节不算严重，现对你从轻处罚，罚你要用一辈子的爱去补偿车主高寒，并尽快补办结婚证一张，否则将吊销你的驾驶执照……"

惜悦的脸上渐渐由疑惑变为惊喜，抬起头用锐利的眼神盯着我，质问道："这又是唱的哪出啊？"

我打开车门，从后备箱抱出了一束鲜花，然后重新回到车里，掏出一枚戒指，蹲下身子看着惜悦，轻声说道："亲爱的，我们从相识到开始交往，至今已经快五百天了。很感谢上天让我认识了你，我在觉得幸运的同时，也很开心能有你的相伴。我不是有钱人，这个戒指是我用自己饿着肚子省下来的伙食费还有每次斗地主赢秦浩的钱，一点一点攒下来买的，也许它不是世界上最大的一颗，但是，我希望它将是你心目中最闪亮的那颗。记得，你曾经问过我，最想要的生活是什么，现在我有答案了，那就是一朝一夕，一粥一饭，一个黄昏接着一个黎明，在这样的每一个时刻，里面都有你。"我说完这些，停顿了一下，眼角的余光看到后面开来一辆车，周工、小艳、陈姐他们一帮人都来了。

"惜悦，你说过要用爱温暖我的曾经，这是你对我的承诺。可我现在不满足了，我还想要你温暖我的现在和将来，我想陪你走很长很长的岁月，最后化成你眼梢眉角间的一道皱纹。嫁给我，和我一起过幸福的生活吧。"

惜悦看了看小艳他们，像是终于明白过来似的，脸上却露出一丝顽皮："这鲜花和戒指都有了，你的聘礼在哪里呢？"

我伸手拿来公文包打开，从里面拿出来一份文件，翻开递给惜悦，郑重地说道："这份协议，是我们 HY 跟 K 米品牌一起合作的合同，由 HY 提供先进技术和一部分的生产量，K 米出面赢标拿下订单，双方共同分享五十万台的手机利润，目前看来，也就价值几千万元的样子，你觉得这份聘礼够吗？"

"天哪！你说的是真的？"她激动地接过文件，手里翻阅着，脸上露出无法掩饰的惊喜。片刻，却噘起了小嘴，不高兴地说道："你竟然私下跟 K 米串标拿下订单，却还一直瞒着我！哼！"

"是的，一直忍着没跟你说，就是想等今天给你一个惊喜，你现在告诉我，愿意嫁给我吗？"我低头拉住了她的手。

"嫁给他！"边上有人起哄。

"好感动啊！惜悦姐，快答应吧。"小艳惊呼着叫道。

惜悦好一阵没说话，只是默默地看着我，然后仰起头眨了下眼睛，积蓄了一眼睛的泪水终于无声地落下，打在真皮座椅上带着幸福散开来。

"嗯。"她重重地点了点头。

"好啊。"周围的人一片掌声，那个交警却摘下了墨镜，凑过来对惜悦喊着，"你要不答应都对不起我的辛苦了。"

"秦浩？"惜悦惊讶地张大了嘴巴。

"是啊，为了给你安排这次求婚，我今天六点不到就起床了，不仅去找朋友借来了这身装备，还特意去影楼化个装，够意思吧？"他说完又满腹委屈地补充了一句，"可把我累死了！"

"你还好意思说，瞧你那肥头大耳的样子，我都快紧张死了，哪有一点交警的样子啊？乍一看还以为是黑旋风李逵，也就惜悦一时没注意，不然早就露馅了！"我在边上挖苦道。

"行，你厉害，有种自己来演啊，找我干吗？过河拆桥的东西。"他顿时不服气地开始骂骂咧咧了。

大家都跟着笑了起来，我看到惜悦的脸上，挂着晶莹的泪滴，在太阳下闪闪发光，映着她那张充满幸福的笑脸。

　　晚上，我坐在计算机前打游戏，惜悦端着水果放在桌上，然后靠在我肩上用脸轻轻磨蹭着，声音在耳边柔柔地响起："男人是不是都是爱游戏胜过爱老婆？"

　　"不是的，"我否认道，"游戏肯定没有老婆好玩嘛。"

　　"你……"她嘟着小嘴，想说什么却没说出口，然后脸色却明显凝重了起来，若有所思地看了我一眼，眼神中透着一丝担忧，随后开口问道，"高寒，你觉得小慧所交代的计划都是真的吗？"

　　"依我的判断，她没有撒谎。"我回忆了一下在办公室逼问小慧的过程，看着惜悦点了点头。

　　"嗯。"惜悦眨了眨眼睛，像是自言自语，"我总觉得这事没那么简单。"

　　"有什么问题，你说说看。"我一向相信她敏锐的洞察力，所以立即追问道。

　　"我一时也说不上来，只是今天把最近所发生的事的来龙去脉全部理了一遍，结果发现一个很严重的漏洞。"惜悦像是在思考着什么，停顿了好一会儿，才看着我继续说道，"所有的事情在逻辑上都已经说得通了，但是你不要忽略了林睿这个人的性格，听你那天对他的描述，这个人阴险狡诈，而且掌控欲特强，再加上他的身份和所处的地位，还有自己雄厚的实力以及背后强大的财团支持，你认为他的计划会如此简单吗？特别是小慧在这个局里面对他来说只是一颗很小的棋子，根本没有理由完全得知他的 B 计划内容，换句话说，以林睿目空一切而又报复性极强的思维来看，他精心策划了这个局，处心积虑地来对付你，一切都在他的算计当中，这种人唯一相信的只有自己，又怎么可能会对小慧彻底信任，甚至让她得知全部的计划呢？"

　　"嗯，好像确实是这么回事。"我不得不承认，惜悦这番话有理有据，听完我就意识到自己犯了很明显的错误，显然对局势的判断过分乐观了。

　　"惜悦，你有什么好的想法吗？"沉吟了一会儿，我开口问道。

　　"嗯，我觉得咱们现在只能静观其变。对了，"她像是想起什么，抬头看着我，"有个问题我一直没想明白，你是什么时候跟秦浩和好的？"

　　"吵架后他一直不理我，有一天我约他到公司天台上见面，他虽然没有回信息，但最后人还是来了，你知道的，我一直都感觉陈战他们靠不住，所以那次我和秦浩就商定了这个暗度陈仓的计划。"我回答道。

"哼，秦浩装得跟真的似的，骗过了所有人，幸好我提前知道了计划，不然还不得被你急死！"

"什么？你是怎么知道的？"我惊讶地扭头看着她，心里觉得非常震惊。

"嘿嘿，谁叫你把跟 K 米的合作协议放在这个计算机上的。"她用手指了下计算机的方向，漫不经心地说道。

"真是家贼难防啊。"我大声叫道。

"你还好意思说，有件事我还没找你算账呢！"她脸上浮起一丝愠怒，目不转睛地看着我。

我心里渐渐涌起一阵恐慌，又发生了什么事了？现在可是天下一片太平啊。

"我问你，你计算机里的那些片子，都是哪儿来的？"她没有等待多久，缓缓开口。

我长吁了一口气，精神终于松弛了下来，回答道："都是秦浩发给我的，你要知道他可是有个响当当的外号叫作'黄品源'啊。"

"你个流氓……"她想要发作，但看着我无辜的眼神，最终却发不起来。

我笑着把她揽到了怀里，说道："老婆，跟你商量件事呗，明天我想去见见骆琳……"

"行。"惜悦很爽快地点头答应了。

第三十八章
用爱温暖你的曾经

这一次是我主动打电话约的骆琳，最近几天发生了这么多事让我应接不暇，根本没有顾得上她，也不知道她现在怎么样了。

下班后，我和惜悦一起下楼，想不到骆琳已经直接过来了，正在停车场等着我。

她看到我们后，扬手打了下招呼，走到近前，竟然跟惜悦相视一笑，表现得非常友好和熟络。

我真怀疑她们俩是不是已经私下见过。

"高寒，要不坐我的车吧？怎么样？"骆琳歪了歪脑袋问道。

我转头看了眼惜悦，见她大方地点了点头，于是上了骆琳的车。

"去咱们第一次见面的地方如何？"骆琳首先开口征求我的意见，一脚油门就开出了停车场。

"好啊。"我回答道，看来女人都是怀旧的动物，对于第一次发生的事情或者场景，是会有很深的感情的。

为了方便说话，我们这次特意在里面找了个包厢，骆琳悠闲地深陷在柔软的沙发里，朝着点单的服务员说道："今晚我要喝红酒。"

我笑了笑，没阻止她，等服务员出去了之后，才开口问道："工作的事处理得怎么样了？"

"唉，那点破事算得了什么，领导只是说为了顾及我的名声，让我紧急回避了一下，实质上对我是没什么影响的。"她摆了摆手，显得云淡风轻。

"看来跟我预料的差不多，这我也就放心了。"我点头说。

"嗯，倒是那个举报的人实在是太可恶了，卑鄙，阴险，简直畜生不如！"

骆琳咬牙切齿地说，说完还看着我问，"你说是不是？"

"这个……你说是就是吧。"我只好勉强附和。

"这次我没帮到你，最后关头让 K 米拿了订单，实在是抱歉啊。"她的语气突然柔和了起来。

"没事，骆琳……有件事我不知道该如何跟你说好。"我看着她欲言又止。

"什么事？还开始吞吞吐吐的了，这可不像你平时的风格啊。"她的脸上闪过一丝意外。

我点了点头，在心里预演了一下她可能会产生的反应，才小心翼翼地说道："其实，我们 HY 最后和 K 米串标了，私下合作，由他们出面中标再一起分享利润，实际上第二次我们只是陪标而已……"

"什么？"骆琳惊讶地睁大了眼睛，不可思议地望着我，马上又一副恍然大悟的表情，嘴里念叨，"想不到你还真是高深啊，这么重大的事竟然瞒着我……"

"我不是故意瞒着你，是当时情形非常复杂，我发现自己的代理商根本不敢去信任，所以只好另求出路，更重要的是，在第二次竞标前夕，在一次聊天的时候，我不经意地从陈战口中得到消息，有竞争对手会用不正当的手段去针对你、陷害你，我怕你因为我的事而受牵连，几方面综合考虑过后，我决定自己拿照片去举报你，目的就是让你提前规避这次的风险……"

"什么？你……"骆琳的嘴巴一张一合，半天说不上话来，好一会儿才咽了下口水，看着我质问道，"你刚才是说，他妈的是你举报的我？"

"是的。"我点了点头。

"行，你可真行。"她自言自语道，铁青着脸，胸口剧烈地起伏着。

过了好一会儿，我看她情绪渐渐平静，才有些不好意思地问道："那你现在……还觉得举报你的人畜生不如吗？"

"你……"她一下子哭笑不得，将身子重新陷进沙发，伸手发狂地抓着头发。

她思考了好一会儿，才坐起来问道："我就搞不懂了，你做事真是有魄力啊，这样做其实是充满着很多变数的，很有可能弄巧成拙而让别的厂商最终拿到订单，你就为了保护我，考虑过后果吗？"

"当然，由于你的突然回避，其他的评标组成员肯定会首先排除 HY，那么在这种情况下，优先考虑的就是和我们有一样技术和价位的 K 米，但是也说不准，如果有其他方面的势力占了上风，那么 K 米就没戏了。所以，我其实也是在赌一把，所幸的是，最终还是赌赢了。"我解释道。

"你啊，有时真不得不佩服你，既有着缜密的思维，又有着敢作敢当的魄力，更可恨的是还有着让女人无比着迷的人格魅力。"她侧着头感慨着，可最后却突然话锋一转，满脸委屈，"在爱上你的这一段时间里，我他妈的真是受够了！"

"……对不起，我知道你为我付出了很多，可是……"

"好了，不说这些了，喝酒吧。"她打断我的话，端起了红酒杯。

骆琳喝酒的方式与别人不太一样，红酒本应浅尝辄止，她却在用喝啤酒的方式，一大口一大口地猛灌，不一会儿就脸蛋通红，舌头说话都打着圈圈了。

"骆琳，接下来你有什么打算吗？"我问道。

"打算？张思伟都滚蛋了，你也不愿意跟我好，我能有个屁打算！"她说完又端着红酒杯，眼睛却痴痴地盯着晃动着的红酒，嘴角浮起一丝自嘲，"你不是说过我是女汉子吗？我他妈的现在也发现了，渐渐地活成了自己想嫁的那个男人，走在了雌雄同体的大道上。"

"你会遇到属于你的幸福的。"我跟她碰了下杯，安慰道。

"哈哈，会吗？"她一口喝完杯里的酒，哈哈大笑，只是笑容中充满了苦涩，然后又借着酒兴，语气中带着一种挑衅，"高寒，要不你跟我去美国生活？"

"不行。"我拒绝道。

"呵呵，你还是放不下你的王惜悦。"她摇了摇头，眼神中分明露出几分嫉妒。

"是啊，你的未来还有无限精彩，可是她只有我了。"我很认真地说道，不想给她任何希望，不让她重蹈小花的覆辙。

骆琳黯然神伤。

直到喝完了一整瓶红酒，我们才准备回家。我扶着踉踉跄跄的骆琳出来，摇摇晃晃地把她塞进车里。

我发动车子，打下了车窗，微凉的夜风吹了进来。霓虹的闪烁，映照着骆琳酒后红扑扑的脸。

她伸手打开了 CD，一首《类似爱情》，声音带着熟悉的旋律，如流水般传了出来。

"你也爱听这个？"我有些意外。

骆琳安静地坐在副驾驶座位上，声音低沉地响起，仿佛从梦中传来："这是你喜欢的歌，对吗？"

　　"你怎么知道的？"我非常疑惑地问。

　　她却没有回答，而是挪了挪身子，换了个舒服的姿势，然后睁开眼睛看了我一下，瞬间又闭上，声音中带着一丝落寞："你喜欢听什么歌，我也听。尽管我们耳边的旋律是一样的，但我想的是你，而你想的却是另一个她。"

　　我不知道说什么好，沉默地开车。

　　"高寒，你知道放弃一个深爱的人是什么感觉吗？有人说就像一把火烧了你住了很久的房子，你看着那些残骸和土灰的绝望，心里知道那是你家，但已经回不去了。"

　　"骆琳，对不起。"我除了这个，好像根本不知道说什么好。这个女孩为我付出了那么多，到最后都没有得到过半点的回报。

　　半小时后，车子终于开到了她家楼下，我扶她下车，将她送进了小区里面，她却还不愿意上楼，转身醉眼蒙眬地看着我问道："高寒，你真的一点都没爱过我？"

　　我点了点头。

　　她脸上的失落像是洪水来袭，一拨儿又一拨儿地涌了出来。

　　"骆琳，"我伸手抚着她的肩膀，很认真地对她说，"我想让你知道的是，不爱，不代表不喜欢。喜欢是另一种，比爱少，不动情，可是，也心动。"

　　她的脸色渐渐变好，瞬间多了一份释怀和洒脱，眼睛看着我说："高寒，我不奢望你爱我，但我希望你能记得，你的世界，我曾来过。"

　　她说完转身就走，飘逸的短发散在肩头，我看到她的脸颊挂着两排晶莹的泪珠，翻滚直下。走了几步后，她猛地回过头来，小嘴吐着酒气，突然朝我大喊："高寒，你一定要幸福，不然怎么对得起我的狼狈退出！"

　　清凉的夜风打在我的身上，我不禁浑身打了个冷战，站在那儿一句话也说不上来，只能默默地看着她的背影跨过花坛，渐行渐远，直到完全消失在了夜色里。

　　深圳，这是一个流行分离的城市，可是我们好像都不擅长告别。

　　"骆琳，我对不起你。"我在心里说道。

　　几个月后，HY的案子终于调查结束，蔡总回来直接去了总部掌舵，而把手机事业部交给了我和惜悦，公司在恢复正常生产，切入运营商订单后，渐渐走上了正轨。

这天，我正在办公室喝茶，秦浩手里拿着一样红色的东西推门而入。

"高兄，明天我儿子满月，你来看看吧？"

我顿时感到不妙，一看他手里无疑就是"罚款通知书"了，于是幽幽地开口："我看不用了吧，我在微信朋友圈已经看了他一个月了。"

"人不来那也行，到时给红包叫小艳带过来就好。"他口气无比地爽快。

"大爷的！说到这事我正想问你，上次借我那五万元到底什么时候还啊？当时可是说好时间的！"我想想都过了这么久了，他好像根本没有还钱的意思。

"啊？这个……"他没料到我会突然提起这事，思索了一下说道，"这个人啊，有时候会违背过去的承诺，这或许是成长的一种表现，自我否定，脱胎换骨，未尝不是一件好事。"

我拿起桌上的一包茶叶，朝他狠狠地砸了过去："去你的，借钱不还还装文艺逼，看老子不砸断你的狗腿！"

他笑嘻嘻地逃也似的出了门。

第二天满月宴上，公司的同事基本上都去参加了，人数很多，热闹非凡，秦浩热情地招待着客人，梅子手里抱着孩子，脸上洋溢着浓浓的幸福。

"哥，你们啥时候举行婚礼呀？"小艳看着我和惜悦问道。

"呵呵，快了。"我和惜悦相视一笑。

秦浩带着梅子挨桌地敬完酒，走到我跟前，拍了拍肩膀说道："怎么样？单独聊会儿？"

"好啊。"

我们走到一边的包厢门前，秦浩手里端着酒杯，压低了声音问我："小花一会儿打电话回来，你要不要说几句？"

"不用了。"我回答道。

"你小子心真狠。"他看着我的眼神充满鄙视，然后喝了一口红酒，说道，"有时想想，你小子真是艳福不浅，你说这几年经历的几个女人，哪个不是为了你赴汤蹈火，不顾一切？当年毛主席抗战结束还封了个十大元帅，论功行赏，你现在也要开始美好生活了，是不是也应该在心里给她们一个合适的评价啊？"

我看着窗外迷离的夜景，陷入了回忆，好一会儿才回过神来，轻声说道："婷是曾经，小花是离别，骆琳是两者之后的过往，唯独惜悦，渗透了我的整个青春，能给我一生的陪伴。"

第三十八章 用爱温暖你的曾经

"听你这意思是，留在深圳不回老家了？"

"其实我们早就回不去了，上次我回去就已经发现了……"我稍稍停顿了一下，叹了口气，窗外一丝夜风吹在我脸上，麻酥酥的，"在深圳生活了多年的我们，就像是一个浓妆艳抹的荡妇，再也没有办法从良了。"

"哈哈，我看你是因为一个人，恋上一座城吧。"秦浩的话，又说到了我的心坎里。

满月宴终于结束，我和惜悦提前离开，外面下起了大雨，我们没有雨伞，牵着手一路飞奔钻进车里。正气喘吁吁的时候，手机铃声提示音响起，我从包里掏出查看，一条陌生号码发来的信息跃入眼帘：你还躲得过我的 C 计划吗？

我惊愕了一下，心里开始有种不好的预感。但还是装作若无其事，从包里掏出了那条白色的手帕，轻轻地帮惜悦擦拭着脸上的雨水。

"那是我的手帕。"惜悦握住了我的手，脸上带着一丝浅浅的笑意。

我没有说话，只是将她狠狠地抱在了怀里，用嘴淹没了她的唇。

在心里对她说道：不管今后将要发生什么，我都会用爱温暖你的曾经。

番外：此情深处，小花幽香依存

纽约，皇后区。

天上飘着细雨，带着秋天的温度，丝丝落落，将凉意洒在我的脸上。我眯缝着眼睛，望着灰蒙蒙的天空，仿佛落下的，是我不想轻易流下的泪水。

就在刚才，路口的转角，一道熟悉的身影一晃而过，电光火石之间，我的声音已经脱口而出：高寒！

喧闹的街道仿佛突然静了下来，所有人的目光都落向了我。而我，紧紧地抓着你的胳膊。当那只胳膊的主人，一个面容清秀的男人诧异地转过头来时，是一张陌生的面孔。

这样一张有几分相似的脸，竟将我的心拨得慌乱起来。仿佛，将我拉回到深圳，仿佛将与你有关的一切从我内心的深处剥了出来。

而我，本是要忘掉你的。

当你向我求婚时，我放弃了你，而我身心的本能却总是在第一时间奔向你。

我苦笑着道歉，落寞地穿过熙熙攘攘的人流，走向秋的深处。

起风了，天气真的很冷，我下意识地裹紧风衣，低头疾走，走了好远好远，眼泪终于落下。

高寒，忘掉一个人怎么那么难啊？

爱上你，是一瞬间的事情，忘掉你要用多久呢？

两年了，我远离了深圳，远离了与你有关的全部世界。我努力地工作，努力地想要去爱上另一个人，努力地想把自己嫁出去，嫁给一个深爱我的人，一个除了我，眼睛里再看不到其他女人的男人，就如同惜悦于你，让我不再活在你的阴影下。

熟悉我的朋友都说我变了。从一个无忧无虑、总挂着笑脸、开朗欢快的小姑娘，变得安静而沉默，总是带着一缕淡淡的忧伤，缩在角落。

也许，这就是爱情。

当你享受它带来的短暂甜蜜的同时，要用加倍的忧伤和怀念作为回报。它可以改变人的表情、喜好、审美和性格。而我是那么容易地就被你感染了，你眼中的那一抹忧伤，在爱上你之后，流入了我的眼中，更走进了我的心中。

第一眼看到你时，你站在阳光下，一件不染纤尘的白色上衣，一张清秀英俊的面庞，像你的衣服一样飘逸而脱俗。你额头被风吹过一缕乌黑的头发，浓密的眉毛因为阳光的照射而轻蹙，那下面是一双大大的眼睛，明亮、深邃，总有一丝挥不去的忧伤若隐若现。你笑着说："你好啊，小花，我是高寒。"

你的声音低沉而有磁性，从你棱角分明的嘴唇流出时，露出了洁白的牙齿。仿佛从你齿间吐出的，不止是语言，还有一道清凉的风，拂过我的内心，让那整个夏季都变得清凉、享受、美好。

从来没有过一次，我觉得一个男人可以这样好看；从来没有过一次，我会为一个男人的谈吐这样着迷。你蹙眉、微笑、专注、随意的一个姿势和神情，都让我看着目不转睛，平生第一次，因为一个异性而心神不宁、小鹿乱撞。

这就是爱情，对吗？

它是怎么来的，我不知道。

只知道每当想起你的时候，回味你的眼神、你的微笑、一个体贴的动作……每一个小细节都会在我脑海里播放无数遍。我会偷偷地笑，内心甜蜜、安宁、富足。徜徉在爱与幸福的女人，眼中的世界是美丽的，所有的人面孔都是友善的，也恨不能将自己的快乐与所有人分享。那时候，我连走路时都觉得自己像一只蝴蝶一般轻盈。大家总说我面若桃花，一看就是恋爱中的女人。

有了你，我是世界上最幸福的女人。

每一次刚刚与你分开，我就已经开始盼望下一次的见面。这样的等待与期盼让我的全世界都是你的影子，我焦急、渴望、激动，对未来充满了幻想。

那次在北海，当你自然地牵住我的手时，你握住的，是我一颗完整的心，没有丝毫的保留。在那个银色的沙滩上，我以为，我们这样的漫步，走过的不止是海浪亲吻沙滩的柔情与一幅浪漫的画卷，还是相携一生的开始。海风吹拂起我的裙摆，我轻快得像天空中的海鸥，飞翔在属于我们的幸福天堂。

我就这样看着你，感受着你掌心的温暖和力量，我想和你永远在一起。守候每一个日出日落，守候每一个花开花落的季节。

命运真是待我太好了，让我可以遇见你。

当我已经准备好将自己的一切交给你，你却在最关键的时候突然间清醒，放弃了与我的肌肤之亲，保留了我的清白。

我很失望，也很迷茫。却依然懂得，你之所以放弃，是因为你对待感情是认真的。你还没有想好，还不能给我一个承诺，不能将心交付给我，于是你选择保护我。

失望之余，我是高兴的，你是一个值得信赖的男人。一生的时间很长，我觉得依然有机会赢得你的心。为此，我要用尽心力，去争取自己的幸福。

高寒，倘若时光可以流转，我会将它定格于我们在沙滩上的漫步。就让世界在那里终止吧，那时候，我的心在天堂上飞翔，亲眼看着沐浴在幸福中的自己绽放出生命中最美丽的容颜。

那个画面已经镌刻在我的心里了。

花了这么长的时间，我以为你已经真的离我远去了，全然不知，心底里的记忆是这样难以抹去。

迷蒙之中，我又看到了那个烟花之夜，那是我决定向你告别的时候。毫不知情的你温存地搂着我的肩膀，陪着我仰望缤纷怒放的天空，任斑斓的光彩将我们罩在一个美丽得不真实的空间，像童话，像梦幻，又像是期待。你落在我身上的手指是那样的轻柔，身体是那样温暖，暖得几乎将我融化……高寒，我发誓，我不想离开你，哪怕是一分一秒。那个夜晚，我永远记得，我的心志已渐渐迷乱，我的决心也渐渐淡去，我想永远沉溺在你的怀抱里，若沉浸在一个温情之海，再不想醒来，那是我一直渴求的。

高寒，你知道你对我意味着什么吗？

你是走进我世界中的第一个男人，我一直认为，也将是唯一的一个。

我给你的，是我全部的热情，仿佛从此，再没有力气付给他人。

我缩在你的怀里，却清楚地看到你已渐渐离我远去，将要回到与另一个女人的幸福团聚之中。

我希望你过得好，为什么心里却是这样痛呢？

痛得我，不敢听你说出真相，不敢去想象你看向另一个女人深情的模样，不敢去面对你不爱我的事实。

生活很冷酷，无论我怎么回避，依然逃不过现实。

我总是在想，你每每看向我痛惜的目光，说出的温柔话语和关切，说明你心里有我一个特殊的位置，就为了这个位置，我愿意去等，哪怕是时光荏苒，青春不再。

你懂吗，高寒？

我从来不曾诅咒过你的幸福，却一直就这样傻傻地等着，等待着，也许命运还会有其他的安排。

那一天，终于来到了。

那一个影响我一生的夜晚，是你我唯一彼此真正拥有的时光，是我最幸福、最痛苦，穷其一生也无法忘记的回忆。

你问："小花，你还爱我吗？"

我一直爱着你啊，高寒。从未有过丝毫偏离，从未有过丝毫犹豫。我一直在等待着这样的时刻，让我有机会与你走过漫漫的人生之路。而你，坚定地牵着我的手，内心不再游离。

你的亲吻细密地落下，急切、霸道，蕴含着压抑的渴望和痛苦，与我的不安、紧张、害怕、憧憬、激动交织在一起，沉进了夜色。

酒醉中的你，并没有十分怜惜我，与平时不舍得在我面前说一句重话的你判若两人。你是粗暴、急迫的，带着强烈的欲望在享受与痛苦中徘徊与宣泄。

这是我一直期待的时刻啊，高寒！

我知道会发生什么，但我是那样向往和期待。

我回应着你的亲吻，你的声音含混不清，恣意中，还夹杂隐隐的沉重和痛苦。

我有多紧张，就有多欢喜。

我渴望着你给我的身体打上一个烙印，真正成为你的女人。让我全部的思念和爱恋有一个归宿，留下一个印记。

我甚至不去想这是不是合适，是不是有未来。

我只知道，这确实是你的愿望、你的意愿，并不是我乞求的结果——哪怕你已经大醉。

那又怎样？这并不妨碍是你要我的事实。

　　你把我弄得很疼，我却并不想让你轻下来，仿佛只有在这样的疼痛中，我才能清晰地感受到你我亲密得再无一丝间隙。我将自己融化在你的激情中，激动与幸福的感觉仿若灵魂出窍，我已置身天堂。

　　一切的等待都是值得的。从此，你我紧紧地连在了一起。我多么希望，这一刻便是一生。就这样陪你年华到老，永远也不要分离。

　　直到你激情中大声叫出惜悦的名字，我的心落入了冰窟。那一刻，我虚幻的幸福坍塌了。

　　黑暗中，我从天堂跌落下来，真真切切地感受到了，这是我偷来的时光和幸福，这样的幸福，注定是不会得到佑护的。

　　你看不到我夺眶而出的泪水，你也听不到我心碎的声音。

　　卧室里没有开灯，幽寂清冷。我裸露在空气中的皮肤，微微有些凉意，身体控制不住地战栗。

　　当你沉沉睡去的时候，感受着你均匀的呼吸，我并没有一丝睡意。

　　我打开了灯。仔仔细细地看你，不放过一丝一毫的细节。我轻轻地、慢慢地抚过你的每一寸肌肤，一遍又一遍。有一些羞怯，却没有一点退缩。

　　高寒，我好爱你。

　　我要把你看得清清楚楚，牢牢地锁进我的记忆深处。我不知道将来会有什么，却贪恋着与你在一起的每一分、每一秒，贪恋着平生第一次与你的肌肤之亲，甚至不知道以后还会不会有。

　　我不敢去想，等你清醒时会怎样面对我。

　　我甚至连等你清醒过来的勇气都没有，想悄悄地逃离。

　　只是，我舍不得。相反，紧紧地拥着你，感受着你身体的强壮与温暖。

　　第二天，我不知道你什么时候醒来的，只看到你一直呆呆地站着，眼睛在床单上落下的那抹嫣红和我身上转来转去。

　　你对我说："小花，我们结婚吧。"

　　听到这句话，我是激动的，以致我说不出话来。

　　可我从你眼里看到的，并不是对我的眷恋和对幸福的憧憬，我分明读到了一份深深的孤寂和落寞、一份自责、一份痛苦和一个男人的责任感。

　　你的声音是平静的，并无异常，但你的眼睛却出卖了你。都说女人被自己心爱的男人求婚是一件最幸福的事情。可是，我怎么快乐不起来呢？

　　我多想就这样不管不顾，马上答应你的求婚，从此成为高太太，一辈子就这样守着你，守着自己的幸福。而总有一天，你可能会爱上我。

我知道你会对我好的，会对我负起终生的责任。

哪怕你并不爱我。

可我心疼你。

我心疼你的眼神，心疼你的无奈与苦楚，心疼你的两难。

这让我硬不起心肠来让你为难。

高寒，我能为你做什么呢？

我不伟大，也不高尚。我最终选择了拒绝你的求婚，退出你的生活是因为懦弱。我不敢去看你矛盾而复杂的眼神，不敢去觉知你抚在我身上的手指除了怜惜，还有自责，不敢在你梦中的呓语间听到另一个女人的名字。

我舍不得你痛苦，舍不得你为难，就只能委屈了自己。我拱手让出了自己的幸福，去成全你，成全你的幸福，成全你们。

我微笑着，只是，我嘴角每一个细小的动作，都在生生撕扯着我的心，直到撕得鲜血淋淋。

那样的痛，你知道吗？

我其实很嫉妒，嫉妒那个叫惜悦的女人，只用了一个晚上，就掠去了你一生的向往和追求。

我不知道你们之间发生了什么，以致要让你放弃了自我的约束和节制，纵情在我的身体。你心里该有怎样的痛啊才能不去面对，才能让你用疯狂去代替你的理性和忠诚？

爱你如我，感同身受。我是多么羡慕惜悦，她拥有着你的全部的心，这样的女人该是有多么美好才会令你这样投入，才会令你经不住这样的重击。

我承认我是自私的，哪怕明知道你已经不清醒，可我还是想搏一下。或者说，我不光想搏一下，也想满足自己的愿望。

将自己的纯洁给了自己最爱的人。这一生，我不遗憾了。

只是，我再努力也得不到你心的回应，终是让人遗憾的。

既然你愿意用一生的责任来承担自己的行为，说明我的爱是值得的，我爱上的男人不枉我的深情。那么我又该怎样回报你呢？

我想，除了给你自由、除了看着你幸福，我还能做什么呢？

你是那样的善良，让我再次出现时，掩饰不住对你的爱，而看到我的悲伤，你竟然手足无措，眼中尽是疼惜。

是疼惜，不是爱。

我的眼泪忍不住再次流了下来。

所以，再度选择离开。

高寒，我本不信命运，但我希望来生你先遇到的人是我，爱上的人是我。那个时候，我会毫不犹豫地紧紧抓住你的手，走过一生，永不放开。

我离开了深圳，将自己的失落与憧憬一起留给了这座城市。

我要找个再没有你痕迹的地方，去忘记你，忘记与你有关的一切，去寻找属于我自己的幸福。

可是，那么长的时间过去了，我却不知道，那份疼痛竟然拥有了记忆，一直隐在我的身体里。

我这才发现，从见到你的时候开始，我就像是一只蚕一般无力，无力抗拒，抗拒你对我的吸引和诱惑。我又像一只蚕一般，用自己的全部心力，将对你的爱像吐丝一般，一点点从自己的身体里抽出，将自己层层地包裹了起来。所以，我不是想不想放下，而是一直就生活在这样的地方，我的空间里满满的都是你。

背负着这样的重负，无论我逃到世界上任何一个角落，依然让我活得很累很累。甚至忘记了自己的存在。

雨，不知何时停了，乌云也不知何时散去。当我踩着树影的斑驳时，才知道阳光已经洒满天空。

今天的偶遇像是一道重击，让我开始思量自己的本心。我选择逃避，并不是为了这样的落寞与孤寂。我才二十五岁，又为什么要将对你的爱变成对自己的重负而不堪承受、逃避你、逃避生活。

我仰起头，尽管有很多的云朵，天空已经是一片湛蓝。

这里是纽约，距你万里之隔。此时的你，应该还在沉睡，你过得好吗，高寒？

你一定要幸福！

而我，也一定要幸福！

我长长地舒出一口气，强烈的光线让我眯起了眼睛。天空中有一只风筝，无声地飘飞着，就像我飘忽不定的心思。

可是，我不应该这样的，我背离了我的初衷。

倘若你知我依然是这样依恋着你，一直在这样等待着你，岂不是又给了你一个沉重的负担?

　　不。世界上，一定还会有一个高寒在某处等待着我，一定有一份属于我的、唯一的感情在等待着我。

　　那么，将自己一直锁在自缚的茧中又如何？谁又知道，这样的我，躲在这道重重的壳里，是不是一直在积蓄力量，像蝴蝶，等待着重生的机会，破茧而出，给自己一个绽放光芒与美丽的机会。

　　高寒，我一定会带着属于我的幸福回到深圳，我会加油的!